林小静　著

国家重上

来自中国重载第一路的报告

山西出版传媒集团　山西人民出版社

图书在版编目（CIP）数据

国家至上：来自中国重载第一路的报告 / 林小静著.
太原：山西人民出版社，2024.9（2025.1重印）. -- ISBN 978
-7-203-13586-9

I. I25

中国国家版本馆CIP数据核字第202495ZL16号

国家至上：来自中国重载第一路的报告

著　　者：	林小静
责任编辑：	吕绘元　席　青
复　　审：	刘小玲
终　　审：	武　静
装帧设计：	阎宏睿　张镤尹
书名题字：	吴永生

出 版 者：山西出版传媒集团·山西人民出版社
地　　址：太原市建设南路21号
邮　　编：030012
发行营销：0351-4922220　4955996　4956039　4922127（传真）
天猫官网：https://sxrmcbs.tmall.com　电话：0351-4922159
E - mail：sxskcb@163.com　发行部
　　　　　sxskcb@126.com　总编室
网　　址：www.sxskcb.com

经 销 者：山西出版传媒集团·山西人民出版社
承 印 厂：山西出版传媒集团·山西人民印刷有限责任公司

开　　本：720mm×1020mm　　1/16
印　　张：20
字　　数：210千字
版　　次：2024年9月　第1版
印　　次：2025年1月　第2次印刷
书　　号：ISBN 978-7-203-13586-9
定　　价：86.00元

如有印装质量问题请与本社联系调换

作者在大秦铁路起点0公里处

愿以手中之笔　书写可爱大秦

2011年，我因一个偶然的机会，第一次走进大秦铁路。那时，我有一份相对不错的工作，大秦铁路之行，却改变了我的一切。

大秦铁路是伴随我国改革开放而快速修建起来的一条铁路，担负着大半个中国经济发展的能源运输重任，有中国重载第一路之称。在去大秦铁路之前，我对此却并不了解。作为一名铁路职工，我当时有些惭愧。

我对大秦铁路的了解，是从燕山深处的一片墓地开始的——那是1985年修建大秦铁路时，一群牺牲在赵家二号隧道的年轻筑路者的墓地，从墓碑上看，他们有的来自云南，有的来自四川，有的来自陕西，有的来自青海……

大秦铁路有四五十座隧道，这片位于燕山深处的墓地，只是其中一座隧道发生大塌方时遇难者长眠的地方。在这条铁路上，还有多少年轻的身躯倒下？是什么原因让他们甘愿奉献自己的青春，甚至献出年轻的生命，保证了大秦铁路的开通？

带着这些疑问，我走进大同工务段的王家湾线路车间。此时，距离大秦铁路开通已过去了 23 年。原以为，曾经发生在这条铁路上的往事，已随岁月的流逝，被人们渐渐淡忘。毕竟，改革开放的大潮，让许多人的人生观和价值观都发生了变化。可没想到的是，在王家湾线路车间，我清晰地感受到，往事并未远去，大秦铁路上的职工依旧用他们满腔的热情守护着这条能源大动脉。在这里，我遇到了曾在桑干河畔立下"扎根大秦，终身报国"誓言的王海山、吴炳雄、颜廷芳，遇到了坚持要替牺牲的同事守好这条铁路而常年远离家人的占更江，遇到了肾移植手术后放弃单位照顾又回到大山深处的祁志强……

那天晚上，我在放有三大缸咸菜的伙食团，与王家湾线路车间的职工们围坐在一起，聊了很久。其间，有职工爬到房前的山坡上，从几株豆秧上摘回一小捧毛豆，煮熟后款待我这位来自远方、来自城市的客人——那也是他们当时唯一能拿得出手的"美食"。

那晚的月亮很圆，被群山包围的王家湾线路车间院落被照得明晃晃的。月光下，连绵起伏的山脉、通往远方的钢轨、疾驶而过的列车、缓缓流淌的河水，还有亮着橘色灯光的房舍，构成了一幅美好的画面。我和大家在这样的夜色中，像久未谋面的朋友一样长谈。谈大秦铁路对国家发展的重要性，谈他们一次次挺起负重的脊梁保证能源运输，谈发生在这条铁路上不为人知的往事，谈他们对这条铁路无法割舍的情感。当然，也谈到了他们心中对父母、妻儿的愧疚与牵挂。那一刻，我看到他们每个人的眼中，都闪着泪光。

是啊，在家与国之间，当他们做出选择的时候，就注定要放弃一些东西。

临走的时候，我才得知，那三大缸咸菜，将伴随王家湾线路车间的职工度过漫长的冬季。这不由得让我想起进山途中汽车穿越桑干河大峡谷时，司机告诉我的那番话："冬天，这一带随时会遭遇大雪封山，粮食、蔬菜根本送不进来。"

从大秦铁路回来后，我决定应聘《太原铁道》报社的工作。因为我想通过报社这个平台进行一番历练，然后有朝一日能为这条铁路写一本书，让社会上更多的人知道大秦铁路所担负的重任，知道发生在这条铁路上那些朴素却又闪耀着中华民族精神的感人故事。

进入报社后，我多次前往大秦铁路采访，陆续撰写了《最可爱的人》《一路二月兰》《万家灯火》《寻找罗文的日子》《一座精神的丰碑》《路基之魂》等长篇通讯，并于 2014 年根据自己在大秦铁路的所见所闻创作出版了长篇小说《静静的桑干河》。这部小说被改编为同名电影剧本后，2019 年获得中国工业文学大赛电影剧本一等奖，得到评委高度认可，并拟拍摄为电影。但这，依然无法让我停下书写大秦铁路的脚步，因为在我的内心，始终有个愿望——那就是为这条承载着国之重托的铁路写一部长篇报告文学。

为此，10 多年来，我一直默默地关注着大秦铁路，收集与这条铁路有关的资料，聆听与这条铁路有关的故事，求证与这条铁路有关的往事，并记录它的每一次突破、每一次超越、每一次在国家急需之时的挺身而出。其间，我从大同到秦皇岛，几乎走遍了这条铁路的每一个单位。每到一处，我都会与职工们促膝而谈，并跟随他们走进大山深处的和尚坪、大团尖、张家湾、李家嘴、河南寺、军都山、花果山、大黑山、麻虎山等隧道，实地体验职工们在能见度极低的环境中紧张作业的辛苦与不易，记录重载列车从他们身边经过时那巨大、如狂风暴雨般外力袭来时的一幕幕——那是我永远无法忘却的记忆。

每一次从大秦铁路采访归来，置身于繁华的城市之中，我都有一种恍惚的感觉。因为，在我的脑海中，久久挥之不去的，是大秦铁路上那一张张憨厚朴实的面庞、一个个身披风霜的背影及勇于创新的坚定眼神，还有他们心系国家发展、甘愿奉献自己的一切，包括青春、生命的可贵精神。

在此期间，我也阅读了许多反映国之重器的优秀文学作品，汲取书中精华，为自己下一步书写大秦铁路做好一切准备。

2021 年，在建党百年到来之际，中国铁路文联和中国铁路作协举办征文大赛，我以大秦铁路发展为背景所创作的中篇报告文学《勇担使命与自强不息的壮丽篇章》获得一等奖。

消息传来，我决定动笔创作《国家至上》这部长篇报告文学。

10 多年的准备，终于要动笔了，我的内心有些激动，也有些忐忑。激动的是我就要把这条中国重载第一路的发展历程和它背后不为人知的故事写出来了，忐忑的是自己的水平能否驾驭得了这样的题材。

好在，在我创作期间，许多领导、同事、朋友都向我伸出了援助之手，从我所供职的中国铁路太原局集团有限公司党委宣传部，到山西省作协、中国铁路作协都给予了我极大的支持。最让我感动的是湖东电力机务段原党委书记张儒，已退休多年的他，是大秦铁路的"活字典"，他深爱大秦铁路，也为大秦铁路做出过突出贡献，曾在抗击雨雪冰冻灾害、迎峰度夏抢运电煤的关键时刻，与其他劳模先进在岗位上受到胡锦涛和温家宝同志的慰问。当他得知我要为大秦铁路创作《国家至上》这部作品时，给我讲了许多往事。当他拿到我创作的初稿和二稿后，又彻夜不眠地认真阅读，在给予肯定的同时，提出了许多宝贵的意见和建议，并不辞辛苦，反复帮我求证一件发生在 35 年前的往事。还有《太原铁道》报社的老总编郭润生，也将自己保存的一摞摞老报纸拿出来，供我查找资料、参考求证。中国铁路北京局集团有限公司融媒体中心的李红涛老师，当得知我需要 1988—2005 年大秦铁路的相关媒体报道时，以最快的速度把当年刊登在《北京铁道报》上的文章非常详细地梳理出来，发给了我。

正是在大家的关心、帮助下，这部作品的创作才得以顺利进行。在此，我想对每一位帮助过我的领导、同事、朋友表示衷心的感谢。感谢你们对大秦铁路的关心，对《国家至上》的关心，以及对我的关心。

最后，我想说，我之所以花费 10 多年的时间和精力去关注并书写大秦铁路，因为它是可爱的，也是值得我们书写的。

它无愧于中国重载第一路之称。

林小静

2024 年初夏写于太原

目　录

一、大国忧思

1983 年 3 月 11 日，新春佳节刚刚过去不久，人们还沉浸在阖家团圆的欢乐中，聊着除夕中央电视台那场首次直播的春节联欢晚会，畅想着新一年的愿景。

这一天，北京首都国际机场，一个由 13 人组成的考察团，带着一个大国的忧思和期盼，登上飞机，开始了异国之行。

银色飞机在巨大的引擎轰鸣声中，沿着跑道腾空而起。随即，如苍鹰一般翱翔在蓝天白云深处，向南而去。

舷窗外，大朵的云彩时而如汹涌澎湃的巨浪，时而如屹立不倒的冰川，时而又像极了奔腾不息的千军万马。它们被飞机冲开后，又很快紧紧地聚拢在一起，形成一道壮丽、奇妙的景观。

机舱里，大多数乘客都被这难得一见的美景所吸引，纷纷朝舷窗外望去。

与这些乘客不同的是，考察团的 13 人却无心欣赏舷窗外这变幻莫测的云层。此刻的他们，内心虽然既紧张又激动，但呈现在众人面前的，是极其安静地沉思，或者轻声细语地讨论。没有人知道，他们在沉思什么、讨论什么，更没有人知道，这13名乘客，是什么身份，又担负着什么任务。

只有他们知道，自己担负着前所未有的重任。

这个重任，仅从他们考察团的名字上，便可感知出其特殊性——中国重载单元列车考察团！

彼时，"重载单元列车"在我国铁路运输领域还是一个十分陌生的词语，只有为数不多的几位领导和专家知道，而这种运输模式，早在20年前，便被美国率先创造。此后，加拿大、澳大利亚、巴西、苏联、南非等国家争相效仿，逐步在各自的国家大力推广这样的重载运输。

重载运输到底有多"重"？此时还没有一个统一的标准。直到国际重载协会成立后的第二年，也就是1986年，国际重载协会才对重载运输做出如下定义：列车重量至少达到5000吨，轴重21吨及以上，单线年运量2000万吨及以上。

以我国此时的实力，要想与别的国家一样发展重载运输，困难实在是太大了，但我国的国情，又是如此迫切需要这样一条重载铁路。

生活在20世纪80年代初的人们，最难忘的莫过于那场扑面而来的改革春风，它给古老文明的中华大地，注入了勃勃生机。万物复苏，百废待兴，我国工农业生产以前所未有的速度向前发展。尤其是南方沿海地区的工厂，似乎在一夜之间，便如雨后春笋般冒了出来。

改革开放的中华大地，处处百舸争流、千帆竞发，激情燃烧。

然而，与这种发展势头不相适应的，是能源与交通之间的紧张状况。改革的步伐，遇到了"瓶颈"，前所未有的"工业饥渴症"开始困扰大半个中国。

解决"工业饥渴症"的唯一办法，就是提供足够的能源，以保证全国各地的每一个工厂、每一台机器都能正常运转，甚至高效运转。

可我国此时的能源和交通是一种什么样的状况呢？有资料显示：1979 年 9 月 29 日，叶剑英同志在庆祝中华人民共和国成立 30 周年大会上明确提出要从中国实际出发，走出一条适合我国情况和特点的实现现代化的道路。要坚决缩短基本建设战线，集中力量加快农业、轻纺工业和燃料能源、交通运输等薄弱环节的生产建设。

1981 年 11 月，在当年的《政府工作报告》中，正式提出将发展能源和交通作为建设方针。报告提出能源、交通是当前经济发展中的薄弱环节，交通应先走一步。因为有了交通，开采出来的煤炭才能够及时运出去。

1982 年 9 月，胡耀邦同志在中国共产党第十二次全国代表大会上做报告时指出，如果国家的重点建设得不到保证，能源、交通等基础设施上不去，国民经济的全局就活不了，各个局部的发展就必然受到很大的限制，即使一时一地有某些发展，也难以实现供产销的平衡，因而不能持久。

1982 年 11 月，国务院在关于第六个五年计划的报告中再次指出，集中力量搞好以能源、交通为中心的重点建设，使国民经济中这两个最薄弱的部门得到改善和加强，这是使整个国民经济转向主动的重要环节，是关系经济建设全局的大事。在严格控制固定资产投资总规模的同时，必须使资金按照正确的方向，得到合理的使用。所谓合理的使用，最重要的就是一要保能源、交通等重点建设，二要保现有企业的技术改造。

毋庸赘言，这些资料足以说明我国当时能源与交通所面临的现状，以及国家对这两方面的重视程度。

先说能源。四个现代化建设离不开它，但羁绊中华民族腾飞脚步的也是它。

那么，我国缺少能源吗？拿不出建设四个现代化和让中华民族腾飞的能源吗？

答案当然是否定的。因为我国有石油、有煤炭，而且这些能源的储量和开采量并不低于其他国家，完全可以满足我国改革开放的需要。

但这只是一种理想状态，因为此时我国还不富裕，仍需要人们节衣缩食，节省开销，能源方面更是如此。以石油为例，虽然我国是石油生产国，而且有大庆、大港、胜利、中原等油田，尤其是大庆油田，石油产量不仅高，而且稳定，但我国依然不能像西方某些工业发达国家那样大量耗油。相反，我们还要把各个油田生产出来的石油，卖到国外，以换取外汇。因为要想解决 10 亿人口的吃穿问题，就必须用外汇去购买农业、轻纺业、日用消费业所急需的基础设备。不仅如此，实现四个现代化所需要的各种先进技术和设备，也必须靠外汇来换。其中，就包括开采石油所需要的设备。

石油，在当时，几乎像金子一样贵重。难怪国务院多次向国家计委、经委、体改委，以及铁道部、煤炭部、交通部、冶金部、化工部等部门的负责人专门打"招呼"：

国内要坚决烧煤！烧油的要抓紧改过来！挤出油出口！

油改煤要坚定不移！

除几家特许的电站外，不调给油，要死了心！

千万不要因为电不够，又来烧油！

除内燃机外，其他都不烧油，等于我们没有油。狠上他个10 年！

显而易见，我国四个现代化建设所需要的能源，暂时还不能依靠如金子一般贵重的石油。在这种情况下，煤炭一下子成了我们这个正大踏步走在改革开放路上的东方大国的能源"顶梁柱"。

据统计，以我国当时的工业水平计算，1 吨煤炭平均可以发电3000 千瓦时，炼钢 3 吨，制合成氨 600 公斤，牵引客车 60 公里，生产水泥 5 吨，染布 3000 米，烧砖 2 万块……

这是多么令人欢欣鼓舞的数字啊！

但很快，"工业饥渴症"便开始在全国蔓延。

伴随着这种蔓延的趋势，许多地方和企业发出告急之声！告急声最先从华东地区传来，然后是华北地区；先是从电厂传出，然后是工厂。最后，这些告急声变成了强烈的呼声：煤呀煤，你在哪里！

难道是神州大地缺煤吗？不，我国是生产煤炭的第一大国，最丰富的资源就是煤炭。在我国当时已探明的 7700 亿吨煤炭资源中，山西能源基地（含内蒙古、陕西、宁夏）就占到了 60% 以上，相当于 8 个世界著名的联邦德国鲁尔矿区的储量。尤其是山西大同，不仅煤田面积大、煤炭蕴藏量和开采量多，而且火力强、煤灰分低、硫磷杂质少、硬度高，是最好的动力用煤，被称为"世界动力煤细粮"。这个称呼是有依据的：一般的煤，每公斤发热量只有五六千大卡，只能烧开 9—10 公斤的水，而大同的煤，每公斤发热量达8000 大卡，能烧开 11—12 公斤的水。据国家统计局一组数据显示：如果大同能多运出去 1000 万吨煤炭，那么就可以增加工业产值200 亿元，税利 42 亿元！

煤炭，是工业的食粮。毫无疑问，国家统计局的这组数据，让几乎所有患上了"工业饥渴症"的省份、城市、电厂、工厂的头头脑脑们，目光都齐刷刷地投向了素有"煤都"之称的山西大同。所有人都相信，大同是煤的山、煤的海，就连马路也是用煤铺的，只要运到全国各地，就能解决问题。

　　换言之，在所有人的心目中，大同的煤，是缓解"工业饥渴症"的希望。

　　山西大同，虽不像人们想象的那样，到处是煤山煤海，但在这片神奇的土地下，确实分布着大量的煤田，蕴藏着大量的煤炭。早在 1500 年前的南北朝时期，这里的煤炭便被人们发现并开采。到了近代，大同地区的煤更是受到世界关注，就连侵华日军当年占领大同，觊觎的也是这片土地下的黑色宝藏。中华人民共和国成立后，随着国民经济发展对能源的迅猛需求，大同煤炭的开采量一直呈上升状态，然后通过铁路运往全国各地。

　　这里，有一组原大同铁路分局的年运量为证：

　　1952 年，280 万吨。

　　1957 年，693 万吨。

　　1965 年，1296 万吨。

　　1978 年，3061 万吨。

　　1980 年，3733 万吨。

　　……

　　如果对这些煤炭的去向进行分析、总结、归纳，那么可以得出一个结论，从大同运出去的煤炭，驱动着全国 1/4 的火车头，供应着 26 个省、市、自治区的 6000 多家企业，而且这 6000 多家企业，都是国家的骨干企业。再看全国四大电网，由能源部直接领导的热电厂，80% 以上的煤，均来自大同地区。另外，广东的黄埔电厂，沙角 A、沙角 B 电厂，宁波的电厂，福州的电厂，上海的杨树浦、闵行、安亭，以及宝山钢铁公司第一发电厂，江苏南通电厂，山东电厂，北京石景山电厂，东北富拉尔基、白城子、抚顺等电厂，用的也都是大同运去的煤。

让我们再跟随这些煤炭，把目光投向钢铁行业，可以看到首钢、鞍钢、马钢、宝钢、攀钢等全国十一大钢铁厂的炉膛里，熊熊燃烧的也都是从大同运去的煤。

再看航天航空等领域的特殊用煤，以及一些能源消耗较大的单位，靠的也是大同的煤炭。

从中我们不难得出一个结论，煤炭作为国民经济的基础，铁路作为国民经济的命脉，二者在国民经济发展中缺一不可。

大同地区的煤炭开采量日日增加，各大煤矿都使出浑身解数为四个现代化建设添砖加瓦，都在争取为国家开采 2000 万吨、4000 万吨、8000 万吨，甚至更多的煤炭而贡献力量。

这些煤炭，亟须运出去。

而大同的铁路，又是怎样的一个状况呢？

大同铁路最早可追溯到 1914 年，当年，北京—包头的京包铁路修建至大同，代表工业文明的蒸汽机车随之开进了这座塞外古城。1937 年，贯穿山西境内的同蒲铁路修建至大同附近，之后与京包铁路在大同交汇。

中华人民共和国成立后，这两条铁路干线又与石家庄—太原的石太铁路、丰台—沙城的丰沙铁路、太原—焦作的太焦铁路、北京—原平的京原铁路等铁路线相连，然后融入更大、更密的铁路网中，共同承担起山西煤炭的外运任务。

假如没有与日俱增的煤炭等着装车、运出，那么大同的铁路完全可以有秩序地承担起日常运输的需要。进入 80 年代，全国各地对煤炭的疾呼，却如同战鼓一般，震得这里的铁路一刻也不能停歇，捶得这里的职工日夜不能合眼。

大同铁路地区所有的单位、所有的职工，几乎都是"披甲上阵"，尽力而为。然而，尽管如此，全国各地的"工业饥渴症"仍然得不到有效解决，华东、华北、华南等地区对煤炭的呼唤仍在继续。

为什么会出现这种状况呢？

究其原因，只有一点，那就是铁路的运力跟不上改革开放后全国各地对能源的需求。尤其是"煤都"大同的铁路，在庞大的煤堆面前，犹如漂浮在大海中的一叶小舟，显得那么单薄，随时都可能被一个巨浪掀翻、淹没。

有一阵子，全国各地要煤要得紧，上面领导跺着脚直催大同铁路分局，大同铁路职工咬紧牙关，拼了命似的，仅一天就装了 5300 多车煤，开出 100 多列车。

可是，尽管如此，煤炭需求大、生产能力大、铁路运输能力小的"两头大中间小"现象依然存在，而且随着时间的推移，这种现象越来越严重。更为糟糕的是，成千上万吨的煤炭因为运不出去，堆积在煤矿，时间一长，开始自燃。且由于大同煤炭质量好，发生氧化造成热量积聚，因此不是一点一点地自燃，而是一大片一大片地自燃，所以造成的浪费不在少数。据说，有一年，大同矿务局生产的煤炭，有 1.75 万吨就被白白地自燃掉了。

这是令任何人看了都会感到无比痛惜的场面。

一边是华东、华北、华南等地区望眼欲穿、大声疾呼，一边是运能不足、堆积如山的煤炭在自燃，而这些煤炭，都是共和国的血液——一个想展翅腾飞的共和国急需的血液！

铁路运力跟不上，致使大同地区的煤炭产量受到限制。无奈，大同煤矿只能以运定产，铁路能运多少，就开采多少。随之，疾呼声最强烈的东南沿海地区的企业也只能以运定产，铁路能运来多少煤，就发多少电，就干多少活。这也导致不少企业停工停产，工人们围着无法运转的机器唉声叹气。

这一下，铁路成了众矢之的。

有人对它不解：铁路怎么啦？那么密集的钢轨、那么先进的设备，难道都是吃素的？！

也有人对它愤懑：干的拉煤的营生不拉煤，干什么吃的？看着国家受损失不心疼，不像话！

在不解和愤懑中，有人听到了铁路发出的沉重叹息声。因为自改革开放的号角吹遍大江南北后，为了把山西的煤炭运出去，不仅京包、同蒲、丰沙、石太、太焦、京原等铁路都处于满负荷运行的状态，再往远看，就连与上述铁路相连的其他铁路干线的运力也达到了饱和。

现有的铁路运力，已经不堪重负！大同地区的煤炭，难以运出去。

列宁曾说过，没有煤炭，任何现代化工业和任何工厂都是不可设想的。煤是工业真正的粮食，没有这种粮食，工业就会陷入瘫痪。各国大工业就会崩溃、瓦解，就会退到原始状态。

没有一个国家、一个民族愿意退回到原始状态！心怀对美好生活向往的中华民族，更是对未来充满了憧憬！

而这种憧憬，必须有能源做支撑。具体来说，如果不修建一条与我们这个改革开放的国度相匹配的铁路来保证煤炭运输，那么不仅煤炭积压会造成极大的浪费，而且还将直接影响我国东南沿海地区，以及东北和京津冀等地的国民经济发展。

站在改革开放的浪潮前，眺望百舸争流、千帆竞发的中华大地，一个东方大国，一个有着10亿人口的大国，一个想让人民过上好日子的大国，在忧虑之中开始了深深的思考。

二、郭洪涛的建议

了解中国铁路发展的人士都知道，如果把 1876 年通车的上海吴淞铁路作为我国的第一条铁路的话，那么我国铁路的起步要比英国晚 51 年，比美国晚 46 年，甚至比法国、比利时、德国、加拿大、俄国、意大利、瑞士、印度、埃及、日本等国也要晚许多年。据有关资料记载，1949 年 10 月 1 日中华人民共和国成立时，我国能够通车的铁路还不到 2 万公里。

中华人民共和国成立后，国家对铁路建设高度重视，一边积极恢复在战争中受损的铁路，一边修建了成都—重庆的成渝铁路、宝鸡—成都的宝成铁路、包头—兰州的包兰铁路、成都—昆明的成昆铁路等干线。

到了 80 年代初，放眼世界，我国铁路无论是从线路里程上，还是从技术标准上，仍旧处于落后位置。

也因此，当改革开放的春风吹遍神州大地时，铁路运力的不足，一下子便显露了出来。

能否从大同修建一条铁路，把大同的煤快速运到需要的地区，以缓解能源运输的困境？此时，这个问题不仅国家领导人在思考，一些有识之士也在思考。

郭洪涛，便是其中的有识之士之一。

郭洪涛 1909 年 11 月出生于陕西省米脂县东区黑圪垯村，祖上世代为农。8 岁那年，为了能让家里出一个读书人，郭洪涛的父亲勒紧裤腰带，东拼西凑，把郭洪涛送进学校。郭洪涛在米脂县桃镇读书期间，受校长李鼎铭——一位爱国开明人士的影响，心中萌生了投身革命的思想。16 岁那年，郭洪涛考到榆林中学，品学兼优，也是在这里，他接触了更多的进步老师和同学，并通过他们读了一些革命书刊，思想上再次受到了革命的熏陶。从此开始以学生身份参加发动和领导反帝、反封建军阀、反土豪劣绅、迎接北伐军的群众运动。其间，郭洪涛加入了中国共产主义青年团，并于不久之后转入中国共产党。大革命失败后，郭洪涛在太原遭到反动当局的逮捕和监禁，出狱后调到中共陕北特委工作，之后又参与中共西北工委、中共陕甘晋省委的领导工作等。全面抗战爆发后，郭洪涛调往山东，先后主持中共陕西省委、中共苏鲁豫皖边区省委等的工作。解放战争期间，他又调至东北，到铁路部门任职，开始从事交通运输工作。先后组建并主持东满、牡丹江、吉林铁路局工作，参与东北铁路总局领导工作。平津解放后，郭洪涛又调至天津铁路局，带领铁路工人修复铁路、恢复运输，支援解放战争。1952 年，郭洪涛调入铁道部，协助部长管理计划、财务等工作，同时分管机务、车辆等工作。1954 年冬天，他调至国务院第六办公室，协助主任审核有关部门请示国务院关于交通运输和邮电通信的重大问题，研究交通运输和邮电通信的重大方针政策和发展规划。1956 年 2 月 5 日，作为在第六办公室分管铁路工作的副主任，郭洪涛与主任王首道一起向毛泽东同志汇报工作。在那次重要的汇报中，关于铁路，他们是这样汇报的：国民经济的发展出现了新的高潮，私营工商业社会主义改造和农业合作化进程加快，促进了工农业生产的快速发展，对运输与通信的需求日益增长。而作为全国运输主力的铁路运输严重滞后，准轨铁路营业里程少，1955 年末只有 2.4 万公里，比印度的铁路营业里程还要少，平均每百平方公里国土仅有 0.25 公里。线路分布极不均衡，新中国成立前我国铁路干线里程 2.62 万公里（包括抗日战争中被拆除的 3600 公里），其中东三省和热河省有 1.18 万公里，占了 45%，地域辽阔的西南、西北地区，铁路里程仅有 1600 多公里，只占 6%。铁路技术标准也低，牵引动力全部是蒸汽机车，有些铁路病害严重。

他们还特别提到交通先行的必要性，因为铁路运输具有半军事化性质，发展铁路对于巩固国防、加强军事实力有重要的作用。

郭洪涛和王首道的汇报，受到了毛泽东同志的重视，也获得了一同听取汇报的周恩来同志和李富春同志的认可。

1958 年春，郭洪涛调国家经济委员会工作，分管交通运输和邮电通信业务，后又增管能源生产工作。在国家经济委员会，郭洪涛一干就是 30 年。在此期间，除了建设初期铁路运输紧张状况令他印象深刻外，还有一件事也让他感受到了铁路运输的紧张。那是 1959 年的 7 月 2 日，郭洪涛接到一个电话，电话是周恩来的秘书打来的。在电话中，周恩来的秘书问郭洪涛："到底煤炭能生产出多少？铁路能运出去多少？"从那一刻起，郭洪涛就开始关注铁路运输与能源供应之间的矛盾，之后的"文化大革命"十年，郭洪涛虽曾多次遭受冲击，连续被审查，但作为一个老革命、老铁路，他仍然牵挂着铁路的发展。

无论何时何地，郭洪涛始终记着列宁说过的一句话："运输是我们整个经济的基础，也是最重要的经济基础之一。"

1976 年，郭洪涛恢复工作，他一回到岗位，便继续关注铁路运输与能源供应之间的矛盾。

1978 年，党的十一届三中全会召开，我国做出改革开放的重要决定。郭洪涛意识到，如果再不加快铁路建设，那么改革开放的步伐必将受到影响，于是他多次向中央汇报这一情况，以引起重视。1980 年，为了解决煤炭运输问题，经国务院批准，2 月 8 日—3 月 4 日，由郭洪涛任团长，交通部副部长陶琦、铁道部副部长王效斌、煤炭部副部长李奎生为副团长，组成中国交通运输代表团赴美国考察重载列车运输煤炭的问题。

美国自 20 世纪 60 年代起，便开始采用重载列车运输煤炭，这种列车的特点之一是：长、重、专、直。每列车编组一般为 100 辆，有时也会编组 150 辆和 200 辆；车身总长 1.8—3.6 公里；列车总重多为 1 万吨左右，最重达 1.5—2 万吨，用 5—8 台机车牵引。它的特点之二是：固定车辆，循环运行，专运煤炭。列车从煤矿或车站到达港口或电站、钢厂，均为直达运行，中途不编解。

在这次考察中，郭洪涛发现，重载列车的经济效益大大高于普通货物列车，年运量为普通列车的 10 倍，运输成本也比一般列车低 25 个百分点。

美国和中国的土地面积相近，两国的铁路运输也有许多相似之处：煤炭产量较多，煤炭运量占铁路货运量的 1/3 以上，运输距离较长。这些都让郭洪涛和每一位考察团成员开始深思一个问题：为什么我们的思想不能再解放一点儿，胆子再大一点儿呢？

回国后的 4 月 15 日，在全国政协常委会上，当讨论到发展国民经济的长远规划时，参加会议的郭洪涛在发言中提出了自己的观点：铁路牵引动力要积极发展电气化，货车要向大型化、标准化、专业化发展，要采取加快老线改造、新线建设，积极组织长大列车开行等一系列举措，以解决运输生产的燃眉之急。

一周后，他又在赴美考察报告中，正式向中央提出，为了解决煤炭能源的运输问题，建议采用美国的长大列车运输方式，并相应地进行一系列配套改造建设。接着，他在给铁道部、交通部、煤炭部提出的建议中这样写道："今后建设运量很大的煤炭或其他大宗货物的铁路时，建议按照开行重载列车的要求进行设计。"

5 月中旬，郭洪涛在参加国家经委交通局、国家计委交通局、国家建委交通局召开的编制交通、邮电十年规划会议上，再次阐述了自己的观点。6 月 20 日，这份规划报送国家计委，并抄报党中央财经领导小组各位同志和国务院各副总理。

党中央、国务院对这份规划十分重视，6 月 24—27 日，中央财经领导小组和国务院领导同志用了 4 个半天的时间，听取了郭洪涛等人的汇报。在汇报中，郭洪涛讲了交通和邮电的现状及十年规划的要点、重大技术政策等。其中，提高煤炭外运能力被郭洪涛作为十年规划需要重点解决的问题之首进行了汇报。

提高煤炭外运能力，让所有人的目光再次聚焦山西、聚焦大同。

1981 年 7 月，在国家科委、国家计委、国家经委和国家建委联合召开的交通运输技术政策研究课题计划会上，郭洪涛为大同煤炭的外运做了这样的构想：选择适宜线路，如大同—秦皇岛港，进行重型列车运输方式的研究，以便总结经验，为发展现代化的铁路运输方式做准备。

有人做过统计，郭洪涛自赴美国考察回国后，短短 2 年时间内，在大大小小的会议上和报告文件中，关于煤炭运输这个问题，就进行过 10 多次的呼吁。因为这位 70 多岁的老人，对中国铁路交通运输的落后状况十分了解，对改革开放后铁路大动脉所承受的压力十分清楚。

三、高层决策

进入 1982 年，中华大地迎来改革开放的第五个年头，持续增长的工业产值带来的煤炭增运任务，再一次以不可阻挡之势压向铁路部门。

煤炭，毋庸置疑已成为我国第一能源。

北煤南运，也成为满足东南沿海地区各行各业对能源需求的重大现实问题。

此时，国务院领导的办公桌上，也摆放着郭洪涛及和他共同为中国铁路运输寻求出路的有识之士递交上来的报告。

国务院领导再也坐不住了。

1982 年 6 月，国务院领导前往山西煤炭基地考察。在这次考察中，大家讨论最多的一个问题，就是怎样把山西的煤炭运到沿海。

是呀，一边是山西煤炭堆积如山，而另一边是东南沿海地区的电厂急等煤发电，工厂急等电生产，人们怎会不关心这个问题呢！

此前，铁道部设想了几条铁路修建方案，以便把山西北部的煤炭运出去。

从山西考察回京后，国务院领导又前往京秦（北京—秦皇岛）铁路，考察京秦铁路的开通运行及秦皇岛港口的建设情况。

回程的专列上，国家计委交通局局长张振和、铁道部基建总局副局长毛文礼、北京铁路局副局长郝顺铭和交通部基建局总工程师刘积洲陪同。

车窗外，大地碧浪翻滚，天空万里无云，如果放到往日，他们或许会欣赏一下这大自然赋予的美景，但此刻，他们像是提前约定好了一样，谁也没将目光投向那辽阔而迷人的窗外。

短短的回京途中，大家开始研究一个问题，一个关乎能源运输的问题。

国务院领导说，你们都是搞运输的专家，说说你们的意见，晋煤外运采取什么形式好。

大家听后，没有立即回答，而是谨慎地问，目前国家有哪些设想或思考。

国务院领导说，不少人提议修建运煤管道，国务院对修运煤管道的建议是初步赞同的。具体地说，修 5 条管道，每条大约需要 10 亿元，每条管道每年的运输能力为 1000 万吨。也就是说，每年可以增加 5000 万吨煤的运量。但这是一项大工程，需要慎重，所以究竟怎么办，想听听各方面的意见。

张振和、毛文礼、郝顺铭和刘积洲听后，开始发言，出乎意料的是，他们对管道运煤全部持反对意见。

他们之所以反对，是因为他们对管道运输与铁路运输有足够的了解。管道运输当时在我国还不存在，世界上最早的管道运输出现于美国。1957年，世界上第一条管道运输在美国俄亥俄州卡迪兹建成，并很快投入运营。当时，美国人将煤从煤矿上用汽车运到准备工厂，在准备工厂碾磨和精洗后掺入水，做成均匀的煤浆，注入管道，由泵将煤浆送到发电厂，然后再对煤浆进行脱水，送入储煤仓，等待燃烧。

俄亥俄州运煤管道顺利运营后，美国很快又有4个地方准备修建这样的管道。这种运输方式，也引起了世界各国及各行各业的关注，在此后的6年时间内，全世界又有90多条各种货物的运输管道建成，有运煤的，有运油页岩、高岭土、铜尾矿的，甚至还有用管道运鱼的。

管道运输有一定的天然优势，对正被煤炭运输困扰的我国来说，不失是一个解决问题的好办法。

可是，他们为什么齐声反对呢？

他们给出的理由是：

——修建5条管道，年运量5000万吨，还是不能满足晋煤外运的需要，不能满足全国各地对煤炭的需求，与其年年为此焦虑，不如找一个更彻底的解决办法。

——管道运输最需要的是水，且用水量与运输量成正比，而大同一带最缺的恰恰就是水。不仅如此，煤炭运到秦皇岛后还需要脱水处理，根据我国现有技术，黑色废水的污染问题极难解决。

　　——管道运输在载运能力上不机动，管径确定了，输送能力也就确定了，无法适应各种变化。

　　——与管道运输相比，铁道运输的优越之处在于，它在各种运量水平上都能经济运营。正常通路中断时，可以绕行其他线路。因此与其修 5 条运煤管道，不如修一条运煤铁路。铁道的灵活程度比管道具有明显优势，投资与管道相差无几，运输能力却远远高于管道。

　　他们是抱着对国家负责的态度，大胆说出这番话的。

　　国务院领导认真地听取了他们的意见。

　　不久后的一个夜晚，郭洪涛和铁道部负责基建的副部长李轩同时接到一个特殊的电话，要他们到中南海谈谈。

　　两人片刻不敢耽搁，乘车直奔中南海。

　　郭洪涛和李轩到中南海后，国务院领导开门见山直奔主题对他俩说，解决山西北部煤炭外运问题，刻不容缓。根据我国的具体情况，要充分考虑海运。应加强从内地直达沿海港口的东西铁路线建设，在山西、河北北部考虑建设一条新的运煤铁路，并采用重载列车。请你们来，就是想让你们调查研究一下，怎样尽快建设一条新的运煤线。这条线非常重要，要下决心集中力量搞好，别的线也要修，但有了这条线，大半个中国就活了！

　　郭洪涛和李轩听后，内心一阵激动，感到这条即将诞生的运煤铁路之重要性，它可是要承载大半个中国经济发展的能源运输使命呀！

郭洪涛和李轩根据之前对美国重载铁路运输的考察结果，提议以建设一条重载运煤专线为好。这条铁路运量很大，是一条运煤的大通道，对开发以山西为中心的能源基地，增加华东、华北、华南等地区的煤炭供应及煤炭出口，都很有利。

大同—秦皇岛重载铁路的雏形，从那一刻起便开始孕育。

第二天一上班，郭洪涛便把时任国家经委副主任、中国交通运输协会常务副会长岳志坚请来，将有关要求告诉了他。

岳志坚 1937 年在家乡河北曲阳参加革命工作，抗日战争时期，一直在晋察冀做青年工作。中华人民共和国成立后，他先后在铁道团工委、铁道部机务局、中国铁道科学研究院（简称铁科院）工作。岳志坚在铁科院担任副院长兼党委书记时，院长是著名的土木工程学家、桥梁专家茅以升，两人一起工作，许多观点相同。

岳志坚此时已不再年轻，可当郭洪涛把相关要求告诉他后，他当即对郭洪涛说："总体设想你已经有了，具体工作就交给我吧，你年纪大了跑来跑去不方便。"然后，岳志坚辞别郭洪涛，回去为接下来的考察做准备。

岳志坚说郭洪涛年纪大了，而他忘了自己也已 64 岁。"老骥伏枥，志在千里；烈士暮年，壮心不已。"说的就是他这样的人。

8 月 24 日，岳志坚带着秘书和北京铁路局的一位总工程师出发，沿丰沙铁路至大同，一路考察。当时，岳志坚比较倾向的第一个方案是：在现有的丰台——沙城——大同的丰沙大铁路旁，再加铺一条铁路专门运煤。这样做的好处是，既省钱又省力。

可当岳志坚一路颠簸、胸有成竹地来到一个叫鲫鱼背的地方时，他否定了自己倾向的第一方案，打消了在丰沙大铁路旁再加铺一条铁路的念头。因为鲫鱼背的下面，是煤矿采空区，而紧挨现有铁路的一侧，便是大洋河。也就是说，新修的铁道线经过此处时，无论怎样迂回，都保证不了列车运行的安全。

如果连列车运行的安全都保证不了，那么还怎么为全国各地运输煤炭！

于是，岳志坚忍痛放弃了最初的想法，开始考虑新的铁路走向——从大同经桑干河大峡谷到秦皇岛。

岳志坚之所以把大同经桑干河大峡谷到秦皇岛作为第二方案，不是没有缘由。桑干河大峡谷弯曲狭窄，山高水急，地面随处隆起，加之这一地段位于深大断裂带，到处是不良地质，而且峡谷内还有3座正在规划中的水库，上述各种原因都让岳志坚把走桑干河大峡谷作为第二方案。如今，第一方案无法实现，只能选择第二方案。

就在岳志坚按照心中的第二方案，准备改道前往桑干河大峡谷考察时，不承想有一群人跑到了他的前面。

这是一群同样密切关注大同——秦皇岛运煤铁路走向的人。

这群人，就是在我国铁路新线建设中有开路先锋之称的铁道部第三勘测设计院（简称铁三院）的领导和技术人员。当岳志坚考虑走桑干河大峡谷这条线时，铁三院已派高级工程师吴松禧带人到桑干河谷的崇山峻岭间，跋山涉水搞实地勘测去了，并根据勘测结果，拿出了一套可供领导参考、研究的方案，提出了设计院的意见——建议大同—秦皇岛铁路走桑干河谷！

岳志坚拿着铁三院的方案，到桑干河大峡谷考察后，又极其慎重地与铁三院的同志们研究、商量，心中渐渐有了结果。然后，他不顾连日劳顿，又赶往大同。

铁路的大致走向确定了，岳志坚现在要去实地了解一下大同，乃至整个山西的煤炭生产情况。因为在他出发之前，铁道部已经做好了大干一场的准备，对即将修建的这条运煤新线也做出了理想的规划：年运量 2900 万吨。

2900 万吨，这是一个被大多数人认可的数字，铁三院也按照这个思路，拿出了初步设计方案：铺设普通线路，用国产韶山 1 型电力机车牵引。可就在此时，煤炭部计划处一位叫张虎的处长却提出了一个惊人的设想：大秦铁路的年运量要达到 1 亿吨！

1 亿吨！这简直就是一个天文数字，所有听闻这一设想的人，都怔住了。因为如果要达到年运量 1 亿吨，那么每天从大同运往秦皇岛港口的煤炭就要达到 27 万吨。

而且，一年 365 天，天天如此，包括雨雪恶劣天气、事故中断行车，以及各种不可预见的因素影响等。这在我国乃至全世界任何一条铁路上，都还没出现过。

但 1 亿吨这个数字又是那么让人心动，试想，如果每天能运出 27 万吨煤炭，一年运 1 亿吨，那我国能源紧张的状况，不就彻底解决了吗？

可是，另一个问题又出现了：山西，有这么多煤炭可运吗？

所以岳志坚要亲自去大同看一看，他清楚，看似在修建一条铁路，但背后是国家高昂的投资，而国家此时尚不富裕。因此他要为国家负责，去一趟大同，看看那里到底有多少煤炭可运。

岳志坚到大同后，没有进宾馆，也没听汇报，他轻车简从，一道沟一道沟地走，一个矿一个矿地看。先去云冈矿，又去口泉矿，接着去平朔矿，之后过了宁武，又下轩岗……

途中，凡是有煤矿的地方，岳志坚都坚持要进去。去了先看储量，然后算开采量，接着了解周边的道路交通状况。几日后，他看完大同地区的煤矿，又风尘仆仆地前往太原附近的西山矿，随行人员想，看完西山矿，考察就该结束了吧。可岳志坚过了太原，又继续朝其他煤矿而去，仿佛这一路看的不是黑乎乎的煤炭，而是如画的风景。

其实，岳志坚看的、算的，是每年 1 亿吨的煤炭运量到底有没有保证。

一个月后，瘦了一圈的岳志坚得出一个结论：那个叫张虎的处长提出的 1 亿吨设想是有依据的，应当全力支持！

回到北京，岳志坚顾不上休息，直奔郭洪涛办公室，向郭洪涛汇报了大同—秦皇岛的线路走向、山西北部各煤矿煤炭的储量和产量等考察情况，并提出了建议。

时值 9 月，党的十二大也确定了到 20 世纪末，我国国民生产总值翻两番的战略目标，并把发展能源和交通作为实现这一宏伟目标的战略重点。

而晋煤外运，是能源和交通两大薄弱环节的结合部。

郭洪涛听取岳志坚的汇报后，立即与时任国家计委主任的宋平商量，然后召集国家计委、国家经委、铁道部、交通部、煤炭部的领导同志开会。参加会议的有金熙英、岳志坚、陈璞如、李轩、刘辉、刘济舟等，以及"两委三部"有关负责同志和技术专家 30 多人。

那次的会议开了整整一天，大家畅所欲言讨论热烈。会上，煤炭部副部长刘辉说："修吧！你们放心大胆只管干！煤有的是。修一条铁路只怕还不够！"铁三院的高级工程师吴松禧，是个文化人，他听了刘辉的话，还不太放心，犹豫了一下站起来说："刘部长，能不能给我们一份晋北地区煤炭运量逐年增长情况计划表。"

大家听后，都笑了起来，刘辉说："老吴，运量问题，你只管放心。你现在的任务就是用最快的速度拿出这条铁路设计方案！"

会议结束的时候，大家形成了高度一致的意见：同意建设新的重载列车运煤专线。郭洪涛做了会议总结：第一，这条铁路一定要修，这不是哪个人主观意志决定的，而是国民经济对能源的需求，北煤南运、西煤东运的格局决定了这条路不修不行！第二，这条铁路不能修低标准，必须考虑到"六五""七五"乃至"八五"期间，国民经济发展对煤炭需求的迅速增长。从设计之初就不能只图应急，而应考虑今后10年、20年乃至下个世纪！

1982年10月，铁三院正式提交了《大同至秦皇岛线方案研究报告》。11月23日，国家计委、国家经委、铁道部联合向国务院提出了《关于大同至秦皇岛运煤专用铁路建设问题的报告》，这份报告的主要内容如下：第一，煤炭运量的预测。根据煤炭部的初步规划，山西北部、内蒙古西部、陕西北部和宁夏需经大同外运的煤炭，将由4000万吨增加到1.6亿吨左右。既有丰沙大等铁路线改造后，运煤能力达到7000万吨，尚缺9000万吨的能力。这条运煤干线的年运输能力应按1亿吨左右设计。

第二，工程概况和建设步骤。经过对几个方案的比较，大家同意铁三院提出的线路走向方案。这条铁路西起大同韩家岭车站，向东沿桑干河到沙城（怀来），越北京北部的军都山至怀柔，经遵化、迁安到秦皇岛，全长约650公里，估计投资约30亿元（不包括两端站场投资）。鉴于这条铁路工程量较大、投资较多、建设周期较长，应根据煤炭的开发进展，采取分段建设、分期使用的方法，尽快发挥投资效益。初步考虑，经全面规划、设计后，先集中力量于 1989 年修通大同的韩家岭车站经沙城—怀柔段，与京秦铁路先相连，然后再根据运量发展的需要，适时地修建怀柔—秦皇岛段。

第三，线路的建设标准，大同—秦皇岛线应尽量采用我国研制成功的新技术，并有选择地引进一些外国先进技术设备，开行重载列车，以便用较少的投资取得较大的经济效益。

……

在这份报告中，还提出一个建议，就是由中国交通运输协会组织一个代表团，赴澳大利亚和加拿大等国进行重载铁路运输技术考察。

法国有个叫布里丹的哲学家，他讲过的一个故事广为流传：一头小毛驴特别爱思考，一天，主人要出远门，便给小毛驴留下了两堆一模一样的草料。结果主人走了之后，小毛驴在两堆草料前思考来思考去，不知先吃哪一堆草料为好。最后，竟在思考中被活活饿死。这个故事被人们概括为布里丹决策综合征。

历史上，许多个人、政府、国家，在做出一项重大决策时，往往都会在所难免地出现布里丹决策综合征。

那么，在从大同—秦皇岛间修建一条重载铁路这个问题上，我国政府会犹豫吗？

仅 10 天后，即 12 月 3 日，国务院便批准了国家计委、国家经委、铁道部联名递交的这份报告。同时指出，必要时可请外国专家帮助设计。某些先进技术设备可引进制造技术或合作生产，以尽快提高我国制造水平。

这样的批复速度，在我国铁路建设史上，还是第一次！

四、奔波在大洋彼岸

1983年3月11日，以中国交通运输协会名义组织的中国重载单元列车考察团，由岳志坚任团长、李轩任副团长，一行13人，登上飞机，向大洋彼岸飞去。

于是，出现了本书开头的一幕。

13人中，除了岳志坚、李轩和翻译外，其余10人全部为勘测设计、自动化遥控、制动器、缓冲器等各专业的技术中坚。这些专业都是下一步大秦铁路建设将涉及的，因此每个人都备感此行责任重大。尤其是铁三院的高级工程师吴松禧，更是感到重任在肩，因为在我国有史以来建造现代化程度最高、将来要承担大半个中国经济发展重任的大秦铁路建设中，他被委以总设计师之职。

此刻，不久前郭洪涛主持召开的那场会议中的一幕幕，又浮现在了吴松禧的眼前。那天，作为勘测设计方面的专家，他和同事在汇报选线方案时，没有丝毫的紧张。因为在此之前的3个月，他带人跋山涉水将线路走向沿途所有的数据、水文地质情况都勘测得清清楚楚，无须汇报材料，他也能准确无误地汇报出选线方案。

如今，方案就要向前推进了，千军万马也准备从全国各地向大同、向太行山、向燕山、向桑干河大峡谷集结了，这是吴松禧梦寐以求的结果，他本应该高兴才是，可一想到自己所担任的总设计师之职，吴松禧就不由得感到肩上的担子又重了许多。

他想起出发时，有好心人劝他，老吴，谨慎些！弄好了，未必有你的功劳！弄不好，你可就身败名裂了！

吴松禧担心的不是自己身败名裂，他像岳志坚一样，都想做一个对国家负责的人，不愿因自己的一点纰漏，给国家造成损失。不然，在之前的那场会议上，他也不会提出要一份晋北地区煤炭运量逐年增长情况计划表。

从来不抽烟的吴松禧，这个时候很想抽根烟，以缓解内心的压力，于是他朝周围同行者看去，想看看谁的手中有烟。抬头，却看到其他同志或在轻声商量，或在低头沉思。可以看得出，每个人心头的压力都不小。

吴松禧又陷入了沉思，这一次，他思考的重点是重载铁路究竟有多重？他想，如果一辆车装80吨煤炭，车辆能受得了吗？如果一列车组合100辆，车站的长度够吗？如果一列车总重1万吨，车头能拉得动吗？钢轨能承受得住吗？另外还有路基、调度指挥……

飞机途经香港，考察团短暂停留几日，接着向澳大利亚飞去。

异国的风情和景色无疑是吸引人的，但岳志坚和大家无暇欣赏，下了飞机后，便开始了考察。他们从澳大利亚的东部到西部，从悉尼到珀斯。

在澳大利亚的新南威尔士州，他们第一次看到了曾在脑海中想象过无数次的重载单元列车。只见群山之中，先是传来一阵地动山摇般的声音，接着一列装满了煤炭的列车穿过大桥、隧道，轰隆隆地从他们面前驶过。列车很长，看不见头，也瞧不见尾。那一刻，岳志坚、李轩等考察团成员都十分震撼，他们在心中不由得发出一声声惊叹，啊，原来火车竟然可以拉这么重、这么长！

尤其是吴松禧，作为总设计师，当那列满载着煤炭的列车刚从隧道中露出头，出现在大家的视野中时，他就眼睛一眨不眨地盯着，脑子里也快速地计算着。当列车完全驶过后，吴松禧很快得出了一个结论：这趟列车至少有2000米长。

2000米长的列车，超过我国现有列车长度的数倍。

但吴松禧相信，在祖国的大地上，将来也一定会出现这么长的列车，甚至会超过2000米。

离开澳大利亚，考察团转道新加坡到华盛顿，接着又前往纽约……

那些日子，考察、讨论、谈判、商议，成了他们的全部。仅一个月的时间，考察团一行乘坐飞机的次数就多达38次，几乎每天都在空中飞来飞去。

对重载铁路运输技术的渴求，以及对祖国大地上那条即将诞生的大秦铁路，让他们忘记了时间。

那可是一条祖国大地上急需的现代化铁路呀！每每想到这些，他们就觉得浑身是劲，分秒不舍得浪费。

有一次，考察团在美国丹佛考察，当地接待的官员看到他们如此辛苦，建议他们放松一下，并邀请他们一行到当地最有名的大瀑布去观赏。盛情之下，岳志坚和李轩出于礼貌，便答应了对方，可是当看到还有那么多的资料没看完，还有那么多的事情没干完后，二人便后悔不已。第二天，到了去看大瀑布的时间，岳志坚左右为难，但为了兑现承诺，他最终抽出 3 名考察团成员代表大家随当地接待的官员去观赏大瀑布。

考察的最后一站，是旧金山。紧张的异国之行即将结束，岳志坚和李轩让大家休息半天。

碧空如洗，海风习习，一行人信步来到金门大桥。金门大桥闻名世界，曾在许多部电影里出现过。此刻，岳志坚、李轩和大家在欣赏这座精美与雄伟的大桥之余，把目光落在了大桥设计师施特劳斯的铜像上。望着铜像，李轩神情严肃地对大家说："将来大秦铁路搞好了，给你们也塑座像，是站着的；如果搞砸了，也为你们塑像，要下跪！"

一个多月的考察，可以说收获满满，这从他们携带的行李中，就能看出一二。

20 世纪 80 年代，但凡出一趟国的人，都会利用这个难得的机会给家中购买一些家用电器，比如电视机、电冰箱、洗衣机等，可考察团的 13 人谁也没有动过这个心思，他们每个人的柳条箱里，装满了各种资料，以至于柳条箱都被撑破了，不得不用绳子左捆右绑。

即便这样，还是有一堆资料无箱可装，于是他们找来大纸箱又满满当当地装了七八个，才把资料装完。回国的时候，由于这些箱子实在太重了，航空公司不给办理托运，他们便找到海运，将资料运回国内。

踏上回国的飞机，岳志坚他们并没有就此而如释重负，因为他们知道，接下来才是真正的开始。飞机在太平洋上空飞行的时候，岳志坚与吴松禧谈了各自的考察感受。

岳志坚问："老吴，你对设计这条线路还有什么顾虑？"

吴松禧张了张嘴，没把话说出来，因为他不知道该怎么回答。按理说，一个多月的考察中，尤其是在澳大利亚第一次看到那列长长的重载列车时，他就觉得我国也完全可以开行这样的列车，可当岳志坚问他时，他又有些犹豫了。

岳志坚仿佛看透了吴松禧的心思，对他说："你是总设计师，有什么想法，只管大胆说。行动上的坚决，首先是要有思想上的自信。这样吧，我先说说我的想法。第一个问题，我们国家该不该投巨资修建这条铁路？"

吴松禧看着岳志坚，听他往下讲。

岳志坚接着说道："我们国家要现代化，首先要解决能源问题。

根据预测的常规能源储量，我国煤炭有 5 万亿吨，石油约 700 亿吨，天然气约 30 亿立方米，水能资源理论蕴含量 6 亿多千瓦时。很明显，我国能源中煤炭是大头，占 90% 以上。因此以煤为主的一次性能源结构和以煤电为主的二次能源结构，在相当长的时期内不会改变。这就决定了山西的煤炭要源源不断地调入华东、华南，甚至东北等地，修这样一条运煤铁路，不仅需要，而且非常必要。关于这一点，国务院领导同志已多次讲过，我们也做了多次论证，你应当有信心。"

吴松禧望着岳志坚，频频点头。

岳志坚继续讲道："其次，该不该修一条现代化程度很高的重载单元列车线路呢？根据这一次考察的结果，重载单元列车的开行绝对是大生产的产物，它必须在资源、产销布局和运输条件许可的情况下才能发展。我可以肯定地说，这种造价昂贵的现代化铁路并不适合全国都修，但具体到大同—秦皇岛，该不该搞呢？结论应当是清楚的。而且，我估计，到本世纪末，我们投资修建的这条铁路完全有可能成为世界上运送能力最大、在国内运营成本最低的铁路。如果说问题，那么只有一个，就是我们有没有这个水平和魄力去修！"

岳志坚的话，让年过半百的吴松禧听得心跳加速，一个字都不舍得漏掉。岳志坚后面的话是这样说的："我知道你的心思，把设计变成现实，不是件容易的事，从钢轨到车辆、机车及各项技术，现有的都不能用，但你不用考虑那么多。我想，面对这样紧迫的能源现状，国家就是砸锅卖铁，也会痛下决心的！"

吴松禧不想让国家砸锅卖铁，他要用全部的心血，为国家节省每一笔投资，修建一条现代化的重载铁路。

考察团从大洋彼岸回国后，部分人员住进了铁道部招待所，经过一番详细的整理，他们向有关领导做了考察汇报，播放了幻灯片。

之前，有的同志还对修建重载铁路存有一丝顾虑：耗资几十亿搞重载铁路，脱离中国国情，不如用这些钱去改造旧线！大秦铁路修好后，有那么多煤可运吗？秦皇岛港能吞吐得了吗？

但在考察团带回来的大量资料和事实面前，这些同志也渐渐消除了疑虑。

大秦铁路，这条中国重载第一路，由理论变为现实越来越近了。

1983 年 9 月 24 日，在返京的专列上，召开了大秦铁路建设座谈会。在听取了有关专家的意见后，会议决定，大秦铁路非修不可，原定 1989 年上半年竣工的大秦铁路要提前半年开通。

9 月 30 日上午，国务院召开常务会议。很快，从中南海的红墙内，传出了修建大秦铁路的声音。这是国务院领导同志在广泛听取铁路、煤炭等各方面意见，并对山西煤炭生产与运输的现状、发展趋势等进行全面调查分析后做出的重要决定。有关中央领导甚至还在这次会议上热切期望：铁道部要在修大秦铁路中，干一番振奋人心的事业！

当天下午，时任国务院副总理李鹏同志在办公室接见了前来汇报工作的大秦线电气化铁路和重载列车成套设备领导小组成员。待大家刚一坐定，李鹏就高兴地宣布："今天上午，国务院常务会议已经决定，大秦铁路坚决要上！"接着，他又意味深长地告诉大家，这是国务院对增加晋煤外运通道的重大战略决策。

可以说，在我国铁路修建史上，还没有哪条铁路从动议到修建，速度之快能与大秦铁路相比。它没有像同一时期开工建设的大沙铁路（大冶—九江沙河街）一样，遭遇九上九下的坎坷，整整拖了30年，直到1987年在"中取华东"时才铺通；它也没有像正在修建的衡广复线（京广铁路衡阳—广州段）一样，历经三上三下的磨难，每逢国民经济调整，就被迫下马，前后经历30年才建成。

是大秦铁路的建设里程不够长吗？不是，全长653公里的大秦铁路，比大沙铁路要长出近5倍。是它的建设标准不够高吗？不是，大秦铁路是我国修建的第一条双线电气化铁路，它的技术标准在我国当时已有和在建的5万多公里铁路中，无一能比。是它的投资不够多吗？也不是，总投资数十亿的大秦铁路，比衡广复线要多得多。

尤其是一次性投资几十个亿，这对当时资金紧缺的我国政府来说，是十分艰难的。

难怪有人再次发出质疑：花这么多钱修建大秦铁路，有必要吗？

质疑声也不是没有道理，因为一次性投资几十亿兴建一条铁路，这在中国乃至世界铁路史上，都很罕见；一次建成一条 653 公里的双线电气化铁路，这在中国乃至世界铁路史上，从未有过；一步到位上马光缆数字通信系统、微机化调度指挥系统等数十项具有世界先进水平的技术装备，这在中国乃至世界铁路史上，寥寥无几……

质疑声是客观存在的，面对这样的声音，国家计委主任宋平道："有不同意见可以保留，但国务院决策已定，大秦铁路必须快上！"

国家计委副主任叶青也疾呼道："大秦铁路不是可开可不开，而是必须开，而且要开得好，否则华东、华北等地的电就没有办法了！"

10 月 8 日，秋色正浓，中央财经领导小组在中南海召开会议，听取了关于加快山西能源基地铁路建设的汇报。在这个会议上，大家一致认为，有些事情议到一定程度，就要做决定，定了以后，就不要再考虑来考虑去了。任何事总有两面，总有侧面。大秦铁路是我国第一条重载、长大列车线，建设速度要快，投资要省，要作为重中之重，认真抓好。投资、材料、设备要保证，要调强的施工队伍，确保比原定工期提前半年完成。这条线非常关键，几千万吨的煤炭运到秦皇岛，全局的一大半就活了。

会议结束后，参与大秦铁路前期规划、调研、考察的部门和同志，带着对我国第一条重载铁路的期盼，正式起草了《关于审批大同至秦皇岛铁路设计任务书的请示报告》。请示报告对大秦铁路修建的意义、性质、要求、投资状况、技术装备引进、配套工程建设等进行了详细的说明，并于 10 月 19 日由国家计委正式向国务院递交。

很快，请示报告便获批。

1983 年 11 月 24 日，国家计委正式向铁道部下达经国务院批准的大秦铁路设计任务书，确定了这条铁路的建设规模、工期、技术标准和运营模式。与之前的其他铁路相比，大秦铁路有明显的不同：它瞄准了国际先进水平，选择重载单元列车的运输方式，要达到 80 年代现代化先进水平；它是一项庞大复杂的系统工程，需要铁路、港口、煤矿、电力综合规划，装、运、卸配套；它具有运输能力大、装卸时间短、车辆周转快、运输成本低、经济效益高的特点，近期年运量 5500 万吨，远期年运量 1 亿吨。

在我国当时 6 万多公里的铁路线中，大秦铁路现代化程度可谓全国第一。

同时，为了给大秦铁路这条钢铁巨龙装上坚甲利爪，国务院重大技术装备领导小组召开扩大会议，在关系国民经济发展全局的重大技术装备引进项目中，为大秦铁路的装、运、卸系统工程成套设备的研制、引进和国产化工作立了项。

这些项目共有 12 个，分别是：大型露天矿、水电站、三峡工程、核电站、输变电工程、大秦铁路、宝钢二期工程、30 万吨乙烯、复合肥料、煤化工、大规模集成电路和民用飞机。

在这些项目中，国务院领导又对大秦铁路提出了殷切希望：大秦铁路是我国第一条重载、长大列车线，是重中之重，要认真抓好。投资、材料、设备要保证。

一条担负着大半个中国经济发展的能源运输大动脉，即将出现在神州大地的版图上。

有人为此写下这样的感怀：

初冬迎风至大同，桑干河畔绘巨龙。

石匣里湖望长月，朝阳河畔看彩虹。

万吨巨龙欲奔驰，半壁河山枫顿红。

且与美澳试争高，中华儿女建奇功。

只是，令所有人没想到的是，大秦铁路通车后，经过一代代铁路职工的辛勤努力，年运量不仅突破了设计的 1 亿吨，而且还连续保持着 4 亿吨、4.5 亿吨的高运量，保证了大半个中国经济快速发展的能源运输需求。

五、达摩克利斯之剑

郭洪涛的建议、岳志坚的带队考察，点燃了中国重载铁路诞生的星星之火，但离真正的修建和通车，还有一段距离。这个距离，有时需要 10 年，有时需要 20 年，有时需要更长的时间。

国家决定修建大秦铁路的时候，大同地区的煤炭运量一天高于一天，一列紧挨一列的运煤列车，鸣着汽笛，从煤矿、车站驶出，呼啸着朝远方而去。可以说，这些列车拉的煤都很重，再加上要比一般的车体长许多，因此被它们昼夜不停碾压过的钢轨，几乎没有一点喘气的机会。

钢轨吱吱呀呀，发出呻吟之声，但全国各地需要煤炭的呼声，让它来不及休息便又迎接下一趟列车通过。

一根又一根的钢轨，再也承受不住来自上部运煤列车的重量，相继出现断裂，每年断裂的钢轨高达几百根。

毫不夸张地说，大同地区的铁路就像头顶悬着一把摇摇欲坠的达摩克利斯之剑一样，随时都有被刺中的危险。

但为了能多运出去一车煤，满足全国各地对煤炭的需求，大同铁路分局的领导还是忍痛下令："监视钢轨，车轮不许停！"

铁道部也传来命令："大同铁路分局出了事故，不算你们的，责任在我们！"

煤呀煤！让人欢喜让人忧。

于是，大同铁路分局的职工，尤其是工务系统的职工，全部放弃了休息，到线路上盯紧钢轨，只怕哪根钢轨断了后，没有被及时发现，造成列车颠覆、车毁人亡的惨痛事故。

国务院也始终密切关注着山西煤炭的外运情况，这一时期，不少领导同志更是在百忙之中赶赴大同。

铁道部也拿出各种具体办法，尽最大努力缓解煤炭运输的窘境，因此在那一时期，几乎每一位铁道部部长走马上任后，都要先到一趟大同。就拿铁道部部长陈璞如来说，这位从革命战争年代走出来的领导干部，1982 年 4 月刚调任铁道部，就马不停蹄地赶到大同，之后又连续多次到大同。他对大同铁路分局的领导干部说："运煤任务，一定要完成！至于要什么条件，你们今天就写出来，需要多少机车、空车，都写出来！"

作为铁道部部长，有多少大事要事亟待处理，陈璞如却把煤炭运输的任务看得如此重要，把小小的大同铁路分局看得如此重要，这是为什么？答案不言而喻。

至于在铁路建设投资方面，铁道部更是给大同铁路分局"吃偏饭"，集中人力、物力、财力，对大同枢纽辐射的所有铁路进行改造。先是把丰沙大单线改成双线，接着又将这条铁路的双线改造成电气化，让牵引力更强劲的电力机车在这条线上跑起来。同时，将北同蒲铁路电气化改造工程列入国家重点项目，破土动工。还有朔州以北的单线铁路，凡是不能满足运输需要的，全都增建双线；云冈支线道口较多，影响列车通过能力，铁道部和煤炭工业部就联合拨款，在道口地段修建了立交桥。还有其他需要扩建的车站，铁道部也马上投资；线路需要延长的区段，施工队即刻开进……

放眼全国，没有哪个地方的铁路，能得到国家和铁道部如此的重视和"偏爱"。

在这种支持下，大同铁路分局先是将普通列车组合成超重超载的长大列车，每列重量由之前的3000吨提高到6000吨，甚至7000吨。要知道，6000—7000吨，是当时我国一列长大列车的极限。然后，他们又想方设法将京包铁路大同—张家口区段的上行机车牵引量从3500吨提高到4000吨。这样一来，可以保证全年多运煤炭487万吨。接着，他们又把目光投向与京包、同蒲两条铁路干线相连接的宁岢、宁朔等支线，将宁岢铁路每列车的运煤重量由1200吨提高到1500吨，将宁朔铁路每趟列车的运煤重量由1400吨提高到2500吨。同时，为了能多接、快接空车进入矿区装煤，他们对京包铁路大同—张家口区段的下行列车采取在管内中间站摘掉机车，然后掉头再到张家口去拉空车的办法。为了减少运煤列车在中途分解，尽可能保证煤炭列车一路直达目的地，他们还想方设法多组织直达列车。仅 1981 年，大同铁路分局组织的直达列车就占所有运煤列车的 70.1%，直达列车多达上万列。

在这种史无前例的运量面前，已经吱吱呀呀的钢轨，再也承受不住了。

有一天，塞北大同的天气格外寒冷。大同铁路分局局长常国治在办公室加班到晚上 8 点多，当他穿上大衣准备回家时，不想一走出办公楼，就被一股凛冽的寒风毫不客气地吹了个趔趄。常国治站在寒风中，禁不住打了个冷战，脑子里也不由得想到了一个问题：这样的天气，会不会出事？

想到这里，他噔噔噔几步来到值班室，通知马上召开全分局电话会议。

那晚的电话会议开得很短，但内容十分明确，各级安全人员必须立刻全部到自己的岗位上去值班！

于是，在那个寒冷的深夜，铁路干部职工顶着大风，冒着严寒，纷纷朝旷野中的铁道线奔去。

常国治不愧是干了多年的局长，他的预判是准确的。那晚 12 点 56 分，常国治办公桌上的电话铃声急促地响了起来。他知道，深夜来电，必是十万火急的事情。

常国治一把抓起话筒，还没等他开口，那边已传来值班人员急促的声音："局长，京包铁路周士庄车站正线钢轨断开 50 多厘米！"

常国治一听，大吃一惊，因为京包铁路不仅有运煤列车，而且还有旅客列车，尤其是每天还有 4 趟往返北京—莫斯科的国际列车通过。一旦出现问题，造成的影响无法估量。

"有车过来吗？"常国治脱口问到。

"有，264 次列车刚好过来！"对方回答。

"什么！"常国治只觉得后背一阵发冷，因为 264 次是旅客列车，车上有上千名旅客。

"不过被养路工及时发现拦停了！"电话那头，又接着传来汇报声。

"好险呀！"常国治定了定神，擦了擦额头的冷汗，问道，"这个养路工叫什么名字？"

"贾新！这段线路的安全就是由他负责的！"汇报的值班员有些激动，大声地回答。

"好，太好了，这个贾新了不起！是咱们的榜样。你听着，现在立刻通知相关科室和单位做三件事：第一，马上安排换轨，让列车尽快通行；第二，重奖贾新，为他晋级；第三，为贾新披红戴花，大张旗鼓宣传他、表扬他！"

常国治说到这里，刚要挂断电话，又补充了一句："明天一早就表扬，我亲自去！"

常国治放下电话后，一看时间已是午夜 1 点多了，睡意全无的他，索性继续工作。

而那晚，和他一样毫无睡意的，还有一群正打着手电筒，趴在钢轨上，来来回回像工兵探雷一样检查钢轨安全的干部职工。他们三步一岗，五步一哨，在漫漫寒夜中保证一趟趟列车安全通过。人群中，就有那个叫贾新的职工。

贾新是大同工务段周士庄线路工区的工长，那些日子，他和工友每天带着干粮，分三拨到线路上巡冷。所谓巡冷，就是气温越低，越要按规定加紧对管辖的线路巡视。热胀冷缩，铁路人都知道高温酷暑和严寒天气对钢轨的影响有多大。大同地区的冬天，气温有时低至零下30多摄氏度，贾新和大家常常带着工具，背着干粮，在线路上一巡就是一整天。3月5日那天晚上9点钟，天气冷得要命，贾新和两名班长一人带一拨养路工，再次出发。他们一步一弯腰，借着手电的微光仔细巡视钢轨。12时50分的时候，当他带人巡检到距离周士庄车站3公里的地方时，突然发现一处钢轨的接头处断掉了50多厘米，而且断掉的钢轨已经不见了踪影。

那时候没有对讲机，更没有手机，养路工要把险情通知出去，要么放响墩，用声音通知过往列车停下来；要么靠两条腿，把险情汇报出去。贾新一路疾跑，奔至最近的一个扳道房，拿起电话将十万火急的险情汇报了出去。周士庄车站接到电话后，随即把正飞驰而来的264次旅客列车拦停了下来。

接着，贾新通知工区其他10多名工友赶快带上工具，马上全部到断轨地点集合！

　　月光下，周士庄线路工区的养路工扛着洋镐，背着撬棍，快速向断轨地点奔去，然后抓紧时间更换受损的钢轨。

　　撬、搬、抬、切、接，那个深夜，这些职工披星戴月，在寒风中满头大汗地进行抢修，不到半个小时便把新钢轨安装到位，使受阻的列车顺利朝北京开去。

　　第二天，常国治亲自给贾新戴上了大红花。电视台获知消息后，也赶来采访。按理说，贾新可以大讲特讲一番他发现断轨时惊心动魄的一幕和争分夺秒抢修的情况，但他惦记着那两根钢轨，不等采访完便摘掉大红花急匆匆地赶回周士庄，给电视台记者扔下一个头也不回的背影。

　　而贾新，只是大同铁路众多职工的一个缩影，他们的心中除了钢轨还是钢轨。

　　几乎所有的人，都如弓在手、箭在弦，随时准备战斗。

　　一次，常国治对国家计委的一位负责同志说："我们太累了，是在负重行车。"

　　那位负责同志告诉他："对你们来说，不是什么鞭打快牛的问题，而是要鞭打负重的快牛！负了重还要当快牛，不能当慢牛！"

六、决战开始

就在一列列运煤列车负重快跑的时候，正在我国其他铁道线上鏖战的千军万马，也接到了通知。他们拔寨起营准备从四面八方向那古老的深山集结，向我国最具现代化标志的大秦铁路集结。

大战的帷幕，即将拉开。此时的北京，有一群人正静静地等待一个重要时刻。

1984 年 1 月 4 日，铁道部招待所，一辆接一辆的小车，鱼贯而入，驶至楼前。先是铁道部部长陈璞如和副部长李轩、尚志功，接着是国家计委副主任吕克白和国家经委副主任林宗堂，然后是交通部副部长子刚和煤炭部副部长胡富国，以及机械部副部长沈烈初、水利部副部长赵庆夫、电子部副部长张学东。络绎不绝到来的人群中，还有北京市副市长张百发、天津市顾问毛昌武、山西省副省长阎武宏、河北省副省长郭志等相关省市的领导。

他们相继赶来，是为了参加一个重要会议。

当又一辆小车驶来时，铁道部部长陈璞如快步迎了上去。

车门打开，从车上走下来的，竟是李鹏同志。

　　李鹏的到来，让参会的领导瞬间明白：今天的这场会议，将有重要事情宣布。

　　会议在一间普通的会议室召开。

　　李鹏代表国务院宣布：国务院大秦铁路建设领导小组正式成立。

　　这个领导小组，虽然大家之前已经从不同渠道获悉，但今天正式宣布，感觉还是有所不同。

　　李鹏接着宣布了小组成员名单，由国家计委、经委、铁道部、交通部、煤炭部、水利部、机械部各部委及山西省、河北省、北京市、天津市的领导人组成大秦铁路建设领导小组，由铁道部部长陈璞如担任组长。

　　宣布之后，李鹏说："交通运输的战略重点是晋煤外运，国务院对修建大秦铁路十分重视，希望能把这条铁路建设成一条投资省、能力大、质量好、进度快、效率高、少设车站的运煤专用铁路，在建设上闯出一条中国铁路现代化的路子来！"

　　会场洋溢着喜悦的氛围。

　　李鹏在大家的注视中，接着说："这条铁路建成后，几千万吨煤炭就可以运输到秦皇岛，再输送到东南沿海地区，我国的能源形势就会发生很大变化，全国经济发展这盘棋就活了！"

　　鉴于大秦铁路牵涉方方面面，需要路、港、矿、电通力合作，更需要两省两市协助征地拆迁，组长陈璞如在这次的会议上传达了中央领导同志的要求：在统一部署下，各部门、各地方各负其责，谁误事、谁负责，部里误事由部长负责，地方误事由省（市）长负责。

有人回忆，如果吴松禧当时也在会场，那他一定会热泪盈眶，因为之前在国外考察时，吴松禧就曾大胆地向李轩表露过个人观点，既然大秦铁路是运煤专线，那么在设计上，能不能少设几座车站，车站与车站之间的间距放大一些。

少设车站，不仅仅是可以节省一笔投资，更重要的是，车站在合理的范围内减少，会大大提高列车的通过能力。

其实，吴松禧完全可以按我国既有的铁路车站常规距离去搞设计，那样他设计起来会更加得心应手，游刃有余。可是，为了能源运输，他还是勇敢地提出了自己的观点。

这就是一代知识分子的情怀。

此刻，吴松禧又在干什么呢？

吴松禧此刻正带着铁三院的技术人员在地质条件复杂的桑干河大峡谷中，在那被地质勘探者称为"地质博物馆"的群山中，为大秦铁路选取最理想的线路走向。

天气虽仍有寒意，但吴松禧的心是火热的。在选线过程中，他想起了很多事。

从第一次带人到桑干河大峡谷勘测，到登上飞机去国外考察，再到如今亲手选线、设计，他为自己能参与并见证这样一条担负国家发展重任的现代化铁路的修建而感到骄傲。

这骄傲的背后，还夹杂着骨气。在美国考察时，当地一家公司对他们考察团一行表现出极大的热情，用最高的规格接待他们，并将公司总裁的飞机拨出来供考察团使用。之后，这家公司又派人几次来到我国，专门考察了大同的能源和交通状况，并正式向我国铁道部提出美方派 5 位专家，每季度来一趟，协助修建大秦铁路，所有方案和技术问题美国公司帮助解决。

这样的"好事"，任谁都会接受，可吴松禧拒绝了。

因为美国公司列出了一份清单：

计算机数据每单位小时付费 2000 美元。

每一线路的日仓储费 0.02 美元

每小时联系时间的费用 6 美元。

后面还有旅行、人身伤害、操作事故等五花八门的费用。

最后，美方人员报出了劳务费：每小时 72 美元。

这相当于当时我国一名高级工程师两个月的工资。

吴松禧毫不犹豫地拒绝了对方提供的服务。他想，前人詹天佑当年依靠中国人自己的力量，都能修建起令国人扬眉吐气的京张铁路，现在 70 多年过去了，国家要修一条重载铁路，难道我们完成不了？！

他要和他的同事，还有即将挥师而来的千军万马，在我国的大地上，修建一条可以与国外重载铁路相媲美的重载之路。哪怕为此付出全部的心血，他也在所不辞。

七、秦基伟让路

　　1984 年 1 月 4 日会议结束后，参加会议的各部门、各省市的首长纷纷亲自挂帅，安排部署，快速推进大秦铁路的建设。

　　铁道部成立了领导小组办公室，部署施工队伍进驻，组织重点工程当年开工；北京市副市长韩伯平、张百发，召开北京市支援大秦铁路建设工作会议；山西省副省长阎武宏、河北省副省长郭志分别主持两省工作会议，专门研究如何为大秦铁路建设开"绿灯"。

　　……

　　可以说，从中央，到地方；从大同，到秦皇岛；从太行山，到渤海湾，到处洋溢着一股"大秦热"。中央部委、两省两市都在为大秦铁路这条巨龙的修建创造有利条件。

　　在千百万人的牵挂中，大秦铁路的走向已基本确定，但是具体实施起来，还是会牵扯到许多问题。首先，宏伟蓝图中涉及的村庄及单位，都不得不搬迁、让路。尤其是桑干河大峡谷一带，当大秦铁路定址后，先是水利部的水库搬迁，接着是热电厂的输变电线路让路，就连农民的果林和良田也忍痛奉献出来……

河北省怀来县，葡萄闻名四方，是当地的主要经济作物，也是百姓和政府财政收入的主要来源之一，但大秦铁路要从一片长势喜人的葡萄园经过。

村民们闻讯后，坚决不答应：有那么多地方可以修铁路，为什么非要占我们的葡萄园！

一次解释，村民们态度不变。

两次解释，村民们态度和之前一样。

三次、四次，慢慢地，村民们明白了原来自己的葡萄园，还有更重要的用途。于是，他们默默地让出了自己的土地。当筑路机械开进这片茂盛的葡萄园，葡萄架被推倒时，村民们远远地掩面落泪，但为了国家的利益，他们愿意舍弃小家的利益。

桑干河大峡谷里住着6户人家，祖祖辈辈生活在这里。此地虽然称不上世外桃源，但他们生活得怡然自得，很是知足。他们从没想过宁静的生活有一天会被打破，火车要从他们家门前经过。他们刚刚盖起的新房，需要拆除。

6户人家，刚接到消息时的震惊，不亚于天塌下来一般，但当他们明白一切后，决定从这里搬离，为大秦铁路让路。

临走时，他们向拆迁的队伍提出一个条件："等我们走远后你们再拆。"因为他们不忍心看着自己亲手建起的房子被拆除。

还有许多单位，在不舍之中，也为大秦铁路让开了路。

让人意想不到的是，就连部队也为大秦铁路让了路。

在大秦铁路途经的群山之中，分布着许多极为重要的军事设施。吴松禧带人勘测线路时，部队专门派人陪同他们，详细指出哪个地段有哪些设施。

吴松禧想尽量避开这些军事设施，但有的地方，大秦铁路的两根钢轨实在是难以避开。

一边是国家急需的能源运输大通道，一边是保证国家安全的国防设施。怎么办？吴松禧陷入了前所未有的两难中。

部队很快得知了情况，并做出了表态。第一个表态的是北京军区："请铁路的同志放心，我们全力支持大秦铁路。我们只有一个小要求，如果线路走我们管辖的区段，一定要提前给我们打招呼，给我们腾出时间搬迁。"

这位表态者，就是时任北京军区司令员秦基伟。

秦基伟，这位在抗日战争和解放战争时期，以及朝鲜战争中威震四方的战将，戎马一生，战功赫赫。当他得知大秦铁路对我国发展的重要性后，决定无条件搬迁。

还有北京市。

众所周知，京城寸土寸金，所以大秦铁路在北京市怀柔和平谷两地选线时，北京市提出，线路要尽量靠山走，尽量不占耕地良田。

但按大秦铁路设计蓝图，不可避免地要占去一部分耕地良田。于是，铁三院的副院长李英抱病去找北京市副市长张百发汇报，说是汇报，其实谈的是大秦铁路和大半个中国经济发展的重要关联。

李英说得很动情，张百发听得很心动。最后，张百发在万般不舍中，忍痛割爱，点头同意大秦铁路在经过北京市时占去一部分耕地良田，但他同时也"警告"李英："实话告诉你们，占去这么多的好田，等于从我们心头割肉。如果你们还想继续欺负我们，那咱们就'干一仗'。"

大秦铁路选线期间，正是因为有了这么多人和这么多部门的支持和理解，才得以顺利向前推进。为此，铁三院党政工团齐上阵，调集全院70%的力量、2000多人投入大秦铁路的定测中。6个勘测队、2个地质队、1个航测专业队纷纷奔赴大同韩家岭—北京茶坞一带的指定地点。其中，在桑干河大峡谷一段40公里线路的定址中，铁三院把全院30多台钻机中的27台调了过来，并动用飞机对周围40公里范围内进行了航测。就这，铁三院还不放心，又派出地质人员去实地勘测。

有人说，在地质勘测中，没有平坦的大道可走，只有那在崎岖小路上不畏劳苦并累得死去活来的人，才有可能为设计提供无懈可击的科学依据。

经历过千年地壳运动的燕山山脉，山高坡陡，丛林茂密，地质情况复杂。为了选择出最佳的大秦铁路走向，避免给设计和施工带来失误，铁三院的地质人员背着干粮，扛着仪器，晨出暮归，风餐露宿。他们五涉桑干河，八攀大团尖，夜宿荒山岭，勇闯虎头山……他们的身影几乎遍及桑干河大峡谷、大岭沟、大黑山、花果山、摩天岭……只为把那一个个准确的数据测回来。他们身上的衣服，常常是刚换上还没两天，便被挂成了丝丝缕缕；新穿的鞋子，没几天工夫，就磨出了洞……

在方家沟—狼山段70公里的选线中，他们顶着六七级的大风，跑遍周围400公里，对方案进行数次比较，最终选出比原定方案短9公里的最佳方案。

这9公里，可以为国家节约投资7000多万元，还可减少占地1000多亩。

有时他们也会一时兴起，对着高山、河流、旷野，还有夜空中的那轮圆月，高歌一曲："不要问我从哪里来，我的故乡在远方……"

那一刻，他们想家了，想念家里的亲人。

但更多的时候，他们心里装着的，是大秦铁路所经之处复杂的地质条件，是即将确定的大秦铁路蓝图。因为，设计，是工程的灵魂。面对我国第一条重载铁路，铁三院全体人员有个共同的心愿，就是拼尽全力也要拿出一套能经得住国家和人民检验的蓝图。

与此同时，国务院重大技术装备领导小组也开始组织大秦铁路装、运、卸系统工程成套设备的研制、引进和国产化工作。1984年11月27日，李鹏在大秦铁路重载列车成套设备研制可行性研究报告上做了批示，涉及的91个项目全部被纳入国家"七五"重点科技攻关计划。这标志着中国重载铁路从这一刻起，将朝着国际先进水平努力追赶。

八、挥师北上

国家对大秦铁路寄予厚望，注定这条铁路与众不同。它没有像其他铁路一样，先调研、再论证、再研究、再勘测、再设计、再鉴定，然后经历一个漫长过程，才进入施工阶段。大秦铁路是一条边勘测、边设计、边科研、边鉴定、边施工的铁路。这在任何一条铁路修建史上，都是从来没有过的。因此，用争分夺秒来形容它的每一个进度，一点儿也不为过。

为了把这条备受社会各界关注的铁路修建起来，各级政府、部门、单位也都为涉及大秦铁路的问题大开"绿灯"。

就在铁三院的人员风餐露宿加快定址、加快设计时，接到施工任务的筑路大军，也浩浩荡荡从全国各地出发了。

这些筑路大军，都是铁道部挑选出来的精兵强将。其中，一部分筑路大军来自原铁道兵部队。这是一支诞生于战火中，能征善战的部队，在朝鲜战争中及新中国建设时期，曾立下过汗马功劳。1983年兵改工后，他们依旧雄风不减当年，一呼百应。当大秦铁路修建的号角吹响后，他们在豪迈的歌声中，向太行和燕山而来："背起了行囊扛起了枪，雄壮的队伍浩浩荡荡，同志呀！你要问我们哪里去，我们要到祖国最需要的地方……"

筑路大军中，有铁道部第一工程局（简称铁一局）、第三工程局（简称铁三局）、第十六工程局（简称铁十六局）、第十七工程局（简称铁十七局）、第十八工程局（简称铁十八局），铁道部隧道工程局、电气化工程局，铁道部第十一工程局第三工程处（简称铁十一局三处）、第十三工程局第三工程处（简称铁十三局三处）、第十四工程局第一工程处（简称铁十四局一处）、第二十工程局第三工程处（简称铁二十局三处）……

无论哪支队伍，都实力雄厚，大名鼎鼎！

铁一局和铁三局：曾夺国家优质工程金质奖和银质奖；铁十六局和铁十八局：曾在引滦入津工程中受到中央军委嘉奖；铁十七局：刚从条件艰苦的青藏高原上撤下来。

……

大秦铁路，承载着国家和民族希望的中国重载第一路，此时除了筑路大军，还有 50 多个科研单位和高校、工厂的技术人员，也加入了进来。

短时间内，7 万多人马昼夜兼程，集结大秦铁路。

1985 年元旦，太行山上寒风刺骨，燕山深处白雪皑皑，7 万多名筑路人员挥戈上阵，正式拉开了建设大秦铁路的大幕。

冰天雪地里，他们在桑干河上破冰，在悬崖边上开路，在狂风之中前进……

蓝图上的两条黑线，在这些不畏大自然艰苦的筑路者手中，一寸寸地镌刻在大地上，向前延伸。

大秦铁路西出太行，偎依万里长城，跨越桑干河大峡谷，穿过燕山，进入华北平原，跨潮白河、沟河、滦河、青龙河、洋河，到达渤海之滨秦皇岛，沿途重峦叠嶂，地势险峻。一期工程410公里的路段上，有45座隧道需要开挖、298座桥梁需要架设，还有六级不算风的大风口、划着筏子进出的水帘洞、人烟难觅的鬼愁崖……

由于我国当时没有修建重载铁路的经验可借鉴，因此所有建设队伍只能自己"摸着石头过河"，根据施工具体情况，自己判断、自己决策、自己创新。

但这，都挡住不筑路人员一颗颗火热的心。因为他们知道，自己修建的不仅仅是一条铁路，而是我国改革开放大步向前的希望之路。

打前站的人员，千里奔波，在没有水、没有电、没有路的地方，像祖先开疆拓土一样，抡洋镐、挥铁锤，用最原始的方法，在荒山野岭安营扎寨。

大秦铁路有一段途经太行山与燕山交界处，当施工队伍来到山脚下后，才发现要想到达指定施工地点，必须经过一个叫蛮子营的险要地段。这一地段怪石林立，人迹罕至，先遣人员想都没想，就背上帐篷，手拉手爬上陡坡，建起了营地。

地势同样险要的大团尖隧道，需要直上直下建一座水库，面对一段连山羊都爬上不去的山体，筑路工人硬是靠肩挑背扛，将水泥、砖石运了上去。

桑干河大峡谷入口处，先期赶到的年轻筑路人员在飞雪中和附近老乡惊诧的目光中，也支起帐篷，凿开大山。

参加修建大秦铁路的铁十八局，是在引滦入津工程中立下赫赫战功的铁道兵第八师。曾参加过成昆、襄渝（襄阳—重庆）、沙通（沙河—通辽）等铁路的修建，1984 年距离他们刚摘下领章帽徽还没多久，便接到修建大秦铁路的命令。来不及掸一掸身上引滦入津时留下的泥尘，来不及饮一口清冽甘甜的滦河水，他们便告别天津，挥师燕山。临出发时，担任引滦入津工程总指挥的李瑞环前来为他们送行："你们在引滦工程上打出了名，受到过中央军委嘉奖和国务院领导赞扬，上大秦，我送你们两句话：少说话，多办事；说软话，办硬事。"

铁十八局到大秦铁路工地后，局长景春阳挥笔写下"为我中华，奋斗不息"8 个大字，挂在办公室墙上，以激励自己和筑路人员。

强将手下无弱兵！

李家嘴—沙城段，处于重峦叠嶂的狭窄地段，桑干河从这里经过。铁十八局先遣队到达这里后，被大河拦住，施工机械和物资无法运到对岸，如果等待来年春天解冻再过河需 3 个月，可要"办硬事"的他们一天也等不得，先遣队队员用炸药炸开 1 尺多厚的冰层，毫不犹豫地跳入湍急的河流中，打围堰、挖桥基、筑桥墩。冰块划破了他们的身体，河水将他们的四肢冻得发紫，但没有人后退半步。20多天后，河道上"飞"起一座百米长的公路桥，几万吨的物资提前运抵施工现场。附近的村民看到后，惊得咂舌，把这些筑路者称为"天兵天将。"

1985年春天，铁十八局第三处和第五处承担的5058米白家湾隧道就要开工了。这里有断层、煤层、风化岩、膨胀土，地质复杂，可以说，每前进一步，都险情重重，但筑路人员并不畏惧这些挑战。

参加白家湾隧道施工的筑路工人，大多是年轻人，他们有满腔的热情和为国争光的抱负，以及战胜一切困难的勇气。这支平均年龄27岁的年轻队伍，曾在引滦入津工程中荣立集体二等功，被李瑞环誉为"插入大山腹部的一把尖刀"，有"老虎团"之称。

面对地质复杂的白家湾，铁十八局的年轻人发出自己的心声：我们是中华民族的儿女，落后并不可怕，就怕失去自尊、自信。

为了保证施工进度，他们吃住在隧道；为了抢工期，他们一再推迟婚期、假期……

但白家湾隧道毕竟是大秦铁路上最难啃的骨头之一，施工期间，隧道内一再发生塌方，筑路人员总是用壮士一去不复返的勇气，一次次战胜大自然的考验。

风枪震山岳，炮声撼苍天。

有一天，塌方次数多达33次，粗大的支撑木被砸成了碎屑，坚韧的钢拱架也被拧成了麻花状，但所有人员没有后退，他们组成抢险队，冲进危险区，同危石展开搏斗。一天深夜，断裂带再次传来巨响，连山体都抖动了起来，这意味着新的塌方即将发生。危急时刻，大家不是四处躲避，而是扛着圆木，冲向断裂点支撑。还有人奋不顾身爬上排架，加固排架。

白家湾隧道打通期间，发生大小塌方600多次。一次，一块巨石悬在洞顶，随时有落下来的危险。这时，一个叫刘正良的"排险大王"右手一挥喊道："同志们，快躲开，让我除掉它！"说完，他和另一名工友把炸药包绑在长木棍上，冲入危险区，送进大石头的裂缝中。随着轰的一声巨响，巨石粉碎，落了下来……

在这些人中，有一位参加铁路建设20多年、立过12次功、受到毛泽东接见的老功臣唐良杰。当年，他在修建成昆铁路的一次抢险中，被一块石头砸中脑袋，后来虽被医术高明的大夫救了回来，但留下了后遗症。大秦铁路开工后，已患严重脑震荡和关节炎的唐良杰找到领导，要求参加修建任务。领导看他体弱多病，不忍心让他再挑重担，唐良杰却恳切地说道："让我上吧，大秦铁路这样的大工程可遇而不可求，我就是光荣了，也不遗憾！"

老技师李长科，正准备办理退休手续，可当这位曾在朝鲜战争中冒着敌机轰炸抢修过清川江大桥，曾在武汉、重庆长江大桥和包兰、黎湛（黎塘—湛江）、鹰厦（鹰潭—厦门）、贵昆（贵阳—昆明）等铁路修建中做出过突出贡献的老同志听说大秦铁路要修建时，一刻也坐不住了，他找到领导说："让我上吧！我干了一辈子铁路，如今才遇到一个现代化，你们要我回家享清福，这哪行！"

被批准后，李长科立刻扛起铺盖卷，登上北去的列车，到张家口下花园车站下车后，由于没有汽车，他又顶着寒风，步行6个多小时赶到大秦铁路施工指挥所。报到后，李长科来到白家湾住进隧道值班室。在塌方最严重的时候，李长科又毛遂自荐担任突击队队长，带着青年抢险突击队一次次排除险情，战胜塌方。一次，落下的石头砸伤了他的左肩，鲜血直流，大家要送他去医院包扎，但李长科考虑到塌方还没有处置完，说什么也不肯离开。

曾在引滦入津工程中荣立一等功的钻爆英雄刘光聪，在工地上昼夜操劳，劳累至极，晕倒在地，被同事们送到张家口野战医院抢救，昏迷了八天八夜的他醒来的第一句话是："隧道进度怎么样了？"

哈尼族青年工人张成华，打风枪时被一块震落的石头砸破了脑袋，血流如注，在现场指挥施工的一位领导赶忙将他送往医院，缝了8针。当他看到送自己进医院的领导要返回工地时，一把拉住领导的衣袖说："是你把我拉进医院的，你现在再把我拉回去，因为我还有几个炮眼没有打完！"

赵家一号隧道，被群山环抱，隧道石质破碎，白云岩水平层中夹杂着泥沙，隧道工人刚打了20米，隧道便塌得通了天。要保证接下来的施工安全，就得在危石上打铆杆铆固，可打铆杆又是隧道施工中最艰苦也最危险的活，比虎口拔牙还要难，十几名工人轮流上阵，都没太大进展，队里需要派两名尖兵进隧道打铆杆。党员覃承芳得知情况后，把叔叔在相邻隧道牺牲的悲痛埋在心底，毫不犹豫第一个报了名。

与赵家一号隧道相距不远处，有一个叫和尚坪的隧道，地质条件同样不容乐观，承担这座隧道打通任务的是铁十六局。在筑路人群中，有一名叫宋克然的职工。1986 年夏季的一天，和尚坪隧道发生塌方，一名工人不幸遇难，宋克然接替过那名工友手中的风枪钻了起来。由于悲伤，他一连在隧道内工作了 40 多个小时，才摇摇晃晃地走出来，工友们心疼地说："你不要命啦！"又有一次，宋克然正全神贯注钻孔时，一块巨石落下，砸在他的右腿上。工友们将他送到医院，检查结果为粉碎性骨折，必须截肢，不然性命难保。工友们苦苦哀求医生："他才 24 岁，缺一条腿今后怎么生活！"但为了保住性命，医生在叹息之余，还是为宋克然做了截肢手术。

两条腿走进去，一条腿被抬了出来。当领导到医院看望宋克然，并问他有什么要求时，宋克然说："尽快帮我安上假肢，我还要到洞里打风枪！"一旁的人听了，都捂着脸哭了。

大秦铁路一期工程浩大艰巨，地质复杂多变，重点控制工程就有 28 项。桑干河大峡谷和军都山—摩天岭 80 公里地段，崇山峻岭，排在重点控制工程之首的军都山隧道就从这里经过。

全长 8460 米的军都山隧道，是我国当时第二座长大双线隧道，长度仅次于衡广复线上的大瑶山隧道。由于地质条件复杂罕见，且它的打通时间，直接决定着大秦铁路全线铺通的时间，因此成为全线控制工程之一，备受上级关注。1984 年夏天，正在衡广复线大瑶山隧道施工的铁道部隧道工程局接到紧急指示，立刻抽调精兵强将，从大瑶山挥师北上。几天后，3000 多名筑路人员便赶到了燕山深处的军都山，然后接受任务，以愚公移山般的意志，开山、劈地、凿壁、挖洞……

参加军都山隧道施工的筑路工人，几乎都是四川人。多年来，他们已习惯了在南方生活和施工，现在来到北方，虽不适应，可大家努力克服，干劲不亚于在大瑶山。

军都山隧道所处的地质条件，有变质岩、流沙、新黄土、堆积层、多层断层，这些复杂地层在施工中就像拦路虎一样，相继出现在他们面前，致使塌方频发。许多打了几十年隧道的老同志，也感慨自己第一次遇到如此棘手的地层，但感慨归感慨，为了早一日打通这座隧道，大家不顾一切地推进隧道施工。

其间，有一位叫周世祥的队长，在带领大家施工时，从排架上摔了下来，右胳膊骨折，肿得连衣服都穿不上。领导发现后，强行把他送进医院，可没过几天，周世祥又悄悄回到了工地，他说："我的胳膊不能动了，那就让我在工地上支支嘴吧；我的右手不能动，那就让我用左手干点活吧。"

还有一位叫陶承木的分队长，自从进入军都山隧道工地后，就没回过家。1985 年中秋节，老家给他来信，说母亲病重，希望陶承木能回家一趟。陶承木也很想回去看看母亲，可此时正是隧道施工最关键的时候，自己不能离开。于是，他藏起家书，再次一头扎进隧道。

还有一位叫屈益安的副分队长，这位曾参加过宝成、成昆等11条铁路修建，打通过20多座隧道的老同志，到大秦铁路工地后，一刻也不休息。1986年，军都山隧道发生大塌方。按常规，需要45天才能抢修完毕，屈益安带人只用了22个昼夜便处置完了塌方。有人劝他年纪一大把了，不要这么拼命，他却说："军都山还用得着我这把老骨头，我就得拼命！"

而在军都山隧道施工中，像周世祥、陶承木、屈益安这样的筑路人员有很多，他们只是其中的代表而已。

如今，在军都山隧道洞口，依然可以看到当年筑路人员用鲜血和汗水刻下的誓言："高水平高效益把军都山建好，保工期保质量让党中央放心！"

挥师北上的铁一局，部分筑路人员进入大秦铁路花果山隧道的过程，可谓极富戏剧性。

花果山隧道位于北京昌平下庄乡，由于筑路人员多为南方人，又常年在大山中施工，在北京站下车后，置身茫茫人海，他们顿时分不清了东西南北，于是背着竹篓边走边打听："同志，请问去花果山怎么走？"但一连问了好几个人，都说不知道花果山在哪里，甚至有人用奇怪的眼神上下打量他们，以为这些背着竹篓的人看

《西游记》看过了头。

筑路人员见此情此景，知道再问下去，也不会有结果，于是紧了紧背上的竹篓，迈开坚实的双腿，大步朝西北方向而去。三天三夜后，他们从北京站一路走到花果山隧道施工地点，按期凿开花果山隧道口的第一块岩石。

花果山隧道长 3741 米，处于燕山山脉军都山南麓的中低山区，和军都山隧道一样，都属于大秦铁路重点控制工程之一，洞中有 26 条断层带。

有断层，就会有塌方。可这些都不算什么，因为在花果山断层带的上部，有一个凹下来的地方，竟然建了一座 7000 平方米的水库，名叫海子村水库，蓄水 40 万立方米，保证着方圆几十里 160 多万棵果树的灌溉用水。

海子村水库的底距隧道的顶，只有 32 米！

32 米，就像一个人头顶装满水的脸盆站着一样，任何一点外力都可能导致脸盆打翻。

具体到花果山隧道，施工震动稍微大一点，断裂带就会出现连锁反应；断裂带一旦塌方，那海子村水库中的水必将一泻千里。

当地果农把花果山视为聚宝盆，可如果没有了水库，160 多万棵果树无法灌溉，那还能叫聚宝盆吗？

这还是铁一局第一次遇到如此的棘手问题。当年，他们在成昆铁路最艰巨的官坝村隧道掘进时，都没这么棘手。

但这支队伍，毕竟是荣获中央贺电嘉奖，受到过邓小平、彭德怀、贺龙等中央领导同志接见过的队伍。在困难面前，他们勇气十足。

他们，要为祖国修建一条金子般的路！

花果山隧道要打通，果农的聚宝盆也要保住，筑路工人下定了这样的决心。

1985年3月25日，下午3点多，隧道内五号断层突然发生大塌方。坠落下来的石头，最大的一块有一辆大卡车那么大，而且上方的石头还在不断落下，如不采取措施，上方山体将会塌穿。万分紧急时刻，塌方抢险组组长王朝东带着几名抢险队员进入隧道。此时洞内一片漆黑，王朝东凭听觉，判断出塌方间隔时间在8分钟左右，于是决定利用这宝贵的8分钟，由自己先上去把电灯接通，其他工友随后加固。

做出决定后，王朝东背扛木板做掩护，腰插斧头，手抱电线，怀揣灯泡，只身一人顺着塌方往上攀爬。6分钟过去了，就在大家都在为王朝东捏一把汗的时候，塌方地段的灯亮了起来。可当王朝东准备将灯泡挂到一个安全牢固的位置，以方便下面的工友查看险情进行加固时，只听轰隆轰隆声传来，新的塌方又发生了。乱石从王朝东头顶落下，隧道内再次一片漆黑，王朝东也被埋在了石堆之中。守在隧道口的领导和工友们听到塌方声音后，跑进来呼唤他、寻找他，听到声音的王朝东也使出浑身的力气，从塌方中爬出来，再次利用 8 分钟的间隔时间，攀爬至洞顶，把灯泡固定好。有了照明，大家很快对塌方形势做出判断，立即进行加固，防止了塌方的再次发生。

而像这样勇于战胜险情的情况，在花果山隧道打通过程中，几乎每天都在上演。

经过 300 多个日夜的奋战，铁一局顺利通过了 26 条断裂带，保住了隧道上方的海子村水库。

与军都山隧道的筑路者一样，他们也在隧道口刻下自己的誓言，表达他们的凌云壮志："群英荟萃血汗铸成千秋业，屡建奇功悲欢谱就万代歌！"

除了猛攻隧道，还有许多筑路工人，也在那一座座将天堑变通途的大小桥梁上，实现着自己报国的心愿。

御河大桥位于桑干河上游，全长 1 公里多，是大秦铁路西大门的第一座大桥，有"咽喉工程"之称，因为只有把它架起来后，铺轨机才可以从这里进入大秦铁路进行铺轨作业。

担负这座大桥修筑任务的，是刚从青藏高原日夜驰骋赶来的铁十七局。到了现场后，大家一算，要把大桥建起来，需要挖基础 14 万立方米、修围堰 3 万立方米、钻直径 1 米的桩 461 根、筑桥墩 62 个、浇混凝土 4 万立方米……

时间不等人，一定要早一天把这座"桥头堡"建起来，为后续施工提供保证。铁十七局说干就干，可开工没多久，钻机的钻头刚钻到地下 30 米处，便被一股巨大的阻力顶住了。接着地下出现大量流沙，继而地下水犹如喷发的火山岩浆一样呼地涌了出来，喷出河床 3 米多高。

钻机失去了威力，混凝土被顶了回来，如不采取措施，不仅前功尽弃，而且还将直接影响后续施工。

铁十七局到底是经验丰富的队伍，他们决定立即采取人工筑岛的方式，战胜流沙和涌水。

人工筑岛需要在河里进行，领导第一个带头跳进结冰的河里，工人们紧随其后。他们在没膝的河里连续 7 天码草袋，人工筑起 21 个"小岛"，制服了流沙和涌水。

但大自然似乎还要再考验他们一把，1985 年夏季的一天，大同地区遭遇罕见的暴风雨袭击，引发百年不遇的洪水。洪水如猛兽般呼啸着奔涌而来，冲向正在施工的御河特大桥五十四号桥墩的人工围堰。筑路勇士们看到后，不约而同冲出帐篷奔向桥墩，跳进激流，用身体筑起一道特殊的墙加固围堰。其间，有人脚被石块划破，鲜血直流，顾不上包扎；有人劳累晕倒，被抬上岸，醒来后又回到洪水中。他们从白天站到黑夜，发誓雨不停、人不撤。在那个深夜，他们和着风雨，大声唱道："我们从炮火中走来，在建设中进军，艰难压不垮钢铁意志，险情挡不住奋进前程……"

这首歌，曾是他们的战歌。

就是在与大自然的搏斗中，铁十七局用了半年时间完成了御河特大桥的主体工程，提前 7 个月交付使用。

如果把大秦铁路喻为一条巨龙的话，那么位于韩家岭疏解区的魏辛庄、口泉、西韩岭 3 座特大桥，就是镶嵌在这条巨龙头上的 3 颗明珠。这 3 座特大桥，是大秦铁路引入大同枢纽的重点工程，承担 3 座特大桥修建任务的，同样是铁十七局，他们的劲头像在御河特大桥施工时一样。1986 年 7 月，西韩岭特大桥八十二号桥墩三号钻孔桩刚下完导管和钢筋笼，突然狂风大作，暴雨如注，大风吹得人都站不稳，雨打得所有人都睁不开眼睛。如果此时停止施工，那么钻孔就有可能坍塌，钢筋笼和导管也会报废，会造成严重经济损失和质量事故。想到这里，施工人员在风雨中把自己身上的雨衣脱下来，用一件件雨衣盖住运送混凝土的斗车，继续施工。3 个多小时后，在他们刚保住八十二号桥墩的浇筑时，就又传来九十五号桥墩因暴雨冲刷，出现险情的消息，于是所有人又奔向九十五号桥墩，有的打桩加固，有的测量校正……

又是用时半年，铁十七局提前 50 天完成了所承担的大桥主体工程。

接着，他们又赶往另一个重要的施工地点——湖东站。

湖东站位于大秦铁路西端，建成后将成为我国第一座电气化重载列车大型编组站，担负大秦铁路所有列车的解体、编组等任务。当铁十七局赶到蓝图上的湖东站后，他们看到的是一片杂草丛生的荒原。他们在荒原中安营扎寨，展开各项施工，短短两年时间里，就完成了车站大部分工程，在 21 平方公里的荒原上建起 119 股道。其中，仅施工的土方量一项，就大得足以惊人。据统计，如果把湖东站的土方垒成 1 米宽、1 米高的墙，那么可以从我国的最西端，延伸到最东端。1988 年 7 月，铁道部部长李森茂到湖东站工地检查时，由衷地称赞铁十七局是"大秦铁路上的开路先锋"。

"开路先锋"的队伍中，有一群让人难忘的身影。一位叫王占立的处长，妻子病重，他回家悉心照料。待妻子病情略有好转后，他拉着病床上妻子的手，十分愧疚地说道："我得走了，那边还有个'大家'呢。"

政治处主任周海德，一天接到父亲病逝的电报，可当时工地正忙，在悲痛和焦急中，他让妻子先回去料理父亲的后事，随后自己才赶回老家。站在父亲的坟前，周海德惭愧地低下了头。

工人卢振态的小儿子病重，家人希望他能回家一趟看看儿子，可当时工地预制件需求量大，人手紧张，卢振态想着迟回去几天也没关系，又为工地赶制了一批预制件，这才匆匆往回赶，没想到当他推开家门想抱抱小儿子时，听到的却是孩子已经夭折的消息。

湖东站工地上有位职工叫刘德州，车站建设期间，他的家乡修建水库，全村整体搬迁，家人想让他回去盖新房子，可刘德州考虑到自己是瓦工班班长，离不开工地，就让父母和家人先在茅草屋里挤一挤。

还有一位女技术员叫张宝兰，大学毕业后放弃了留在北京的机会，来到大秦铁路。每天风里来，雨里去，白皙的脸庞渐渐变黑，有人问她后悔不后悔自己的选择，她说不后悔，因为在这里她找到了人生的支点。

......

大秦铁路一期工程共 45 座桥梁，其中的 33 座桥梁由铁十八局承担。33 座桥梁，需要跨度 32 米的特大混凝土梁 554 片。在此之前，这样大的梁都是由四川厂家生产好后，再运往施工现场，可大秦铁路等不起，于是铁道部大秦铁路工程指挥部决定让厂家到工地现场来打梁，以争取时间。厂家的负责人来现场看了后，摇摇头，转身乘车而去。最后，只剩一个办法，那就是施工队伍自己在工地现场打大梁。

可在现场打这么大的梁，之前从未有过，尤其施工队伍并不具备打梁的条件，指挥部因此十分焦急。

铁十八局知道后，在飞沙走石中挺身表态："这个任务我们接了！"之后，他们顶着各种压力，攻克混凝土配比、震动、养护、张拉、吊运、注浆、穿管等七道难关，在"大荒滩、黑风口，风卷石头遍地走"的恶劣环境中，历时 3 个月，成功打出了第一片 32 米的梁，经鉴定质量完全合格。消息传来，工地上一片欢腾，许多人喜极而泣。

类似这种敢为人先的情况，在大秦铁路修建期间，时有出现。

比如军都山隧道，在遭遇罕见泥石流，施工异常艰难的情形下，筑路工人奇迹般地创造了单口独面月成洞 241 双线米的全国纪录。

比如大团尖隧道，数九隆冬，筑路工人凿冰层、战水帘，战胜 31 次塌方，通过 23 条断层，每日完成隧道掘进 210 米。

比如西坪隧道，施工中出现了严重破碎带和连续断层，筑路工人利用新奥法原则，采用眼镜法施工，闯出了一条在软弱围岩中开挖隧道的新路子。

这些成绩，绝不是轻轻松松得来的，每一个突破的背后，都有一个曲折的故事，比如河南寺隧道。

河南寺隧道地处太行山脉和燕山山脉的交汇处，总长 3283 米，山体是风化了的白云岩破碎带。这种地质被专业人士称为流沙和滑坡的母体，施工中极易出现突发情况。

承担这座隧道出口施工任务的，是铁十八局第四处，他们也是向巍巍燕山宣战的第一支队伍。

向这样的山体宣战，意味着生与死的较量。

四处一段，是最早进入大秦铁路的先遣队之一。段长赵登宪是先遣队指挥员，是一位干将、勇将。他一到大秦铁路，就进入工作状态，直到月挂山头，才想起连帐篷都还没支起来，于是把工地上的 3 张办公桌拼到一起，带着其他 5 名技术人员钻在桌子下过夜。第二天，他装着干馍片，又带人去察看线路走向和四周地形，希望能拿出最佳的施工方案。

在流沙和滑坡面前，任何方案都会显得苍白。1985 年 10 月 13

日中午，正换班吃午饭的工人们，突然听到一声巨响，大家停下手中的筷子，不约而同地朝不远处的河南寺隧道望去。只见河南寺隧道出口的山头上，腾起的浓烟像原子弹爆炸时的蘑菇云一样。

赵登宪和大家望着这一幕，都惊呆了，但短短的几秒钟后，他们便反应了过来，扔下饭碗，急速向隧道口方向奔去，因为他们每个人都清楚，塌方意味着什么！

烟尘还在弥漫，碎石还在滚落。奔至隧道口的每个人都长大嘴巴、瞪大眼睛，因为他们征战多年，见过的大小塌方无数，唯独没有见过眼前的这种塌方。长16米、宽8米的塌方从山顶一直贯穿到山底，仿佛给隧道撕开了个大口子。

塌下来的3万多立方米石头，堆在大家的面前。内心悲痛、满身泥垢的赵登宪向大家发出了抢险的命令！

所有人置身最危险的地方，与塌方展开搏斗。他们的眼中布满血丝，脸上写满愤怒。平时要用机械才能插进碎石中的钢轨，竟然被他们用双手抱着插了进去；颤抖得拿不住一根香烟的手指，竟然搬开了上百斤重的巨石……

那位写下"为我中华，奋斗不息"的局长景春阳来河南寺隧道检查，在这里，他像诸葛亮一样，挥泪斩马谡，撤掉了赵登宪的职务。

临阵换将，是兵家大忌。四处的一位领导急忙沿着山路去追景春阳，他想对景春阳说几句心里话：你撤了赵登宪，还让不让我们开山架桥？还让不让我们打通隧道？……

他把话又咽了回去，毕竟，河南寺隧道确实出了问题，进度也有些滞后。

赵登宪闻听自己被撤职，先是痛哭一场，他不是为自己被撤职哭，而是为大塌方影响施工进度哭，然后他又带着大家来到了河南寺隧道，他要证明四处一段是好样的，他赵登宪也不是孬种，只要他们还有一口气，就绝不拖延大秦铁路的修建进度，绝不拖晋煤外运的后腿！

1986 年 9 月 25 日，河南寺隧道最后的冲刺时间到了。那天下午 6 点，最后一排炮就要点燃。隧道不远处，国内各大报刊、电台、电视台的记者们，也纷沓而至。他们，在等待一个重要时刻。

这最后一排炮，四处领导决定交给赵登宪来点。赵登宪接过任务，来到隧道口，抬头仰望天空，深深吸了一口气，然后在大家的注视中，大踏步走进隧道……

片刻工夫，隧道内便传来一声巨响，声音飘至附近的各个山头。

在巨响中，筑路人员迎着还未消散的烟尘，欢呼着涌进了隧道。

事实证明，这一排炮，震动了世界。河南寺双线隧道单口独面月掘进达到了 275.2 米。这一数字超过了日本、意大利、瑞典，是当时世界最高纪录。

报社记者一拥而上，进行采访。

电台记者挤进人群，开始录音。

电视台记者不甘落后，打开摄像机。

赵登宪只说了一句："我们没有拖大秦铁路的进度，没有拖晋煤外运的后腿。"

正在隧道里指导作业的一位瑞典机械专家听到 275.2 米这个数字后，大为诧异。诧异之余，他想到这个世界纪录的创造者们用的是他们国家生产的机械时，狂喜之中立刻通过卫星通信把这一消息发回了欧洲！

随后，铁道部的贺电来了！

工程指挥部的表彰来了！

铁道部大秦铁路建设办公室送来了锦旗！

张家口地区送来了锦旗！

涿鹿、怀来县送来了锦旗！

燕山为证！河南寺隧道为证！打通这座隧道的筑路者们，个个都是真正的勇士！

……

大秦铁路修建期间，在每一个施工现场，几乎都可以听到这样的声音：

"决不能让工程卡在我们这里！"

"洞子再烂，我们也要打通！"

"在国家重点工程上挡道，是大耻辱！"

这是 7 万多名筑路人员集体的心声。

巍巍太行，茫茫燕山。历史上，几经征战的古老大地上，此时正上演着不一样的群雄逐鹿。因为全国各地呼唤煤炭的声音，此时也像战鼓一样，催促着筑路人员。

他们，没有辜负党中央、国务院的期望！

九、告急之声

7万多名筑路人员在大秦铁路日夜鏖战之际，全国各地对煤炭需求的告急之声，一浪高过一浪。据统计，当时由于能源不足，全国约有1/5的工业设备不得不闲置。想想看，这1/5的设备，因没有"食粮"，只能眼睁睁地停下来。即便有的设备勉强能够维持运转，但每周也面临停三开四，或停四开三的窘境。

这是怎样令人揪心的一个场景呀！

有人还针对性地算了一笔账，由于能源不足，我国20世纪70—80年代，每年约损失工业产值1000亿元，相当于全年工农业总产值的10%—18%。

另有数据显示，1973年受石油危机影响，美国国民生产总值损失3.1%，联邦德国和英国各损失4.8%，法国损失2%。这些损失震惊西方各国。

而我国，因能源不足造成的损失，远远超过1973年石油危机时美国、联邦德国、英国、法国的好几倍。

这又是一个多么令人触目惊心的数据！

有一次，时任国务院副总理万里和李鹏一起来到大同铁路分局召开会议，专题研究如何运煤。会上，万里说："大同分局是全国重点分局之一，你们对国民经济发展很重要。"

头上如同高悬一把利剑的大同铁路分局领导向万里诉苦道："我们的压力实在太大了。"

万里语重心长地叮嘱大家："你们的压力大，我的压力也大。压力大，大家要分担。"

万里深知铁路的难处。

也是那一年，经过改造后的丰沙大铁路，年运量从 3900 万吨提高到了 6000 万吨。如果把这 6000 万吨煤炭装在 60 吨的敞车上排成队，可以从我国的北国排到南疆，再从南疆排到北国。按理说，这样的增长幅度已经相当可观了，但情况依旧令人担忧。

此时的大同，也涌来了许多操着各种口音的外地人。

他们是从北京、天津、上海、江苏、浙江、湖南、武汉、广东等各省市赶来的，虽然口音不同，但目标一致——催煤。为了早一分钟催到煤，他们一到大同，便不顾长途劳累，直奔铁路部门。

老崔是来自浙江一家企业的催煤员，1985 年春节前夕，在大同催煤的他特别想回南方看看家人，可是他知道自己不能走，因为千里之外的厂子，已经快没有煤炭了，厂领导给他发来的电报上清楚地写着："存煤只能维持一周。"这意味着，再不发煤，单位只能停产！

　　大同铁路煤炭运输的紧张局面，老崔在到了这里后，也深有体会。为了厂子不停产，他再次来到铁路货运接待室。

　　铁路货运接待室挤满了来自各地的催煤员，老崔从人堆中挤到最前面，拉住接待人员的手，把讲了若干遍的话，又复述了一遍，并代表全厂职工恳请铁路部门能给发一车煤。老崔讲得很真诚，讲到最后，他要给接待人员下跪。铁路接待人员一把将老崔扶住，面有难色地向他解释道："运能太紧，无法安排……"

　　而当时，像老崔一样常驻大同催煤的企业代表，至少有 2000 人。

　　除了这些催煤员，有些地方和企业的负责人也来到了大同。

　　有一次，大冶钢铁厂的厂长千里迢迢从湖北赶到大同，一下车便找到常国治，急切地说："老常，我们大冶钢铁厂生产的可都是国家急需的特殊钢，你可得多给我们运点煤呀！"

　　大冶钢铁厂有中国近代"钢铁摇篮"之称，常国治知道，不到万不得已，厂长也不会亲自登门来催煤，但是由于运能有限，常国治干着急没办法，只能连连跺脚。

　　大冶钢铁厂厂长刚走，时任上海市市长朱镕基也带人从上海一路风尘仆仆赶到大同。朱镕基先是给铁路部门送了一面写有"运煤暖申江"的锦旗，然后对常国治说："常局长，你运煤任务完成得很好，我代表上海人民来感谢你，希望你运得更好！上海需要煤，需要得十万火急呀！"

　　还有一位身经百战、很有威望的老将军，也亲自来到大同，见到常国治，希望能给他们单位发一车煤。

还有常国治的家乡，也派人来求煤。

还有某些大企业的公关高手也来到大同。

……

常国治十分理解每一位催煤者的心情，可是铁路运输已经达到了极限呀！为此，常国治在仰天长叹的同时又不免突发奇想：要是中国能多几个大同，分布在东南沿海等急需煤炭的地方，那该多好呀！

可是，中国就一个大同。

催不到煤，大家自然就对铁路部门有意见。于是，谣言四起，说铁路部门有人倒煤贩煤、靠煤吃煤、靠路吃路。这些谣言，甚至传到了中纪委。

中纪委决定派人到大同铁路分局调查一下。

大同铁路分局敞开大门，欢迎中纪委进驻，他们知道，清者自清，浊者自浊。同时，也想通过中纪委的调查，还铁路一个清白，让全国人民都看看大同铁路的干部职工已经劳累到了什么程度，大同铁路的机车、钢轨已经超负荷到什么程度。

中纪委调查组的工作细致而深入，23 天后，给出了一个结论：大同铁路分局坚决维护并严格执行了运输政策，千方百计保证运输重点，为国民经济做出了重大贡献，所做的工作和所处的地位是相称的。

这样的结论，有力地回击了谣言。

在催煤声和告急声中，从国家到地方，从国务院到煤炭部、铁道部、能源部、国家计委，一道道目光聚焦铁路、聚焦大同，不少领导更是直接到大同坐镇督战，为的就是解决煤炭外运的问题。

1987 年，大同铁路分局把能想的办法都想了，能用的招数都用了，破天荒地运输煤炭 6668 万吨。不久，常国治作为中国铁路代表团成员去苏联和波兰访问，当他把大同铁路的运输组织情况讲给国外朋友听时，对方觉得这简直是天方夜谭。

但就这，还是远远无法满足国民经济飞速发展的需求，而且这种矛盾日益尖锐。到了 1988 年，许多城市、电厂、工厂的煤炭已经严重入不敷出。

往南看，有着"天府之国"美誉的四川，煤炭告急时，全省六大电厂的库存煤炭仅剩 13.5 万吨，只够维持 4 天，处于规定的 7 天警戒线之下。民用煤炭更是紧张，成都、绵阳、德阳、自贡、广汉等 46 个县市出现了不同程度的脱销。

"鱼米之乡"江苏，发电用煤不足，导致一年少发电 180 万千瓦时，减少工业产值 30 亿元，减少利税 5 亿元。

用煤大户上海，发电用煤仅能维持 4 天，发电厂只能等着煤船进港后，再组织发电。

位于东南一隅的厦门，由于缺煤，部分工厂只能停产。

再往北看，辽宁省传出呼声：鞍钢缺煤，眼睁睁就要瘫痪了。

吉林省一样不乐观：由于缺煤，供电不足，大批企业停产，全省 8 万名职工的正常收入失去保障。

全国各地煤炭告急、供电紧张，那么，北京呢？作为首都，北京的情形是不是要比其他地方好些呢？

答案是否定的，因为北京也同样面临用电不足的窘境，为此不得不常常拉闸限电。从 1988 年 1 月 2 日起，北京市民发现拉闸限电的次数越来越多，有时一天拉闸限电的次数竟突破了 1115 路次，拉完四环拉三环，拉了三环拉二环，最严重时，连中央驻地的用电也无法保证。有记录显示，不少机关、工厂无煤可烧，无电可用，甚至连烧开水都成了难题；数百所幼儿园因为没有暖气，孩子们饱受挨冻之苦；许多商店因为没有电，不得不早早关门……

"工业饥渴症"，在蔓延；"贫血"的中国经济，在呼唤。

也是那一时期，《中国青年报》有位叫孙亚明的记者，在《中国青年报》上发表了一篇极具轰动性的长篇通讯《中国铁路悲歌》。

《中国铁路悲歌》开篇便语出惊人："中国铁路在改革的大潮中颤动。"

继而又抛出问题："改革大潮隆隆，开放激流滚滚。货运量在猛增，客运量在猛增。中国铁路何以应付这种全方位开放的局面？"

在这篇 4000 字的文章中，记者对铁路运输现状进行了比较全面的描述。其中，对货物运输是这样写的："丰沙大线上，100 节车厢，载着 5000 吨货物的组合列车，4 分钟尾追一趟。"

对山西煤炭状况是这样写的："1984 年，3000 万吨煤炭积压在山西。如果运出，可多创产值 50 亿元，为国家增收利税 125 亿元。"

对因煤炭运不出去而造成的损失是这样写的："1987 年，江、浙、沪电厂缺煤。拉闸限电，当地减少产值 100 亿元。"

……

接着，《人民铁道》报知名记者朱海燕到大同实地采访后，写下了一篇名为《咽喉的忧患》的报道。

朱海燕曾在青藏高原当过近 8 年的铁道兵，他早期所撰写的《在没有铁路的地方》曾引起很大的反响。由于他的敬业与执着，他的每一篇报道几乎都是精品，为此多篇作品获范长江新闻奖、中国新闻奖。

随着采访的越来越深入，这位极其敬业的记者在心中一遍遍感慨：真不容易啊，一条几百公里的铁路，却承担着全国火力发电厂50% 的煤炭运输。如果它瘫痪了，那全国一半的火力发电厂都要瘫痪啦！

丰沙大铁路平均每 4 分钟就要通过一趟列车，一个月下来，钢轨要被磨损掉 10 毫米，因此需要不停地更换，而换轨又不能影响列车运输，安全实在令人担忧，朱海燕得出一个结论：大同铁路分局在走钢丝！丰沙大铁路在走钢丝！

他在报道中这样写道：

　　大同铁路分局遭骂之多，没谁能与之相比。然而，事实不可否认，在众多铁路分局之中，它的贡献不小。

全国煤炭供应如何，大同铁路分局举足轻重，1988 年煤炭增长的运量占全铁路增长总数的 43%。

但是，当你身处大同，细读资料的卷帙，你亦会看到它的贡献和运量与它的危机和毁灭几乎同时存在。随着它的运量越来越高，它的趋于崩溃的危机也越来越成为一种对应现象。

按照设计报告，改造后的丰沙大线年运量为 6000 万吨，而现在最高每天达 96 对，再加上来往的客车，行车对数突破 100 对大关……

超出寻常的运量，摧垮了丰沙大线路钢铁般的"意志"。工务段的同志介绍：压在他们头上有"三座大山"。其一，运量大，设备磨损快；其二，严重缺员；其三，费用过低。从 1987 年开始，就提心吊胆地工作，那一年更换重伤及曲线磨损轨 1440 根、辙叉 191 组。大同至张家口，共有 44 处道口，需要监护人员日夜看守。到了 1988 年，情况更为严重，从元月 1 日到 2 月 28 日短短 50 多天内，正线断轨 30 根，站线断轨 22 根，辙叉断了 41 根。3 月份断轨升级，正线断轨 44 根，站线断轨 42 根，辙叉断掉 38 根。

为了及时发现断轨，工务人员几百米一个，趴在钢轨上细看，犹如工兵探地雷……

线路损坏得越严重，维修越是没有时间。过去线路维修，常常封锁1到2个小时，现在封锁半个小时也困难。每行一趟车，他们只有3分钟的维修时间，而且维修的效果不佳。1987年雨季，断轨频繁发生，有一天竟封锁84次，而通过的列车一趟不少。试想这84次的封锁是怎样从时间上挤出来的，而每一次的封锁又能是多少时间？

铁路设备20年更换一次，而在丰沙大线路上，其中一个曲线的钢轨，33天就磨损了9毫米。

……

大同的煤炭，就是在这样的现状中，通过铁路运往全国各地的。

当然，铁路也不是唯一选项，公路也可以运。当时，为了运煤，汽车也纷纷行动起来，每天冲刺般而来，绝尘般而去，分担了一部分煤炭的外运。

但公路运煤的代价实在是太高了，这里的代价，不是单纯地指运费，也不是指汽车消耗的是金子一般的石油，而是人的生命。当时，为了多运一吨煤，多跑一个来回，汽车超载超重、司机疲劳驾驶的现象经常发生。比如东风牌10吨拖拉机，硬是要装到12—15吨；比如三菱牌15吨货车，硬是要装到25—27吨，有时多达32吨。想想，这些超载超重的车辆上了公路，会是怎样的一种情景？

撞车、翻车，每隔一段公路，就能看到一起惨痛的事故。但血的教训之后，人们来不及痛定思痛，便又冲刺般上路，绝尘般而去，继续超载超重，继续疲劳驾驶……

为此，曾有一家国外媒体如此形容我国当时的这种现象："中国人在公路上互相残杀！"

1988 年夏日的一天，骄阳似火，大同—塘沽的公路上，数千辆运煤的汽车一辆挨着一辆，把昌黎—秦皇岛间的 50 多公里公路堵得满满当当。为此，当地交警部门组织大量警力进行疏导。四天四夜后，道路终于疏通了，运煤车辆可以继续前行，而在现场指挥车辆疏导的一位优秀交警，终因心力交瘁，倒在了路边，再也没有醒来。

所以煤炭运输，主要还得靠铁路。因为它不仅运量大，而且也比较安全。也因此，催煤的声音，从上至下，针对的依旧是铁路部门。

有一段时间，全国各地要煤的信件、电报如同雪片一样，从不同方向朝大同飞来。与此同时，这些催煤的信件和电报还飞向煤炭部、铁道部、山西省，有的甚至直接飞向国务院！最多的时候，一个月的催煤信件和电报就达 6000 多封！

6000 多封，就是 6000 多个城市、电厂、工厂的疾呼！

世界各地，也在关注着这场影响整个中国发展的能源危机。

十、引无数英雄竞折腰

7 万多名筑路人员，就是在这样的千呼万唤中，完成着党和国家交给他们的任务的。

大秦铁路开工后，国家对这条铁路建设提出的要求是：高速度、高质量、高效益。

1985 年 4 月下旬的一天，李鹏在考察沿海铁路港口建设的途中，就如何控制基本建设规模这个问题与随行的几位同志交流意见，轮到铁道部副部长孙永福时，李鹏就正在建设的大秦铁路，对孙永福说："我们国家现在底子薄、国力有限，在建设上不能盲目追求过高标准。不能敞开花钱……"

李鹏的话，情真意切，推心置腹。作为一国副总理，他太了解我们国家的家底了。嘴上说是"不能敞开花钱"，但真正到了大秦铁路的各项建设上，中央领导却还是给予了极大的支持和倾斜。

为了保证这条重载之路的顺利建设，早一天投入滚滚能源运输中，国家为大秦铁路购买了国外的新型机械，其中有瑞典的掘进台车，这种台车 3 分钟就可以打四五米深的炮眼；有美国的大型运输车，这种车辆15分钟便可运近百吨碎石；有日本的拌和机，这种机械每小时可拌和60立方米混凝土……

诸多先进的机械设备，让大秦铁路建设的速度加快了许多，但在复杂的地质条件下，这些机械有时也会失去用武之地。推进大秦铁路建设的步伐，依然需要人的力量、智慧，乃至宝贵的生命。

桑干河畔，长城脚下，大秦铁路的宏伟蓝图，引无数英雄竞折腰！

栗家湾二号隧道地处桑干河大峡谷，是大秦铁路上最难打通的3座隧道之一。早在设计之初，一位专家就曾3次飞临此地上空航测。因为这一带岩石风化破碎、断层较多，专家曾几次想改变此段线路走向，以找出一条更理想的线路，但最终受种种条件限制，未能实现。为此，这位专家在接下来的设计中，曾握笔长叹："栗家湾隧道打通后，洞口恐将会留下一座烈士陵园。"

没想到，专家的话竟一语成谶。

担负栗家湾隧道施工的铁十六局四处，在开工后的2年时间内，就遇到大小塌方80多次，其中的4次属于上千方以上的大塌方。

1986年1月7日晚上9点，13名筑路人员正在隧道内进行拱部混凝土灌注。突然，轰隆一声巨响，顶部塌方，30多立方米的山石瞬间压了下来，将钢拱架和钢模板全部砸坏，2名刚刚还在专心作业的同志，当场失去了宝贵的生命，鲜血染红了现场。其他工友看到后，哭着喊着立刻将伤亡人员转移到相对安全的地方。可此时，隧道顶部还在塌方，如不采取措施，更大的塌方将会发生。正在现场作业的电焊班班长邢银松带领全班人员，冒着危险，冲过去抢修拱架和台车。其间，又发生了 4 次塌方……

担负大团尖隧道打通任务的，也是铁十六局。大团尖隧道从桑干河大峡谷最高峰下穿过，地层多为膨胀土和砂卵石。开工后，刚掘进了 40 米，便发生了塌方，倾泻而下的 3 万多立方米土石，淹没了一切。筑路人员用了整整 58 天，才将滚落下来的土石清理干净。一次，是个冬天，筑路人员正加紧掘进，突然一股地下水冒了出来，转眼淹没了掌子面。大家见状，顾不上寒冷，扑通扑通跳入水中，用了 46 个小时才把水排干。据统计，这座隧道在开工一年多的时间里，发生大小塌方上百次，是大秦铁路上有名的"烂洞子"。

在这座"烂洞子"的施工队伍中，有一位叫石思好的副工班长。1985 年 3 月 25 日，本应回家探亲的他，发现掌子面石质变坏，有塌方的危险，于是决定推迟探亲，留下来帮着解决问题。谁知那晚 9 点，塌方发生，刘思好的生命永远定格在了 29 岁。

大黑山隧道由铁一局承担修建任务，1986 年 3 月 29 日深夜 12 点，装渣机司机李志刚在洞外匆匆吃了两碗面条，就叫上助手进隧道："快，我们装完渣，好让开挖班的同志放炮。"

进入隧道工作面后，李志刚环顾了一下四周，发现没有任何异常迹象，于是开着装渣机干起了活。一个小时后，就在李志刚专心装渣时，助手突然发现工作面的边墙正在下塌。"啊！不好，有危险！"助手大惊失色地对李志刚喊道，"李……"可他后面的话还没喊出来，一块约两张桌子大的巨石就落了下来，正砸在埋头干活的李志刚脊背上……

隧道外的同事听到声音，急忙奔进来。当他们以最快的速度把李志刚从石头中刨出来时，发现他的双手还按在装渣机的电钮上。两个小时后，浑身是血的李志刚因伤势太重，在同事们的怀里慢慢停止了呼吸，他留给这世上的最后一句话是："我不行了，大伙别耽误了施工进度。"这位刚三十出头的年轻人，为了早一日打通隧道，为了大秦铁路早日开通，献出了自己的生命。

铁炉村二号隧道，也是由铁一局承建。1985 年 3 月 29 日，隧道准备实施爆破，突然有一爆破点发生早爆，4 名工人瞬间被飞起的石头砸晕，而此时，其余 70 多个炮点已全部被点燃，千钧一发之际，其他几名工人置自己的生命于不顾，冲进了隧道。

还有一位叫李方石的隧道工人，1985 年夏天，他的妻子来信说孩子快出生了，希望他能回家一趟，可由于施工正忙，李方石没有及时赶回去。孩子出生后，李方石十分想念，让妻子给自己寄一张照片，可当那张可爱的婴儿照千里迢迢寄到工地时，李方石却已被无情的塌方夺去了年轻的生命。

张家湾隧道同样地质条件复杂，塌方不断，一次大塌方顷刻夺走了两名工人的生命。

铁十八局的刘日唐，在之前的隧道施工中受伤，可他没等伤口愈合，就恳请领导让他重返工地。1985年的一个清晨，刘日唐看到掌子面上的台车需要有人指挥定位，于是主动请命，然而一场随即发生的塌方，夺走了他的生命。

赵家二号隧道地质复杂程度不亚于栗家湾隧道和大团尖隧道，施工中出现多次塌方，塌方影响了工程进度，令筑路工人心急如焚。一次塌方过后，队长双眼布满血丝问大家："谁愿意带人进洞，排除险情！"这时，一位叫吴道普的班长从队列中站出来，大声回答："五班愿意！"

不幸的是，吴道普和五班的年轻人，在新的大塌方中，全部遇难。他们牺牲后，工友们将他们埋葬在隧道对面的山坡上，让他们看到赵家二号隧道打通，看到大秦铁路通车的那一天！他们是来自陕西的牛礼、四川的帅培森、甘肃的王生杰及来自云南的付德丛和吴道普。

军都山隧道大塌方不仅夺走了几位年轻人的生命，而且老技师张松年的最后人生，也留在了这里。1988年6月25日，军都山隧道施工现场，张松年呕心沥血为大秦铁路研制出重型铺轨机之后，在医生的搀扶下，身背氧气袋，不舍地离开了工地。23天后，他的合作者之一欧阳泉赶到医院，附耳将那台重型铺轨机成功铺轨的消息告诉了他。张松年听后，眼含热泪，永远地闭上了双眼。有人说，那是一位筑路者对大秦铁路最真挚的爱。这种爱，让人扼腕、动容，让山河凝噎，让草木含悲。

他们用自己的青春、生命，铺就了一条现代化的重载之路！

甚至，他们还牺牲了家庭。可以说，这些筑路工人对得起国家，对得起人民，可唯独对不起自己的家人。

铁一局桥梁处的木工夏沛松，1985 年春节回家探望病重的母亲，由于心里惦记着大秦铁路的施工进度，想提前归队，于是便把母亲交给了贤惠的妻子照顾。返程那天凌晨 4 点，妻子提着马灯，冒雪送夏沛松远行。谁知当夏沛松乘坐火车从老家陕西的山里，回到大秦铁路的工地上时，却接到噩耗：妻子在回家的路上，因搭乘的拖拉机在山路上翻车，不幸身亡。

铁十六局的风枪工王本进，妻子在家务农。1985 年妻子怀孕后，由于王本进不在身边，她又要下地干活，又要照顾公婆，临盆时因为难产，胎死腹中。

铁道部电气化工程局的鲁荣山，接到家人煤气中毒的电话，匆匆赶回家时，年幼的女儿已永远地闭上了双眼。

……

一次，《十五的月亮》词作者、著名诗人石祥和作曲家铁源来大秦铁路工地体验生活，当他们目睹在艰苦的自然条件下筑路者们一心扑在工地的身影，听说他们的事迹后，由衷地发出了这样的感叹："牺牲岂止在前线，奉献何止在军队，要让全国人民像理解南疆战士一样理解大秦铁路的筑路工人！"

就这样，长城脚下，燕山深处，在近百名筑路人员倒下的地方，在一群群舍己为国的筑路者无私奉献下，大秦铁路犹如一道闪亮的银带，急速向东延伸着。

御河特大桥提前架完！

和尚坪隧道提前贯通！

延庆车站提前竣工！

就连地质条件较为复杂、塌方次数较多的栗家湾二号隧道，还有白家湾隧道、军都山隧道、大黑山隧道，也向预期目标推进。

1988年8月25日，军都山隧道贯通铺轨，这是大秦铁路最后铺轨的地段。

铺轨列车的声声汽笛，从八达岭，飞向北京，飞向中南海。

一个月后，军都山隧道铺轨完毕，至此大秦铁路一期工程全线施工结束

1988年10月8日，大秦铁路一期工程开始初验，分期分批进行对口检查交接。

1988年12月20日，大秦铁路一期工程电气化、电力、通信、信号工程建成。

一位哲人曾说过，当我们为了公众的幸福而蔑视辛劳、危险和死亡时，当我们为了国家的利益献出生命而使幸福变得崇高时，辛劳、危险，还有死亡本身，都会变得美好而动人！

只有心怀崇高使命的人，才会产生这种大无畏的精神。

大秦铁路7万多名筑路人员，无疑就是这样一群心怀崇高使命

的人。他们在 4 年的风霜雪雨中，用汗水、智慧和生命，为中华民族高高托举起了一条气吞山河的龙脊。

1988 年 12 月 28 日，跨越 189 条河流，穿越 39 座主峰，架起 313 座桥梁，打通 45 座隧道的大秦铁路一期工程——山西大同至河北大石庄段 410 公里修建完毕，正式开通。

这是我国第一条可以与国外 80 年代先进水平相媲美的铁路。

在这条铁路上，拥有许多个中国第一。它是中国第一条开行重载单元列车的铁路，是中国第一条复线、电气化一次建成的铁路，是中国第一条全线采用光纤通信系统的铁路，是中国第一条全线采用微型计算机化调度集中系统的铁路。

国务院发来贺电：

铁道部和山西省、河北省、北京市人民政府，并转参加大秦铁路建设的工程技术人员、工人和干部同志们：

全国第一条重载运煤干线大秦铁路一期工程胜利开通，使我国铁路向重载技术装备与运输组织指挥现代化迈出了可喜的一步。这对于开发山西煤炭基地，促进国民经济发展具有重大作用。国务院特向你们表示热烈的祝贺和亲切的慰问。

大秦铁路一期工程设计标准高，控制工程多，技术设备新，施工难度大。在党中央、国务院的关怀和各有关部门及沿线各省、市大力支持下，所有参建单位和 7 万余名建设者坚持改革开放的方针，发扬能吃苦敢拼搏的精神，精心设计，精心施工，团结协作，艰苦奋战，攻克道道难关，实现了按期开通的目标。大秦铁路一期工程的建成为我国修建重载运输铁路和新线一次复线电气化创造出新的经验，是我国铁路建设的又一重大成就。

希望你们认真贯彻十三届三中全会精神，继续发扬艰苦奋斗、勤俭建国的光荣传统，不断总结经验，再接再厉，高速度、高质量、高效益地完成大秦铁路二期工程建设任务，为发展国民经济、加快我国社会主义现代化建设做出更大贡献！

时任国务院总理李鹏亲自来到大秦铁路茶坞站，参加通车典礼。典礼现场，彩旗飘飘，国歌雄壮。李鹏同志即兴发表讲话：

大秦铁路通车了，我非常高兴，因为我虽然没有直接参加施工，但是可以说，我是大秦铁路建设自始至终的积极分子……

大秦铁路的建成，是我们盼望已久的事情。它可以把我们山西、内蒙古、陕西丰富的煤炭资源通过这条专用铁路线路，源源不断地运到华北地区、华东地区、东北地区以及华南地区，解决当前煤炭供应紧张，解决当前电力用煤不足的困难。所以这条铁路的建成，将不仅会得到华北人民，而且会得到中国东南各方、各省广大人民的欢迎。

……

讲完话后，李鹏同志走上前，用手中的剪刀咔嚓一声将花团的彩带剪断，然后有力地扬起手臂。此时，李鹏深知为了修建大秦铁路，我们这个不算富裕的国家付出了多么大的代价，但同时，他也深知，大秦铁路开通后，将给我们这个改革开放的国家带来多么大的活力！

装满煤炭的列车从人们眼前缓缓驶过，欢呼的人群中，不少人流下了热泪。这一刻，大家分明从这条现代化铁路的缩影中，看到了加快四个现代化建设的希望，看到了改革开放的中国大地处处腾飞的希望。

剪彩当日，一位诗人才思泉涌，激情写下这样一首诗：

太多的焦灼，

太多的忧患，

首都无眠、长城无眠、渤海无眠，

东北呼唤、华东呼唤、华南呼唤……

一个激情奋进的国度，

在急切地呼唤能源……

共和国手中沉重的剪刀，

怦然剪断万缕愁烦。

第一趟煤列牵引着轰轰烈烈的目光，

穿越于桑干河谷的深邃陡峭，

穿越于燕山山脉的巍峨蜿蜒，

穿越于塞上飞雪燕赵关山，

四度春秋开一代雄风，

一路笛鸣呼唤人间赞叹。

——好一条中国第一路啊！

西上云中，东接海天，

第一代大秦人，

正托举起半个中国的期盼！

十一、上大秦去

　　大秦铁路的顺利开通，离不开筑路健儿的热血与汗水，但同时，也离不开另外一群人，他们在大秦铁路开通前夕，沿着筑路者的足迹，开赴燕山，默默为这条铁路的开通，付出了艰辛的努力。他们，就是首批进驻大秦铁路的干部职工。

　　1988 年 3 月 24 日，大秦铁路运营筹备领导小组在北京召开会议，在这次会议上，确定将大秦铁路接管运营的重任交给大同铁路分局。要知道，自中华人民共和国成立以来所修建的 22 条铁路，还没有哪条铁路是由一个小小的分局来接管运营的。何况，大同铁路分局肩上的担子够沉重了，已经在负重爬坡！又何况，大秦铁路开通时间，比原计划提前了半年，沿途无水、无电、无路，甚至有的生产用房都没完善，并不具备开通条件！再何况，大秦铁路是我国第一条重载铁路，许多先进的新设备、新技术、新工艺，大同铁路分局的干部职工之前听都没听过，更别说见过了，他们能保证大秦铁路顺利开通吗？

　　大秦铁路一期工程定员 6000 人，这对于只有不到 30000 名干部职工的大同铁路分局来说，要从每 5 人中抽走 1 人，而且还必须是技术骨干、业务尖子。总之，精兵强将上大秦。消息传出，大同铁路分局人事部门一下子来了许多基层单位的人员。忙于运输煤炭的各单位派专人来诉说自己单位的"苦衷"：人手紧张，万万不能抽调我们的人。不然，现有的运输任务无法保证！

分局机关大院，车来车往，其中一辆大卡车，拉着满满一车的资料，火急火燎地驶了进来。看到的人，不由得怔在了那里。

这满满一车的图纸、手册等，是大秦铁路上有关新技术、新设备的资料。

大秦铁路在召唤！

前来"诉苦"的人，有的开始沉默，有的开始思考，有的把"苦衷"悄悄地咽了回去。

大同铁路分局深知一下子抽调 6000 名干部职工，而且这些人还是响当当的技术人才，对现有的运输任务影响有多大，但在国家利益面前，他们还是拿出了壮士断腕的决心：只许上，不许下；只许胜，不许败！并向全体党员干部发出号召：共产党员要带头上大秦，要明知大秦苦，偏向苦中行！同时明确规定：奔赴大秦铁路主战场，退缩当逃兵者，是干部的就地免职，是党员的开除党籍！

预报名开始后，3400 多名党员在生活会上表了决心：要服务大秦，保大秦，爱大秦，建大秦！要以身作则，做艰苦创业、无私奉献的带头人！

其他人也不甘落后，纷纷报名要求加入上大秦铁路的队伍。还有一些年轻职工，按捺不住对大秦铁路的好奇与向往，利用周末休息时间，相约骑上自行车，一起到大秦铁路上去看先进设备长啥样，看重载装备多厉害，并在这些先进的设备前想象着大秦铁路开通后的壮观景象和自己创业的情景。

虽然他们知道大秦铁路是一条没有经过临管便直接试运营的铁路，也知道大秦铁路有许多条件尚不具备，但这些铁路职工更清楚我国能源运输的现状，所以他们决心到艰苦环境中去做大秦铁路的创业者，到我国第一条现代化铁路上为四化增光、为祖国增光，为国家分忧。

彼时的中国大地，商品经济大潮已经让一部人先富了起来。在此之前，大同铁路分局的一名职工，因难以适应单位的严格管理，辞去工作，下海经商。大秦铁路开通前夕，这名职工一副成功人士打扮的模样，开着小卧车，吸着进口烟，西装革履回大同探亲，与之前在铁路上满身油渍抢洋镐时判若两人。

有些职工看到后，难免眼红、心动，但经身旁工友提醒，他们便又把视线从小卧车、花衬衫、蛤蟆镜、喇叭裤那些花花绿绿中收了回来，同时也收回了思绪。因为他们有自己的人生追求，尽管这种追求将与清苦做伴，但一想到国家的利益、人民的利益，他们还是坚定了自己的选择。

当时，铁道部给大秦铁路下达的管理人员指标是每公里不超过

15 人。这是世界铁路管理的最高水平，彼时只有苏联的一条铁路管理人员能保持这个指标。所以进驻大秦铁路的 6000 名铁路职工必须精挑细选，严格选拔，各方面都要顶呱呱。

正式报名开始后，大同地区的铁路职工队伍，出现了千军万马踊跃上大秦的场面。有的人抱着荣誉证书，有的人拿着劳模奖章，有的人带着一身技术，有的老职工不仅自己报了名，而且还动员儿子、儿媳一起去大秦铁路。

一天，报名的人群中，来了一位叫王胜江的职工。他已人到中年，上有老、下有小，为了能和年轻人一样报名成功，他背着一书包的奖状和荣誉证书前来报名。

那些日子，在大同铁路家属区，人们见面的第一句话基本上都是问对方："报了吗？"

"报了！""报了！"几乎每个人的回答，都是这两个字，尽管这两个字，意味着别离，意味着远行。

1988 年夏天，大同铁路地区有 12000 多名职工递交了决心书、请战书，他们一致要求到大秦铁路上去实现自己的人生理想。这个人数，远远超出了大秦铁路所需人员。

在这些人中，有一位叫李栓良的党员，他不仅有文凭，而且还是山西省、铁道部劳模，全国铁路新长征突击手，在单位正受重用，前途光明。

一位叫项永富的值班员，父亲和哥哥先后去世，家中老母亲需要照顾，可他也加入了报名的人群中。

一位叫张征的职工，刚结束10年的异地生活，从内蒙古调回大同与家人团圆，听说大秦铁路需要人，就立刻报了名。

年过半百的王福乐，不仅自己报名上大秦铁路，还督促儿子王同泉和儿媳张春兰也一起报名。当名单公布后，王福乐发现没有自己的名字后，立即找到人事部门，质问："莫不是我老不中用了？"

年过五旬的李广贵，老伴常年抱病在身，需要人照顾，可当他得知大秦铁路需要像他这样的党员干部去带头艰苦创业时，他和老伴商量后，报名上了大秦。

还有许多年轻的夫妻得知大秦铁路需要技术骨干后，也相约一起报了名。

1988年，从春末到深秋，大同铁路分局经历了难忘的半年时光。这半年，有压力，也有感动。半年后，6000名干部职工经过培训，就要奔赴大秦铁路了。出发前，大同铁路分局决定把大秦铁路各站段的领导召集到一起，开一个临行前的座谈会。说是座谈会，其实是局领导想让各位站段长、书记发发牢骚，毕竟这一去，山高路远，聚少离多，担子更重了。

湖东车务段的段长杨梦增来了，他凌晨4点从沿线车站往大同赶，由于长期劳累，再加上摸黑赶路，衣服扣子扣错了他都没发觉；湖东电力机务段的党委副书记董惠仪来了，由于连日来操劳过度，腰疼得直不起来，只能弯着身子走进会场。接着，湖东车辆段段长张哲、湖东电务段党委书记杨兴文、湖东生活段段长李广贵等人也赶来了。

大家坐成一圈，等分局领导来布置任务。此刻，常国治和分局党委书记李广升看着眼前这些朝夕相处的同志，不禁双眼发热，因为再过几天，这些同志就要离开同事和亲人，奔赴人烟稀少的大秦铁路了。从此，取代天伦之乐的，将是长久的孤寂和思念。

座谈会开始后，常国治和李广升让大家说说还有什么困难需要解决，特别是个人在家庭和生活方面，有什么困难，都提出来，局里会想办法解决。

会场一片寂静，无人说话。

寂静之后，有人站起来，是李广贵，他说："茶坞公寓床位还不够，得抓紧落实到位。"

李广贵说完，又有人站起来，是杨兴文，他说："目前主要困难是来自 9 个国家 24 家公司的设备没有配套，我们正组织力量攻关。"

杨兴文说完，又有一些人站起来，但无一例外，说的都是与工作相关的问题。

常国治和李广升听着听着，双眼渐渐模糊。他俩多么希望在座的这些同志，每人能提一个困难，讲一个条件，或者抱怨他们一声，甚至骂他们一两句，那该多好啊！那样，他俩的心里也会好受一些。

但是，没有一个人那么做。

出发的时间转眼便到了，第一代大秦铁路创业者们，在商品经济的大潮中，内心的选择丝毫没有受到任何影响。他们没有像社会上有的人那样，追求金钱与享乐，依恋都市和繁华，而是做好了吃苦奉献的准备。因为在他们心中，这样的人生，才更有意义。

1988 年 11 月 5 日早 8 时，距离大秦铁路开通还有一个多月的时间，塞北大地寒风凛冽，滴水成冰，大同火车站广场却红旗招展，花团簇拥，欢送首批创业者进驻大秦铁路的仪式如期举行。只见创业者们个个朝气蓬勃，胸佩红花，在一群少先队员的敲锣打鼓中，像戍守边关的战士一样，准备出征。

旌旗猎猎，爆竹声声，开赴深山的列车鸣响了汽笛，催促着出征的人们。一时间，大同站挤满了送行的人。

一位老母亲，将连夜缝好的棉衣装进了儿子的背包；一位年轻的妻子，叮嘱丈夫不要想家，安心工作；一个花朵般娇艳的孩子，使劲搂了搂爸爸的脖子，眼中满是不舍；一位老党员，紧紧拉住儿子的手，将一枚用红布包着的 50 年代的劳动奖章，塞到儿子的手中……

上大秦去，上大秦去，上大秦去，海阔任鱼跃，天高鹏万里，奋战大秦献青春，这才有志气。

　　上大秦去，上大秦去，上大秦去，创业最光荣，开拓新天地，扎根大秦志不移，这才有志气！

　　……

　　送别的人群中，《上大秦去》的歌声在空中久久回荡。

　　一位前来送行的父亲，叮嘱儿子："去了要好好干！"

　　儿子恭敬地回答："知道。"

　　父亲又说："要不怕吃苦！"

　　儿子回答："知道。"

　　父亲又说："要听师父的话！"

　　儿子依旧恭敬："知道。"

　　一位母亲叮嘱儿子："到了山里给家来封信，报个平安。"

　　……

　　列车开动了，朝着我国第一条重载铁路而去。站台上、列车上，都是挥别的职工和家属。熙熙攘攘的人群中，一位老者望着远去的列车，喃喃道："我咋觉得这和1950年去抗美援朝的劲头差不多。"一旁的人听了，深有感触。

　　列车远去了，载着第一代创业者们奔赴荒山野岭中的大秦铁路。有人抑制不住心中的激情，写下了这样的诗：

　　当困难向信念挑战，

是谁把坚定的目光投向那座最高的山梁；

当乡村向城市涌去，

是谁义无反顾地由繁华走向荒凉；

当艰苦被清淡取笑，

是谁脚步隆隆地由安逸开进悲壮；

当索取和风险角逐，

是谁毫不犹豫把生命抢在肩上；

当苦恋与团聚纠缠，

是谁握紧思念把开通的汽笛拉响。

十二、艰苦创业

田野苍苍，风雪茫茫，首批进驻的铁路职工沿着筑路人员的足迹，进入大秦铁路。此时，7 万多名筑路人员，已浩浩荡荡撤离，挥师向东，去开建大秦铁路的二期工程。因此没有了机器轰鸣，没有了人声鼎沸，没有了车来车往。大地、河流、群山，又仿佛回到从前一样安静，而这种安静，又孕育着新的希望。尽管，这希望是建立在艰苦之上。

大秦铁路虽然是一条现代化的铁路，但开通之初，它的生产生活环境，却与现代化无关。

没水、没电、没路，站舍四周荒无人烟，先期到达的干部职工虽然心中有所准备，但真正来到大秦铁路，还是有些措手不及。

俗话说，火车跑得快，全靠车头带。在大秦铁路，湖东电力机务段可以说是当之无愧的"火车头"，这个段担负着大秦铁路开通后运煤列车的牵引任务，是大秦铁路上最大，也是最重要的单位之一。按理说，这么重要的单位，其生产生活配套设施应该相对完善一些，或者应该向它大力倾斜，可是湖东电力机务段也同样面临没水、没电等困境。

有人可能会问，湖东不是位于湖的东边吗，怎么会没水？

关于湖东名字的由来，背后还有一段令人又好笑又辛酸的往事。当年，线路勘测时，铁三院的技术人员来到这片荒芜之地时正值清晨，他们放眼望去，四周寂寥，皆无人家，正在大家发愁此处在图纸上应如何标注时，太阳冉冉升起，一个眼尖的技术人员发现远处有一片泛着湖光山色的"湖泊"。

"看，湖泊，西边有一片湖泊！"那位技术人员像哥伦布发现新大陆一样，激动地手指前方。大家循着他手指的方向，朝西望去，果然在晨光之中，看到远处一片波光粼粼。于是，他们兴奋地给脚下的这片荒地，起名湖东。

大秦铁路修建期间，有好奇者利用收工后的时间，朝那片"湖泊"而去，但他们走近了一看，才发现这一大片的波光粼粼，根本不是什么湖泊，而是一片盐碱地。

也就是说，湖东电力机务段建在一片盐碱地旁。

1988 年 11 月 5 日，当列车载着首批进驻湖东电力机务段的700 多名职工到达停车点，大伙互相搀扶着跳下 1 米多高的路基，深一脚浅一脚地穿过单位院内 6 股铁道线，来到一栋二层小楼时，他们才发现，新的工作环境简陋不说，甚至连日常再普通不过的自来水也没有保障。

自来水管没有接通，碱水又无法饮用，为了解决用水问题，机务段决定每天派车到 70 里外的大同去拉一趟水，以保证职工饮用。

拉来的水十分有限，单位不得不规定：每天耗水 1 吨！

心怀豪迈之情的创业者们，尽管上大秦铁路前对困难有一定的思想准备，但真正来到后才发现，大秦铁路的艰苦程度，比他们想象中的有过之而无不及。

有人开始后悔，有人内心动摇，有人把目光投向城市的方向。职工们的这些反应，都被一个人看在眼里，他就是湖东电力机务段段长兼党委书记张宗秀。这位 1954 年从天津铁路工程学校毕业的老铁路，开过蒸汽机车，当过工程师，和火车打了 30 多年交道，什么样的苦都吃过，可当他第一次走进湖东电力机务段时，也发出了这样的感叹："干了这么多年的铁路，还没遇到过如此艰苦的开通条件。"

职工们的种种反应，张宗秀完全能理解，他不想勉强任何一名职工，这 700 多名职工，能主动报名来大秦铁路，觉悟已经很高了，如果谁后悔了，谁不想干了，他不会拦着。他只是给段领导班子下达了一道命令："大秦铁路这样艰苦，干部待遇不能特殊，站着、躺着，肩膀都要和职工一样平！"

这一命令，瞬间传遍机务段的角角落落。

700 多名职工，没有人再动摇，更没有人提出离开，他们甚至还一起立下了"生当作大秦人杰，死亦为湖机鬼雄"的誓言。

这一命令，当然也是张宗秀给自己下的。

700 多名职工全部安顿好后，湖东电力机务段召开大会。作为领导，张宗秀站在台上讲话，由于没有话筒，他只能大着嗓门。他讲着讲着，有些口干舌燥。这时，有人给他倒了一小杯水。张宗秀习惯性地拿起杯子，刚要放到嘴边喝一口，却又突然停了下来。他放下杯子，环视一下眼前的职工，问道："今天大家每个人是不是都喝到了水？"

张宗秀的话音落下后，迟迟没有人回答。

张宗秀知道，这沉默代表着什么。他看着大家干裂的嘴唇，心如针扎一般。

"都没水喝，为什么给我倒？"张宗秀严厉地问倒水者。

倒水者不知该如何回答，窘在了那里。

这时，身旁有人小声向张宗秀解释："段里储水不多，你在讲话，所以专门给你烧了一点。"

"讲话就特殊？今后要砸了这个规矩。"张宗秀有些生气地说道。接着，他又下令："现在，把机关办公室的暖壶统统拿到机车上，优先保证火车司机能喝上水。"

机务段如此，和他相邻不远的湖东车辆段情况又如何呢？

新成立的湖东车辆段有 550 多名职工，进驻时，单位在大同召开誓师大会，段领导振臂一挥，高声说道："同志们，我们要雄赳赳，气昂昂，跨过御河桥，奔赴主战场。"

550 多名职工一听，群情激奋，斗志昂扬，收拾行囊直奔湖东。可当他们从大同跨过御河桥，来到所谓的主战场后才发现，这里竟然没水、没电、没路，每个人只有一把检车锤、一顶照明灯和一把扳手。

解决吃水的方式，他们比机务段也强不到哪里。送水车把水送来后，直接倒进洗澡堂的池子里。人员喝水，从池子里舀；食堂做饭，从池子里舀。

当然，也不能随便舀，每人每天用水也限量。当时，大秦铁路上配属的运煤车辆有的载重 50 吨，有的载重 60 吨。其中，载重 50 吨的车辆为木制的，有的是美国制造的，有的是苏联制造的，有的是波兰制造的，已在我国使用多年。车辆不统一，检修起来费劲，再加上风沙天气的影响，所以检车员从车下钻出来时，浑身上下都是脏兮兮的，但由于缺水，每个人的卫生无法保证，以至于在湖东一带流传着这样一个顺口溜："远看像要饭的，近看像捡炭的，仔细一看，是车辆段的。"

而就在同一时期，大秦铁路沿线的许多车站和工区，职工用水也十分困难，冬天他们往往要到数公里外的老乡家去买冰块，然后将冰块融化成水，以此来解决用水问题。

谁能想到，水，在 80 年代大秦铁路第一代创业者们的面前，竟成了美味珍馐。

除了缺水，食物不足也困扰着首批进驻大秦铁路的干部职工。

那个时候，谁要是能吃上一包方便面，那绝对是让人羡慕不已的事，但某个深夜，湖东电力机务段几名辛苦了一天的年轻职工，面对两包方便面，却谁也舍不得吃一口。

是他们不稀罕方便面，还是他们不饥饿？

都不是，这两包方便面的背后是一个感人的故事。

大秦铁路开通之初，由于人手紧张，分配给湖东电力机务段的职工不足定员的一半，加之检修机车所需的292台设备，在开通前夜只到了38台，所以负责机车检修的职工需要白天晚上都守在岗位，一是保证新运来的设备能尽快安装调试，二是他们把全段仅有的26台韶山1型电力机车看得很金贵，想用自己的双手为这些"宝马良驹"套上一副金鞍。当时，由于单位食堂还未建成，所以这些职工每次从大同家中出发时，都会用饭盒带上两天的饭。

有一次，一批检修设备集中运到，10多名年轻职工在岗位上连续工作3天没有回家，饭盒里的饭早已见底。夜晚，大家调试完设备，并检修了他们心爱的"宝马良驹"，这才又累又饿地坐在冰冷的地板上，不约而同地想着一件美事：要是能喝上一口热水，吃上一口热饭，那该多美呀！

这时，一位姓赵的职工突然想起，自己的更衣柜里好像有两包方便面。大伙一听，两眼放光，催促小赵快去找找。

小赵在更衣柜里找到那两包方便面，虽然已被压碎，但终归还是能解决大伙的燃眉之急。于是小赵兴高采烈地举起方便面，跑到大家面前，问谁先吃。

这一下，刚才还期盼方便面的一群年轻人，都不吭声了，一是因为人多面少，谁也不愿意自己先吃；二是因为他们两天来没怎么喝过水，嗓子干得直冒烟，根本吃不下这虽然美味却干巴巴的方便面。

小赵一看，立刻明白了大家心思，他说："你们等等，我去附近老乡家去要点水，回来泡上，一人吃几口……"

说完，小赵便借着月光，出了机务段，到附近老乡家去找水。半个小时后，他一身寒气，捧着一饭盒已经由热变温的水回来，然后把两包方便面泡了进去。

几分钟后，泡好的方便面递到了大伙的手中，他们一一接过来，轮流放到嘴边，有的像品尝美酒一样轻轻啜一口，有的仅仅轻轻触碰一下嘴唇，有的捧着饭盒只是深深地吸一鼻子香气……

饭盒在大伙的谦让中，轮流传了两三圈，里面的方便面才被吃完，汤也没剩一滴。

毫不夸张地说，缺水、缺食物，这样的情形，在当时的大秦铁路上，几乎随处可见。另外，取暖的问题也困扰着大家。职工进驻大秦铁路时，寒冬也随之而来，冷风穿透职工们身上的棉衣，直往骨头里钻。由于没有暖气，大家只能靠铁炉子取暖。晚上，有时气温降至零下30摄氏度，屋里屋外几乎一样冷，职工们就轮换着凑到小铁炉子前，每人一分钟，烤烤手、暖暖脚，缓解严寒带来的不适。这期间，也发生过一屋子职工集体煤气中毒的事件，好在被其他同事及时发现，将昏迷者抬出屋子，直至清醒。据说，有一次，某个工区的几名年轻人煤气中毒，消息不知怎么传到其中一名职工父母的耳中，老两口以为儿子煤气中毒生命垂危，于是哭着赶到大秦铁路，一看儿子好好的，这才笑着离开。

大秦铁路开通时的种种困境，是人们无法想象的，但艰苦的条件，也激发着每一位创业者的干劲。机务段有位职工曾写下过这样一副对联："无水无电无暖气，无机务段四周围墙挡风寒；有志有识有干劲，有大秦人干群一心渡难关。"

横批："艰苦创业。"

由于大秦铁路提前半年开通，且是一条没有经过施工单位试运行就直接交给铁路部门运营的铁路，所以 1988 年 12 月开通时，一些设备、设施还存在不完善之处，甚至有的设备尚不完全具备开通条件，因此除了上述种种困难外，还有许多其他意想不到的情况也会随时发生。在大秦铁路开通前一天，就连准备参加开通典礼的列车从湖东赶往茶坞途中，也曾受阻于一段钢轨悬空地段，若不是抢修人员及时赶到，这列重要列车第二天将无法按时出现在典礼现场。

想想看，那是一种什么样的后果。

地面上的设备状况不断影响行车，空中的接触网设备也常常出现意外，导致列车无法运行。这期间，还发生过一个火车司机保命又保车的故事。

　　1989 年 1 月，大秦铁路刚刚开通不久，设备仍处于边运行、边调试状态，所以每天只能开行两趟运煤专列。湖东电力机务段为了让司机尽快掌握机车操纵和熟悉线路条件，决定每趟车安排两名司机同时上车值乘。一人为主、一人为辅，相互交换，共同锻炼。

　　一天，湖东电力机务段的司机贾有德和刘国华驾驶机车，牵引着一列车，从涿鹿向湖东驶去。这次出乘，机车运行途中主要由贾有德操纵。

　　贾有德是一位富有经验的蒸汽机车司机，在上大秦铁路之前，他曾在北同蒲铁路上的宋家庄站避免过一起两列火车正面相撞的重大事故，受到单位隆重表彰。可以说，他是一位技术过硬、有胆有识的火车司机。自从报名来到大秦铁路后，开着电力机车驶在这条现代化的重载第一路上，贾有德的心劲儿更足了，每次出乘，心里像小孩子盼过年一样高兴。

　　这一天，他和刘国华上车后，开始新一天的值乘。

　　"前方信号！"

　　"前方信号！"

　　"绿灯通过！"

　　"绿灯通过！"

　　……

　　一路上，两人严格遵守铁路行车规章制度，手比眼看，呼唤应答。

列车从平原驶向山区，从白天驶入黑夜。前方，就要进入 5 公里长的白家湾隧道了，光线差、车速快，瞭望困难，贾有德习惯性地站了起来。

此时，贾有德并不知道，在这座隧道的正中间，一块巨大的冰柱正慢慢将接触网包裹，影响他们这趟列车经过。

23 时 30 分左右，列车风驰电掣般地一头扎进了白家湾隧道。贾有德手握闸把，紧盯前方，心里默算着通过这座隧道的时间，而就在此时，突然传来一阵异样的响声，接着机车上的大灯和驾驶室里的所有灯光和显示全部灭了，正注视列车前方的贾有德吃了一惊，心想：不好，有情况。于是迅速推动手中闸把，紧急制动列车，同时快速将机车顶部的受电弓落下。

正以每小时 45 公里速度往前行驶的列车，随着紧急制动，发出刺耳的声音，并在强大的惯性作用下，于一片漆黑中继续向前猛冲了 500 米左右才停下来。

"老贾，没电了，咋办？"伸手不见五指的黑暗中，刘国华着急地问贾有德。

"别慌，说不定一会儿就来电了。"贾有德安慰刘国华。

时间一分一秒地过去了，还是没有来电。

"老贾，还没来电，咋闹？"刘国华又问。

"咱俩得有一个人下车去看看，别是接触网出了啥问题。"贾有德这时心里也有些没底，对刘国华说道。

"那你留在车上，我去查看。"刘国华说。

"老刘，你注意安全，带上手电，小心有狼。"贾有德想起之前有同事在山中遇到过狼，不由得有些担心，提醒刘国华。

"好的。老贾，你放心。"刘国华说完，摸黑下车，打着手电深一脚浅一脚地往前方走去。他先是找到隧道里的公里标注，确定列车停在了170公里500米处，然后继续往前走。当来到距离机车300多米远的地方时，洞顶一块明晃晃的异物引起了他的注意。他仔细查看，原来由于隧道顶部漏水，渗入洞内的水遇冷结冰，冰越结越多，将接触网紧紧包裹住了，致使接触网停电。

刘国华返回车上，把看到的情况告诉了贾有德。贾有德听说前方接触网被严冰包裹，便对刘国华说道："快，老刘，把这个情况汇报出去。"

刘国华按照贾有德的吩咐，再次打着手电沿着漆黑的隧道一路磕绊，一路小跑，气喘吁吁地朝2公里外的隧道出口跑去，并在出口不远处找到铁路部门设置的一个电话接线柱，拿出身上的便携式有线电话并接通，迅速将机车停车位置和接触网断电的原因向单位调度室进行了汇报。

湖东电力机务调度室接到汇报后，立即向分局调度所汇报，分局一位值班领导又连夜与电气化工程局联系，希望对方能马上派人赶到白家湾隧道进行抢修……

白家湾隧道170公里500米处，在那个深夜，牵动着大同和湖东两地许多人的心。

同一时间，贾有德和刘国华也在漆黑中，焦急地盼望着抢修人员的到来。

由于断电，机车驾驶室的温度越来越低了，手电也因电池没电不能照明了。

"老贾，我饿了，咱们吃口饭吧。"漫长的等待中，刘国华对贾有德说。

"好，估摸这停电也有两个来小时了，现在应该是后半夜了，咱吃口东西，垫垫肚子。"

刘国华起身，凭印象东摸西摸，一阵窸窸窣窣后，他摸到了放在角落里的一个竹篮子，接着摸到篮子里的一包方便面，撕开掰成两半，然后又摸到贾有德面前，递给贾有德一半，自己留一半。不一会儿，黑暗中传来两人咔嚓咔嚓嚼方便面的声音。

刘国华吃着吃着，觉得口干舌燥，又对贾有德说道："老贾，方便面太干了，我咽不下去，我去倒点水。"说完，又是一阵窸窸窣窣，只是这次刘国华没有摸到水，而是摸到一块冰，他惊叫一声："老贾，水桶里的水冻住了！"

贾有德听后，也大吃一惊，因为他干了20多年的火车司机，还没遇到过这种情况。

"这要是一直没电，可如何是好？"贾有德担心起来。

"老贾，要不我到隧道外去找点水吧。"

"不行老刘，万一抢修人员一会儿赶到，恢复了供电，咱们的车立刻就得走，许多地方等着煤呢。"

"那没水喝怎么办？"

"不要紧，咱们克服克服。"

驾驶室的四壁，由内到外全是钢板，这样用金属封闭起来的空间，遇热会更热，遇冷则更冷。又一个小时过去了，驾驶室里的温度越来越低，几乎变成了一座天然冰窖。在这样的"冰窖"中，刘国华的牙齿被冻得咯咯直响。贾有德把刘国华搂在怀里，他想通过这种方式，达到温暖对方的目的，可是置身于像冰窖一样的驾驶室，他的这种做法根本无济于事。

在又饥又寒中，刘国华的眼睛有些睁不开了。他告诉贾有德，自己想睡一会儿。贾有德知道，这样十分危险，因为有人就是在这样的严寒中睡去，再也没有醒来。于是他摇摇刘国华说："咱俩谁也不能睡。"他让刘国华打起精神，互相监督，轮流在狭小的驾驶室里又蹦又跳，想通过这种方式来暖和身子。

4个多小时过去了，他们蹦累了，也跳累了，可抢修人员还是没有到。此时，远处的洞口方向，传来一道微弱的曙光。贾有德知道，天亮了。

借着这道微弱的光线，贾有德低头发现刘国华的手脚都快冻僵了，如果再不想办法找点热源，可能就会出人命。想到这里，贾有德和刘国华商量了一下，一人守着车，一人到隧道口捡些干树枝来。

　　树枝很快捡来了，他们在机车旁的一座避车洞里点燃取暖。

　　为了保证机车安全，贾有德和刘国华没有同时下车取暖，而是轮换着一人下车烤火，一人留在车上。

　　隧道里的避车洞只有 1 平方米多，在狭小的空间里，火苗和烟雾把他们的脸熏黑，把头发也烧焦了，眼泪也呛了出来，但贾有德和刘国华很珍惜这仅有的一丁点热源，直到化为灰烬后，他们的双手还在灰烬中找寻着余热。

　　等待，是漫长的。但当阳光洒向群山的时候，他们还是看到了希望。上午 10 点左右，一束强烈的亮光从贾有德他们对面射了过来，同时伴有列车驶来的隆隆声。

　　此时的贾有德和刘国华又惊又喜，看着这束熟悉、亲切的亮光离他们越来越近。迎着他们而来的，是大秦铁路上每天负责接送职工上下班的通勤车，这列由内燃机车牵引的列车，没有受接触网停电的影响，此时准时进入白家湾隧道。当内燃机车上的司机看到贾有德他们机车后，鸣了一下汽笛，并将车停了下来。

　　看到通勤车在自己机车旁边的铁道上停了下来，绝处逢生的贾有德和刘国华，眼泪再也不受控制地涌了出来。

　　在模糊的视线中，他们看到一个身穿制服、拎着大包小包和暖水瓶的人，从通勤车上跳下来，朝他们而来。

　　来人是湖东电力机务段的指导司机张旺玉，他一早就奉命从湖东站登上通勤车，前来寻找贾有德和刘国华。

当他看到被困一夜的两位司机后，眼眶也不由得湿润了。只见平日精精干干的贾有德和刘国华，此刻满脸灰黑，头发凌乱，神情呆滞。张旺玉冲着他俩大喊了几声，才听到贾有德的应答声。

张旺玉放下手中的食物和暖水瓶，上前紧紧抱住贾有德和刘国华。他们含泪相拥，谁也不说话，但谁都知道对方心里在想什么，那就是：为了国家的能源运输，这点苦不算什么。

张旺玉拿出两盒热饭，又倒了两杯开水，分别递给了贾有德和刘国华，叮嘱他俩慢点吃，别噎着。捧着热乎乎的饭菜，贾有德和刘国华顾不上客气，低头大口吃了起来。

一个小时后，电气化工程局施工人员过来通知贾有德他们，前方洞顶的冰柱已清理干净，接触网送电了，机车可以继续行驶了。贾有德听后，立即将机车受电弓升起，驾驶室也随之有了动静，灯亮了，发动机响了。做好各项开车准备后，贾有德和刘国华在张旺玉的指导下，各就各位：

"注意升弓！"

"升弓好咧！"

"打风充压！"

"风压好咧！"

"注意开车！"

"开车注意！"

……

在两人的呼唤应答中，列车缓缓启动，又开始向前奔跑起来，驶出白家湾隧道，轰隆隆地朝远方而去。

就在贾有德和其他火车司机驾驶电力机车行驶在冰天雪地中时，大秦铁路沿途的崇山峻岭间，还有一群为他们保驾护航的人。由于湖东电力机务段的许多火车司机，之前驾驶的都是解放、建设、前进、上游等型号的蒸汽机车，所以到了大秦铁路驾驶电力机车，有个适应的过程，尤其是车速控制，关系列车的运行安全，对此机务段格外重视。那时，黑匣子还是个陌生的东西，电力机车还没有安装这种先进装备，于是为了防止列车超速运行发生事故，机务段就安排一部分职工拿着秒表，分散在铁路沿线的关键地段，进行人工测速。这些负责测速的职工与当年铁三院的勘测人员一样，需要跋山涉水，以天当被，以地当床。每当听见山谷中传来嘹亮的汽笛声时，他们就迅速拿出秒表，聚精会神地盯着来车方向，分析车速。1989年夏日的一天，两名职工守在山区的一段铁路线旁。半夜，他们听到声音，起身准备测速，却发现声音并不是他们熟悉的汽笛声，而是雷声。雷声刚过，瓢泼大雨便落了下来。漆黑中，两人借着闪电划破夜空的亮光，看到铁路旁不远处有一座坍塌的洞穴，于是急忙钻进去，遮挡风雨。第二天清晨，雨过天晴，两人从洞穴中爬出来一看，不由得惊出一身冷汗，原来他们挤了一夜的洞穴，竟然是一座塌陷的坟墓。

湖东电力机务段作为大秦铁路的"火车头"，条件尚且如此，其他进驻单位，情况也就可想而知了。

湖东房建段是专门为大秦铁路各单位分配生产办公用房和职工住房的单位，可就是这样一个手握房屋大权的单位，却连自己办公的房子都没有。职工报到的时候，单位除了一块写着"湖东房建段"的木牌子和一枚公章外，再无他物。

如果一定要说出他们还有点什么的话，那就是段领导班子一众人两手泥浆，满面灰尘。他们本想赶在首批职工报到前收拾出两间房子，让大家看看自己的新单位，可紧赶慢赶，还是没能如愿。

天寒地冻，总不能让前来报到的职工睡在大马路上过夜吧，于是湖东房建段领导把大家临时召集到一栋尚未竣工的家属楼里，做了动员。随后，副段长张华找来一辆汽车，准备把一部分职工先送到沿线工区去，因为他知道沿线一些工区好歹有房子可以遮风避雨。

汽车驶来，却没人往车上放行李，更没人上车。这些前来报到的职工想，湖东离大同最近，条件尚且如此，再往山里走，哪得多荒凉？

张华看出了大家的担忧，于是把在自己心中早已勾画了千百遍的房建段发展前景讲给大家听，有人渐渐心动了，开始往汽车上搬行李。

汽车离开湖东，沿着大秦铁路旁的公路向东行驶。两个多小时后，汽车在一个前不见村、后不着店的地方停了下来。

张华跳下车，对大家喊道："伙计们，到家啦，下车吧，这里是咱们段最好的工区——阳原房建工区。"

车上的职工听后，满怀希望地跳下车，朝工区走去，可到了眼前一看，迎接他们的，只有一幢孤零零的房子。窗户上，还没安装玻璃；地板上，堆满了砖头瓦块；墙皮上，挂着冰霜。

"张段长，还是把我送回去吧。"一名职工难为情地说。

"那好，不想留下的可以跟车回去。"张华的语气似理解，又似无奈。接着，他又补充了一句："共产党员留下。我是党员，我留下。"

他的话音刚落，一位名叫杨凤林的年轻人说道："张段长，我是党员，我不走了。"说完，背起行李，头也不回地向里走去。

接着，又有人说："我是团员，我也不走了！"

然后，是第三个、第四个……

最后，6名职工都留了下来。张华很是感动，他告诉大家："请放心，我一定给大家打造一个满意的家。"

在张华的带领下，大家一起动手，和泥、搬砖、砌炉子、烧水、和面、糊窗户……

丢掉幻想，脚踏实地，自己动手，渡过难关。这是大秦铁路第一代创业者的真实写照。

十三、位卑不敢忘忧国

大秦铁路开通之初，所有的职工都在艰苦的环境中接受着考验。

东城乡站站长张继成，是首批进驻者之一，在去东城乡车站前，他是大同县站的副站长。一天，段长和书记带着一纸调令来大同县站找他，让他担任大秦铁路东城乡站站长，而且要求立刻到岗。

张继成此时已经有一个多月没回过家了，拿到调令，他收拾好铺盖卷，就跟着段长和书记从大同县赶往东城乡，由于走得急，也没顾得上给家里人打个电话，告知自己的去向。

东城乡站地处野外，像个孤岛。张继成刚到车站走马上任，还没完全熟悉情况，就听到有职工喊他："站长，非正常行车——"

在铁路上，非正常行车必须由站长亲自来指挥，张继成急忙跑向行车室。也是从那一刻起，张继成开始了一种全新的工作模式，每天像一台高速运转的机器一样，从早忙到晚，把给家人打电话的事情给忘了个一干二净。

非正常行车整整持续了40天，在这40天中，张继成没安心吃过一顿饭，没睡过一个囫囵觉，寸步不离行车室。

他久不回家，可是急坏了在大同家中的妻子。妻子通过熟人，找到一部铁路内部电话，给大同县站拨了过去。

"喂，是大同县站吗？"

"是，你找谁？"

"我找张继成。"

"他上调啦！"

张继成妻子脑袋嗡的一声，眼前一晕，差点栽倒在地："他怎么上吊啦？什么时候上吊的？我怎么不知道？"

"他调东城乡站啦，一个多月了。怎么，他没跟家里说？"

张继成妻子听后，一颗受到惊吓的心这才慢慢放下来。

70多天后，张继成终于回来了，灰头土脸，进家门时，妻子差点没认出他来。好在张继成还会笑，他那愧疚的笑，让妻子心中的怨气一下子就消了许多。妻子心疼地给他脱掉脏衣服，打来洗脸水。张继成边洗脸边对妻子说："我只能回来一天，看看你和孩子就得走，车站太忙了。"

说完，张继成擦擦脸，一头倒在床上就睡着了。

化稍营站站长张春利，与张继成同一批进驻大秦铁路。当时他带着8个年轻人来到化稍营站，把职工安顿在相对干燥的房间后，自己住进一间挂满雪霜的屋子，因为这里距行车室相对近些，工作起来方便。

从到达车站的第一天起，张春利便忙前忙后，车站设备调试、职工生活安顿等，都需要他操心。不久，张春利患上肾炎，由于工作太忙，没时间到大同就医。

一个月没回家，两个月没回家，三个月没回家，妻子在家中担心不已，便给张春利接连写来两封信，但张春利忙得顾不上回信。

寄出去的两封信石沉大海，妻子更加不放心了，便打发儿子到大秦铁路上去看看情况。儿子从柴沟堡家中出发，一路打听，终于来到化稍营站见到了张春利，但此刻，儿子怎么也不相信眼前这个身材佝偻得像个小老头、脸庞浮肿得几乎变了形的中年男人就是自己的父亲，他问张春利："爸，您咋成了这样！"

张春利安慰儿子道："爸没事。"

儿子说："爸，我陪你去医院看看吧，您一定是生病了。"

张春利说："不用，没啥大毛病，吃点药就没事了。"

说完，张春利从上衣口袋里拿出已经磨出毛边的 600 元，放到儿子手中："这是我这几个月的工资，你拿回去，告诉你妈我在这里很好，就是工作忙，没时间回去。"

送走儿子后，张春利就又去工作了。

与张继成、张春利一起首批进驻大秦铁路的职工有几千名，他们的故事，像流经这里的河水一样，说也说不完。

1989 年 10 月 18 日深夜，大同—阳高一带发生地震。地震发生后，在阳原东井集桥梁工区工作的陆恒不顾个人安危，打着手电一个桥墩一个桥墩地检查，生怕桥墩在地震中出现隐患，影响大秦铁路列车的运行安全。

陆恒的家在阳原，而阳原是震中。陆恒虽也焦急，挂念阳原妻儿的安危，但因那时资讯不发达，一时半会儿联系不上家人，他就把挂念埋在心里，继续检查。桥墩、护坡、涵洞，陆恒一处也不放过，他要让运煤列车从自己负责的桥梁上安全通过。

两天后，当陆恒背着检查工具从大桥上回到工区时，已经在此等了他一天多的女儿跑过来哭着说："爹呀，家里的房子都塌了。"说完蹲在地上，呜呜呜地哭了起来。

不几日，铁路领导到灾区慰问，当路过两孔残破的窑洞时，领导问："这是谁家？"

一旁知情的同志说："湖东工务段老先进陆恒的家。"

领导停下脚步又问："慰问的花名册里，为什么没有陆恒？"

一旁的人回答："陆恒没向单位申请救济。"

领导听后，踩着残垣断壁走进窑洞，将 1000 元救济款送到陆恒的手中，但又被陆恒推了回来，他说："国家也不宽裕，我不能要这钱，我们一家能渡过难关。"

那位领导眼圈立刻红了，他对陆恒说："陆恒同志，我命令你接受这笔救济，听清楚，这是命令！"

陆恒这才接过了钱。

还有茶坞工务段副段长刘秀，他从大同调到 400 公里外的茶坞刚 3 天，便接到从大同打来的电话，说他家中被盗，妻子快吓晕了。

如果放在平时，刘秀肯定要回去看看，可是大秦铁路刚刚开通，线路上的问题还有很多需要处理，自己怎么能走呢？

急火攻心，刘秀满嘴冒泡，扁桃体发炎，引起高烧。茶坞铁路医院的医生让他休息，刘秀哪能躺得住，他揣着药片就上了铁道线，带着职工一米一米地检查，可他忘了，再强壮的身体，也架不住病魔缠身。新线检查一走就是一整天，途中刘秀体力不支，头晕目眩，双腿打软，差点摔倒在地。大家看到后，劝他歇息一下，刘秀摆摆手，说不碍事，然后从口袋里掏出一支庆大霉素，捡起钢轨下的一块石块敲碎玻璃瓶，把药喝了接着检查。傍晚，前来接应他们的汽车迟迟没有来，眼看天就要黑了，一路负责为大伙做饭的炊事员见刘秀脸色越来越差，就在野地里支起锅灶，把剩下的最后一点挂面煮了煮，端到他面前。被病痛折磨的刘秀看着那碗挂面，无力地摇摇头，对炊事员说："说实话，我真饿了，可弟兄们也饿，把面条端给大家吧，问问谁顶不住了，分着吃了吧！"

茶坞电务段助理工程师韩祝愈，在大秦铁路开通前夕，为了保证每个设备都能正常运行，沿着管内不知走了多少遍。最后，他的一只脚肿得连鞋子都穿不上了，他就拖着鞋走，直至脚底化脓感染才被送进了医院。

还有大同电务段的职工李昌，永远忘不了大秦线铁路刚开通时的一幕幕情景。一天，大雪漫天飞舞，御河大桥上的设备突然出现故障，汽车将李昌和几名抢修人员送到距离大桥还有5里路的地方，便无法继续前行了。李昌和几名抢修人员背着工具，迎着刺骨的寒风，踩着厚厚的积雪，嘎吱嘎吱奔向大桥。

大桥上的设备都是金属制成的，长时间的冰天雪地，让这些设备比冰疙瘩还要凉许多。寒风凛冽，大家的手指冻得僵硬不听使唤，但他们一边哈气为手取暖，一边抓紧抢修。

故障处理完，设备恢复正常运行后，大家激动地抱在一起，又哭又笑，因为实在是太难了。

位卑不敢忘忧国！这就是大秦铁路职工的真实写照！

十四、桑干河畔的宣誓

穿山越岭的大秦铁路，沿途有许多车站、工区坐落在山坳里。山坳里的交通已经很不方便了，可还有一个工区，竟然坐落在悬崖上，这就是位于大秦铁路 162 公里 400 米处的河南寺养路工区。说起这个工区的名字，还有一段让人感慨的往事。当年，筑路人员克服重重困难，逢山开路，遇水架桥，将铁路修建到桑干河大峡谷，并在半山腰炸出一块平地，建起这个工区的时候，准备给这个工区起个名字。这本来是一件非常简单的事情，因为铁路沿途的火车站或工区名字，一般都是以就近的村庄、城镇来确定，但如此简单的一件小事，在这里却成了难事。因为此处距离最近的村庄少说也有 10 多里路，距离最近的城镇涿鹿也有 60 多里。就在筑路人员一筹莫展之际，一天，一名到山下河里挑水的筑路工人发现东边的山头上有一座废弃的寺庙，他爬上去一看，见寺庙牌匾上写着"河南寺" 3 个字，于是高兴地跑回去把这一"重大发现"告诉了工友们。工友们权衡来权衡去，最终决定以寺庙的名字作为大山褶皱里的这个小小工区的名字——河南寺养路工区。

以寺庙来给工区起名字，这在全国铁道线上少之又少。

特殊的地理位置，让河南寺养路工区成为大秦铁路职工心中公认的条件最艰苦、位置最偏远的工区之一，这从当地流传的一段顺口溜中便知一二："门前两座山，抬头难见天；空中飞鸟少，风吹石头跑；吃水下河舀，十里无人烟。"

而实际情况，比顺口溜中的描述还要艰苦。

第一，这里没有吃的，附近村庄没有粮食可买，这注定了谁来这里工作，谁就得从家里扛着粮食来。至于菜，更是买不到，只能从大同或涿鹿捎一些，但也是吃了上顿没下顿，大多数时候只能靠咸菜度日。第二，这里没有水喝，由于工区位于悬崖上，没有自来水，职工只能到山下的桑干河挑水，澄一澄解决用水问题。第三，这里没有电，职工们白天在黑灯瞎火的隧道里作业，晚上在黑灯瞎火的工区里休息。第四，这里也没有暖气，虽然单位早早就送来了取暖用的铁炉子，但因没有煤炭可烧，天寒地冻的日子，铁炉子就成了摆设。

谁也知道河南寺养路工区艰苦，但即便这样，也有人甘愿前来。

第一批进驻河南寺养路工区的职工共有 8 人，其中吴炳雄、王海山和颜廷芳是共产党员。

进入河南寺养路工区的第一晚，工区党小组就在飘着雪花的寒夜里成立了。在简陋的屋子里，3 名党员把工友们召集在一起，在一块简易的小木板上，画出了大秦铁路示意图。

3 名党员和 5 名工友谁也没见过大海，没见过大海的他们，却有着大海般一样宽阔的胸怀。从到达河南寺养路工区的第一天起，这 8 名养路工的心里，便装满了这条中国重载第一路，装满了这条影响大半个中国经济发展的能源运输大动脉，更是装满了自己肩负的责任。

吴炳雄时年 37 岁，广东人，1978 年入伍成为一名铁道兵战士，1984 年跟着队伍修建大秦铁路。他深知这是一条担负国之重托的铁路，一期工程修建完毕准备通车时，吴炳雄便主动申请留下来，并要求到最艰苦的地方工作。

吴炳雄的选择让很多亲朋好友无法理解，因为随着改革开放，深圳已成为经济特区，吴炳雄完全可以回到家乡，凭技术、凭头脑在家门口闯出一片新天地。家中兄弟姐妹得知他要留在大秦铁路后，轮番来信，向他描述这些年来广东翻天覆地的变化和美好前景，劝他回老家发展，可别一时犯傻，后悔终生，可吴炳雄思来想去，还是决定留在大秦铁路。就这样，他来到了"只见荒山不见人"的河南寺养路工区，担任工长。

5 年未见儿子的吴母，听说儿子要留在大秦铁路，不顾路途遥远和年事已高，坐了几天几夜的火车，从广东来到河南寺养路工区。她想说服儿子跟自己回家，但让她没想到的是，自己被儿子说服了。

吴母："儿呀，虽然你是工长，但是这荒山野岭的，条件不好，要吃的没吃的，要喝的没喝的，也挣不了几个钱。你还是跟妈回老家吧，老家现在发展得可好啦！"

吴炳雄："妈，我不是为了当工长才留在这里的。"

吴母："那你为啥？"

吴炳雄："为了这条铁路，没有这条铁路，咱广东就没有电，没有电哪来的发展。"

……

悬崖边上的小院里，一番长谈之后，吴母见儿子心意已决，便带着遗憾独自踏上了回广东的列车。

吴炳雄的母亲刚走，另一个女人带着两麻袋家当和孩子来到了河南寺养路工区。这个女人，就是党小组长王海山的妻子。

王海山是黑龙江呼兰县人，也曾是一名铁道兵，为大秦铁路建设付出了心血。大秦铁路一期竣工后，他申请留了下来。当他来到河南寺养路工区，站在小院门前，无论往哪个方向看去，目光都被大山怼回来后，这个憨实且厚道的汉子做出了一个惊人的决定。入夜，在挂满冰霜的屋子里，在摇曳的烛光下，他给远在东北老家的妻子写了一封信："你带着孩子来吧，你们来了，我就少一份牵挂，就能更加安心工作，也就成为真正的大秦人。"

妻子接到王海山的信后，不顾亲友的反对，收拾行李，背上两个大麻袋领着儿子便登上了列车。

千里辗转，连续倒车，儿子差点被挤丢，好在母子二人最后还是来到了燕山深处的河南寺养路工区。

　　起初，王海山还担心妻子对这里的条件不满意，妻子却对王海山说："海山，咱有个土窝窝就行，只要一家人能在一起。你安心工作，我和孩子不拖累你。"

　　从此，王海山的家便安在了悬崖上，王海山工作起来更是无牵无挂了。一次，瓢泼大雨向河南寺养路工区所在的山坳袭来，山顶上的滚石落在工区管辖的大桥上。王海山不顾山顶还在落石，拼命清理着桥上的落石，脊背和双臂不是被砸中，便是被划破。他很快将落石清理干净，保证了列车的安全通过。王海山回到工区后，妻子看到他身上的伤痕心疼不已，叮嘱他以后注意安全。

　　王海山的儿子在老家时已是二年级的学生，到了河南寺养路工区后，由于附近没有学校，孩子面临无学可上的情形。

　　别的困难还好说，孩子上学的事可不能耽搁。转眼 9 月开学，孩子上学的事还是没有着落。王海山每天收工后，便开始辅导孩子读书、识字、算数。

　　不久，有位记者来河南寺养路工区采访，当得知王海山的儿子没书读后，问王海山："孩子上学的事你是怎么想的？"

　　王海山答："我教他。"

　　记者又问："你是什么文化水平？"

　　王海山答："我高中毕业。"

　　记者又问："那将来呢？"

　　王海山答："单位正在联系涿鹿的学校，孩子应该能入学。如果真去不了，我就继续教他。"

那一刻，这位记者从王海山的身上，看到了大秦铁路职工身上与众不同的品格。

颜廷芳是广西人，也是大秦铁路筑路大军中的一员。他来到河南寺养路工区后，把全部心思放在了大秦铁路开通运营上。2 尺多长、1 尺多宽的垫沙铲，铲满沙子足有 20 多公斤，铲几下就能把一个壮劳力累得呼哧呼哧喘气儿，可颜廷芳不怕苦，一人包揽了所有的垫沙活，只是到了晚上，躺在床上，他的身子就像散了架一样疼痛无比，但第二天，他又照样抓起垫沙铲，独当一面。别人问他为什么这样做时，他说："越苦我们越要拼命干，老前辈不都是这么干的吗？"一天，颜廷芳接到家里发来的电报，说儿子突发疾病，家人要他速归，但此时隧道里的钢轨出现了病害，颜廷芳想和大家一起处理完病害再回，于是一头扎进了隧道。谁知第二天，就在颜廷芳准备动身回家时，又接到家中发来的一封加急电报，上面写着 4 个字："儿子病故。"那晚，痛失爱子的颜廷芳坐在悬崖边上，一遍遍擦拭着脸上的泪水。

在那个悬崖边的小院里，吴炳雄同样为失去亲人而悲痛过。一天，吴炳雄收到家里拍来的电报，他以为是家里有急事催他回广东，谁知电报上却写着："父亲病故。"吴炳雄一下子惊呆了，泪水止不住地涌了出来，手中的电报也掉在了地上。这时，感觉到不对劲的工友们纷纷跑过来，询问他是不是家里出了什么事。吴炳雄急忙擦掉脸上的泪水，捡起地上的电报，强忍悲痛说没什么事，然后带着大家扛起工具走向隧道。

入夜，工友们一个个进入了梦乡，吴炳雄披衣下床，来到院内。此刻，圆月当空，山风习习，吴炳雄跪在地上，向着家乡的方向磕了3个头："爸，请原谅儿子的不孝吧！"说完，泣不成声。

河南寺养路工区负责李家嘴、张家湾、河南寺3座隧道和1座桥梁共14公里的线路设备检修、养护和抢修任务，明线只有400多米。新线开通，且线路大部分置于隧道中，必然会出现问题。每天早晨不到7点，王海山、吴炳雄、颜廷芳就带着大家，扛上洋镐、撬棍等工具，背着干粮、水壶，一头钻进阴冷潮湿的隧道中，一干就是一整天。

由于工区四面环山，日照时间只有正午两三个小时，而那时大伙正在隧道里酣战，所以他们几乎没见到过太阳。

就是这样一群见不到太阳的养路工，心里却有比太阳还炙热的情怀，吴炳雄、王海山、颜廷芳更是决定要用一生来守护这条重载铁路。

那是一个明媚的早晨，山脚下的桑干河水一路向东奔流，他们站在河边，面对山那边正冉冉升起的红日，郑重宣誓："扎根大秦，终身报国！"

他们用自己的方式，谱写着一曲为大秦铁路奉献一生的平凡者之歌！

十五、苦涩的爱情

　　大秦铁路修筑期间，有一大部分筑路人员是年轻人。开通之日，当一位外国铁路专家了解到这项宏伟的工程建设者以年轻人居多时，不由得竖起大拇指："中国青年了不起！"

　　大秦铁路开通运营后，在飞越山谷的铁道线上，也处处都是年轻职工的身影，他们用自己的汗水和智慧，谱写着新的青春之歌，但很少有人知道，远离城市的他们，时常品尝着苦涩的爱情。

　　大秦铁路开通之初，这里未婚男女青年的比例是2159：44。职工不是特殊材料制成的，所以他们也渴望幸福而甜蜜的爱情。为此，铁路各级组织积极想办法，为他们牵线搭桥、创造机会，可是效果并不理想。

　　是大秦铁路的青年不够优秀吗？当然不是。他们的胸怀比海还要宽广，心灵比花朵还要美丽，志气比山峰还要高出许多，谁能说这样的青年不够优秀呢！

　　可是，爱情，总是难以降临到他们的头上。丘比特之箭，也总是射不到他们的身上。

　　一次，湖东地区办事处组织青年职工与大同市化纤厂的女工们联谊，希望能促成几对有情人。联谊的饭厅不是很大，400 多名铁路男青年早早赶来，整齐就座，在期待中将目光投向门口。联谊的时间到了，化纤厂的 30 多名女工刚走进饭厅，男青年们便报以最热烈的掌声，若不是主持人一再示意停下，男青年们恐怕要一直持续鼓掌。

　　尽管铁路青年们如此热情，但还是留不住姑娘们的脚步。

　　除了单位想办法外，青工们自己也努力，他们把这种行为称为"自救"。"自救"中，有人建议"以城市户口为纲，以有无工作为目"，有人建议"到农村去，大有作为"，可不管采取哪种办法，到头来，大多数青工还是一无所获。如果要问原因，那么只有一个，就是没有一个姑娘愿意来这地处偏远的大秦铁路。

　　许多青工在和女方见面时，一问一答超不过三句便告吹。

　　姑娘："你在哪里工作呀？"

　　青工："铁路。"

　　姑娘（高兴）："铁路不错呀，在哪条铁路？"

　　青工："大秦铁路。"

　　姑娘（黯然失色）："哦，我还有点事，先走了。"

　　茶坞站有个青工小刘，就是众多亲历者中的一位。

　　姑娘："你们多长时间休息一次？"

　　小刘："一个月休息一次，我们大秦铁路比较忙。"

姑娘脸上勉强挤出一丝笑容，不再说话，然后找了个理由，起身离开，再无踪影。

没对象的职工，备受打击；有对象的职工，也同样不好过。

湖东电力机务段青工小卫，是个中专生，在学校的时候谈了一个女朋友。毕业后，正赶上大秦铁路开通，有志气的小卫主动要求到大秦铁路工作，女朋友则分配到大同城里工作。没有了花前月下，没有了卿卿我我，他们的距离越来越远。一天，女朋友向小卫提出了分手，小卫为此大哭一场。

为了抚平小卫那颗受伤的心，单位师父们热心地给他张罗了起来。师父们不相信，就凭小卫这条件，要学历有学历，要人品有人品，要相貌有相貌，还能找不到女朋友？

可现实总是很残酷，小卫接下来的 4 次相亲，都不尽如人意。第一次，姑娘问："铁路工作不赖，你在哪个单位？"小卫如实相告，姑娘不再言语。第二次，姑娘问："铁路待遇不错，你在哪个段？"小卫说湖东电力机务段，姑娘说那不是大秦铁路吗？然后也没了下文……

湖东电务段青工小王热情好学，也能吃苦，进驻大秦铁路时，他已有女朋友，谁知不久小王就收到女孩寄来的一封信，信中说："要么你调回来结婚，要么留在大秦铁路咱们分手。"理由很简单，女孩不想守活寡。

小王找到女孩，极力挽留，可女孩心意已决。无奈，小王只能被迫接受分手的结局。

供电青工小田，报名上大秦铁路前便有了心爱的姑娘，他们曾经海誓山盟，已经到了谈婚论嫁的地步，可当姑娘的父母得知小田去了大秦铁路后，便取消了这门婚事，原因是两地分居，家中无人照顾，生活重担都落在女儿身上，女儿会很辛苦。最后还把姑娘严加看管起来，不允许她与小田再来往。

小田就这么失去了恋人，吞咽着失恋的痛苦。

在地面上工作的青工，找对象都这么难，那开火车的青工呢？

湖东电力机务段的一位火车司机，阳光帅气，有人给他介绍了一个女孩。第一次约好见面时间，他驾驶的火车途中遇到故障，没能按时赶回来，姑娘有些不快；第二次约了时间，结果他又因车班临时调整没赶回来，姑娘快快不乐；第三次又约了时间，可那天接送铁路职工上下班的通勤车在山中受阻，晚点了好几个小时，等这名青工回到大同后，再次错过了约会时间，姑娘早已离开。

另一个姓白的青工，女朋友过生日那天，他本想下班后赶回去好好表现一下，以弥补平日无法陪伴女友的遗憾，但那天临近下班时，设备出现故障，小白和同事加班，没能赶回去，第二天，当他手捧蛋糕出现在女朋友面前时，女朋友生气地说："我的生日是昨天，不是今天。"接下来的一天，小白已约好去女朋友家拜见长辈，谁知单位又突然通知有抢修任务，正要交班的小白主动留下来参加抢修，一直忙到半夜。等他第二天赶回去向女朋友解释时，女朋友冷冷地向他提出了分手。

二十出头的小伙，谁不渴望爱情的到来，谁不希望陪伴在心仪的女孩身边，可是大秦铁路刚开始运营，还有许多事情需要处理，所以这些年轻人没有太多的时间陪伴在心爱的人身旁，最终只得被迫接受分手的苦果。

为此，他们伤心过、痛苦过，尤其是沿途偏远车站、工区的青年，因压抑、失落、忧伤、思念等情绪无法排解，有的还不得不走进医院接受治疗。

大秦铁路茶坞站是一个相对较大的站区，与京承铁路上的怀北站相距不远，大秦铁路刚开通时，由于茶坞站医疗条件有限，这里的职工如果患病，大多去怀北铁路医院。这也让小小的怀北铁路医院，出现了一个奇怪的现象，那就是前来精神科就诊的年轻面孔，几乎都是大秦铁路的职工。

这样的结果，令人叹息，但叹息过后，这些年轻的职工又凭着对大秦铁路的热爱，慢慢地从失去爱情的痛苦中走出来，投入紧张的能源运输中。正如铁炉信号工区年轻的工长薛军军说的那样，苦是苦了点，但我们爱大秦铁路，大秦铁路就是我们的家。

十六、脊梁

　　国家始终关注着大秦铁路，1990 年 1 月 19 日，时任中共中央总书记江泽民来到大同，慰问大秦铁路职工。当得知大秦铁路已完成 2000 万吨的煤运任务后，他十分高兴地表示，往后我们建铁路，就是要建这样的铁路。

　　与此同时，上百位记者也在这一年走进大秦铁路。当他们在一座座孤独的小站、在一个个偏僻的工区，看到一群群为了国家发展而甘愿留在大山深处的职工时，他们无不为这些创业者的精神所感动。

　　大同工务段退休干部董银虎，至今还记得 34 年前《工人日报》社记者董宽与其他几家媒体记者到大秦铁路采访时的情景。那是 1990 年的 11 月，董宽和几名记者来这里采访，当时自行车是大家的主要交通工具。工务段给前来采访的 5 名记者每人配了一辆自行车，记者们二话没说，骑上自行车便上了路。

　　第一天，记者们兴冲冲地朝九女池养路工区而去。

　　九女池，一个令人可以展开无限遐想的地方。相传很久以前，天上的9个仙女看到人间有一个四面环山的雅静之处，而且旁边还有一个清澈见底的池塘，于是下界到此，尽情游玩、戏水。久而久之，仙女们便喜欢上了这个地方，与附近村庄的9个勤劳男子成亲。再后来，当地人们根据传说，把仙女们生活过的这个地方叫作九女池。

记者们一路想象着九女池的美丽，甚至准备为九女池写上一笔，可是到了九女池一看，哪有什么水，只有尘土飞扬，养路工区工长薛树海正带着养路工干活。离开九女池，记者们翻山越岭来到了石匣里、大团尖、王家湾、河南寺，当看到职工们生活在人迹罕至的大山中，在阴暗潮湿的隧道里作业时，记者们肃然起敬。

当记者们了解到，因身处深山，收到一封家人的来信需要十天半月；有的老同志由于识字不多，想家人的时候，便画一座山或月亮，用这种特殊的方式向家人报平安；有些人因交通、通信不便，未能与家人见上最后一面时，记者们被大秦铁路职工身上这种不畏艰难、扎根重载之路的精神所感动。

那次采访结束后，记者董宽心绪难以平静，他说："如果要把大秦铁路职工的故事讲给大家，那么七天七夜也讲不完。"很快，他便一气呵成撰写出了《为了乌金动脉的畅通》的报道。同时，《北京晚报》《中国城乡开发报》等媒体的记者也根据在大秦铁路的所见所闻、所思所想，连续刊发了《大秦人的奉献风格》《那群默默奉献的共产党员》等文章。

　　除了媒体记者，职工中的文艺骨干王全喜和田润喜也按捺不住心中的感动，创作了一首《大秦线上第一代创业人》的歌曲：

　　　　群山里回荡着汽笛声声，峡谷中奔驶着煤海蛟龙，桑干河流水唱起欢歌，花果山献上一片深情，欢迎你大秦线上第一代创业人，不怕艰苦扎根大秦，勇挑重任，歌唱你大秦线上第一代创业人，创业人。

　　　　白云间架起了条条银线，碧水中倒映着巍巍塔影，煤龙滚滚穿山越岭，重载列车带来了城乡繁荣，欢迎你大秦线上第一代创业人，不怕艰苦扎根大秦，勇挑重任，歌唱你大秦线上第一代创业人，创业人。

　　还有职工把当时最流行的歌曲《木鱼石传说》进行了改编："有一个美丽的传说，大秦的石头会唱歌，它能够给创业者以坚强，它也能够给奉献者以快乐，如果你爱上大秦铁路呀啊哈，山高那个路远，也会获得……"

　　1990 年，大同口泉站党委书记的陈旭光，根据大秦铁路开通时的情景创作并出版了诗集《中国第一路》，后改编成影视文学剧本《大秦壮歌》，由我国表演艺术家、著名导演谢添执导。1990 年底，谢添率摄制组来到大秦铁路。当这位 76 岁的老艺术家置身于大秦铁路火热的劳动场景中，目睹这里的职工为国家、为人民所付出的艰辛努力和无私奉献时，心灵深处受到了从未有过的震撼。

但摄制组不知道的是，还有一群人，也把最深切的爱，融入了我国的重载事业中。她们，就是那群在背后默默支持丈夫工作的"铁嫂"们。

在大秦铁路，像王海山妻子一样为了支持丈夫工作，甘愿做出牺牲的"铁嫂"不在少数。

为了让丈夫安心工作，她们用柔弱的肩膀，挑起了家中的重担。可以说，她们既是女人，又是男人；既是妈妈，又是爸爸。

阳原站的李守金，之前在离北京不远的一个车站工作，大秦铁路开通后，他来到老家阳原站担任站长，自此每天像陀螺一样连轴转，回家的次数寥寥无几。他的妻子是阳原县医院的一名医生，为了让李守金安心工作，淳朴而善良的她承担起了所有家务，照顾双方的老人和一双儿女。大秦铁路开通后不久，李守金的妻子因过度劳累而病倒，先去张家口的医院，接着又去北京的医院，每次都是一个人去，因为李守金根本抽不出身来陪妻子。一天，铁路部门的人去看望李守金的妻子，女人用细柔的声音说起了自己的丈夫："十几年盼星星盼月亮，盼着他能调得近点。去年总算如愿以偿了，本想这回可好了，起码有人能搭把手。唉，哪承想白高兴一场，啥也指望不上，和他没调回来之前没啥不一样。你问问他，生过火、做过饭没，劈过柴、打过炭没。

"大夫说我这病是累的，前两天我刚从北京看病回来。他没去，我一个人去的。人家是大站长，忙。

"我先是在我们医院检查的，院长说，咱医院条件差，你去张家口去看看。我跟老李商量，老李说去哇，去好好看看。可等我收拾好行李，才知道人家是让我自己去。老李说，车站忙，实在走不开。没办法，我自己去了张家口，住了 15 天院。大夫建议我转院，到北京的医院看看。我让老李陪我上北京，他还是说车站忙，结果又是我一个人去的北京。我确实很生气，谁家住院不是家属陪着，但是我也知道他确实是走不开，我这也不是什么要命的病，铁路需要他，就让他安心忙工作吧！"

女人说话的声音很轻，但听者五味杂陈，心中很不是滋味。

还有我们前面提到的化稍营站站长张春利，当他的妻子得知丈夫身患肾炎、身体浮肿后，急急忙忙带着一篮子鸡蛋，挤上长途汽车，直奔化稍营。她想照顾丈夫，给丈夫补充些营养，让丈夫安心工作，可谁知汽车上人多拥挤，下车时鸡蛋被挤破了一大半，女人心疼地独自蹲在路边，泪水涟涟。见到张春利后，女人看着浮肿的丈夫，硬是把眼泪咽了回去，赶紧给丈夫洗衣做饭。

大同县站信号工区工长乔志刚，妻子在老家怀柔遭遇车祸轧断了腿。乔志刚接到消息后，急忙赶回家去照顾妻子。

当乔志刚出现在妻子面前时，妻子先是一喜，虽知道丈夫是挂念自己的，但也知道大秦铁路需要丈夫，于是她对丈夫说，伤筋动骨一百天，我这腿一时半会儿好不了，孩子们也能照顾我，过个十天半个月，我就能自己下地走动了。你回去上班吧，快过年了铁路上忙，你又是工长，大家都看着你呢。

在大秦铁路，她们就是这样无怨无悔地支持丈夫的工作。

涿鹿铁路家属区的 4 号楼，住着 16 户人家，这 16 户人家的男主人，都在大秦铁路上当养路工，常年回不了家，因此 4 号楼成了人们眼中的"寡妇楼"。为了生活，"寡妇楼"里的女人们练就了各种本领：挑水、拎煤、修电灯⋯⋯

有一次，晚上 10 点多，住在 3 层的一位女主人出门倒垃圾，想着用不了一两分钟，就敞着门下了楼。谁知她前脚刚出门，后脚恰巧一阵晚风吹来，家门哐当一声给关上了。关上不要紧，问题是门锁也给锁上了，而她出门时并没有带钥匙。这下可急坏了她，因为家里炉子上正烧着开水，还有个两岁的娃娃。万一开水烫到孩子，那可怎么了得。

情急之下，六神无主的她号啕大哭起来。楼里其他十几位女主人听到动静后，都纷纷跑了出来，询问缘由。待弄清了事情的经过后，大家七嘴八舌出主意、想办法。这时，恰好一名休班的男职工从"寡妇楼"前经过，女人们也顾不上认识不认识，上前拦住他让其顺着阳台爬到 3 层翻窗入户，打开门锁。

王家湾养路工区许利翔的妻子患病多年，需要人照顾。一天，一向贤惠的妻子向许利翔提出了离婚要求，这让许利翔很是吃惊。他一连问了妻子好几个为什么，但妻子始终不语。许利翔返回工区后，妻子要和他离婚的事情很快便传到了总支书记的耳朵里。

"弟妹啊，是老许不好？"总支书记赶到许利翔的家了解情况。

"不是。"女人回答。

"那是老许对不住你？"

"没有。"

"那你为啥要离婚？"

"我不想拖累老许，大秦铁路正是需要他的时候。"女人说完，轻轻啜泣起来。

河南寺养路工区有个工长叫王进，因工作忙一两个月才回一趟家。一次，家里老人生病，妻子王彩玲打电话催促他赶紧回大同一趟，但当时正是大秦铁路设备整治的关键时期，王进向妻子问了老人的病情后，答应三两天整治完设备就回去，然后挂了电话带着职工进了隧道。几天后，等不到丈夫回来的王彩玲，气鼓鼓地来到河南寺隧道口，她要亲口问问丈夫还要不要这个家。

太阳落山的时候，从隧道里走出一群扛着工具的养路工，他们从头到脚黑乎乎的，与矿工没啥两样。正当王彩玲愣神之际，走在最后面的一个"黑人"朝她走了过来。

"彩玲，你咋来了？"

"你是？"王彩玲不敢相信，也不愿相信，眼前的这个"黑人"就是自己的丈夫。

"我是王进啊！"

"哇——"山谷中传来王彩玲无法抑制的哭声。

第二天早晨，准备回大同的王彩玲红着眼圈对王进说："你安心工作吧，家里的事有我。"说完，眼泪便扑簌簌地掉了下来。

为了大秦铁路，许多妻子就这样用自己柔弱的肩膀支撑起一个家，让丈夫无后顾之忧安心工作。

"有女不嫁跑车郎，三天两头守空房，好不容易盼家来，带回一包脏衣服。"可大同有位好姑娘，嫁给了湖东电力机务段火车司机小杜。蜜月还没度完，小杜就要上大秦铁路，新婚的妻子虽然心里有些不舍，但还是支持丈夫的决定，接过家庭的重担，过上了牛郎织女般的生活。一天，小杜好不容易回家休息，妻子欢喜不已，想让他陪自己出去走走，平时看着别人家小两口出双入对，自己好生羡慕，现在丈夫回来了，自己也想享受一下出双入对的美好感觉。按理说，这个要求一点都不过分，可放在小杜身上，就有些难了，因为作为火车司机，小杜的休息时间不像别人那么规律、充裕，他很快还要回单位出车，没时间陪妻子出去走走。于是两人你一句，我一句，各说各的理，从拌嘴升级为吵架，惊动了四邻八舍。小杜返回单位后，这件事很快就被他所在车间的总支书记张儒知道了，平时温文尔雅的张儒气得把小杜叫到办公室，严厉批评道："你平时为家里做过啥？老婆想让你陪着出去走走，你去不了，可以好好说，为啥要和老婆仄愣。"张儒说完这些，本想再批评小杜几句，可他把到了嘴边的话又咽了回去，而他没说出来的那番话是："老婆想吵几句，你就让她吵几句，因为在老婆面前，咱们理亏呀。扪心自问，咱为家里做过啥？"

那次争吵过后，小杜再次回家休息时向妻子认了错，并讲了大秦铁路的重要性，妻子渐渐理解了小杜的工作，再也不与其他小两口攀比，一心一意照顾好家里，当好小杜的后勤。

火车司机吴予可的妻子十月怀胎，知道丈夫平时忙，她很少打扰丈夫，只希望自己分娩的时候丈夫能回来陪陪自己，可是到了即将分娩的日子，她也没有等到丈夫的身影，好心的邻居将她送进医院。孩子出生后，看到同病房的其他产妇有丈夫陪侍在侧，再看看自己，孤单单的没人陪侍，羡慕委屈之余，吴予可妻子的眼泪禁不住吧嗒吧嗒地掉了下来。

在大秦铁路，为了支持丈夫的工作，为了支持我国的能源运输，这些"铁嫂"有的甚至在生命的最后时刻，都没能见上丈夫一面。

难怪有人在了解了她们的故事后，会发自内心地写下这样的话："如果有人送我一轮太阳，我将把它铸成一枚炽热的勋章，佩在中国铁路职工的胸前；我还想用阳光织成一个绚烂的彩环，把它戴在铁路职工妻子的头上。她们当得起太阳的奖赏，因为她们是太阳的脊梁！"

发生在大秦铁路上的故事经媒体报道后，在社会上引起了很大的反响。很快，北京市委常委、宣传部部长带着200多名北京市各级党委宣传部门的负责同志赶来了；大同市委、市政府等五套班子组成的慰问团赶来了；国家、省、市各大报刊的记者们赶来了。他们感谢并赞美这群默默奉献的铁路职工及他们的家属。与此同时，大秦铁路职工先进事迹报告团还被隆重邀请到北京天桥剧场等场馆，为首都市民做精彩的演讲。他们每到一处，都受到了热烈的欢迎，座无虚席。演讲中，大秦铁路职工的事迹让台下的观众几度落泪，但同时又是那么令人振奋。

十七、传奇之路

大秦铁路一期开通后，职工们经历了与天斗、与地斗的艰辛与悲壮后，迎来了铁路的畅通。

1989 年，年运量 2000 万吨。

1990 年，年运量 3300 万吨。

1991 年，年运量 3400 万吨。

时间进入 1992 年，这一年的年初，邓小平赴南方考察，发表了著名的谈话。南方谈话再次引发新的经济热潮，也带动了全国各地对能源的需求。晋煤外运，再次引起国家的高度重视。

1992 年 5 月 23 日，时任国务院副总理的朱镕基赶到大同，他一见到常国治，便明确提出要增运晋煤，大同铁路分局的煤运量到年底要突破 1 亿吨！

1 亿吨，常国治之前想都不敢想。虽然大秦铁路一期工程已开通运营 4 年，但还有许多需要改进、提升、完善的地方，且二期工程尚未开通。如果分局要完成年运量 1 亿吨的目标，那大秦铁路必须承担重要的一部分。那一夜，常国治失眠了。第二天，常国治满眼血丝来到朱镕基面前，他掰着手指头，向朱镕基一笔一笔算着大秦铁路和其他几条铁路的运量⋯⋯

晚上，朱镕基准备乘火车离开大同。站台上，朱镕基握着常国治的手说，老常啊，我相信你能行！

一国副总理，这哪是相信你常国治能行，这明明是相信大秦铁路能行！

几天后，大同铁路分局做出了一系列变革：

大秦铁路由日开行 34 对列车增开为 36 对！

大秦铁路单机牵引由 4000 吨变为 4500 吨！

8K 型电力机车从京包铁路上大秦铁路，且牵引定数由 5000 吨提高到 6000 吨！

由单机牵引变为单机、双机牵引并用，坚持每月开行一次万吨列车！

⋯⋯

6 月 10 日，湖东站彩旗飘飘，迎风招展，一台披红挂彩的 8K 型电力机车牵引着一列装有 5000 吨煤炭的火车准备发出。这是大秦铁路开通后，正式开行的首趟 5000 吨列车，有着十分重要的意义。18 时，列车出发，经大秦铁路和京秦铁路驶向秦皇岛。第二天清晨，列车抵达秦皇岛，正在当地进行考察的朱镕基听说后，在秦皇岛三期码头亲切看望了这趟列车的乘务员，鼓励他们继续努力，做好煤炭运输。

接下来的 8 月 1 日，大秦铁路在此前一系列变革的基础上，对列车的牵引量再次做出调整，每趟列车从之前的 60 辆增加至 72 辆，牵引重量也由 5000 吨提高到 6000 吨。

这些都还不算什么，因为一个月后，大秦铁路开出了一列更长、更重的煤运列车。

9 月 10 日，大秦铁路出现一道壮丽的奇观，一列长达 1.52 公里、编组 124 辆、载重 1 万吨的列车，于上午 8 时从湖东站徐徐驶出，向着远方而去。这是我国正式开行的第一列万吨列车，可以说，它翻开了我国重载铁路运输史的新篇章。

滚滚乌金，出塞北，向东流，缓解着大半个中国的能源危机，而这种日夜不停的运输，也让大秦铁路的设备出现了一些问题。以湖东电力机务段为例，仅 1992 年下半年，就有 50 台机车的压缩机出现了问题，26 台机车电阻柜被烧损，26 台机车转向架出现裂纹，72 台牵引电机被烧坏……

煤炭需要运输，机车就不能停下来。面对现状，湖东电力机务段向全段职工发出号召。

很快，夜间抢修组成立了，他们保证回库机车如果有问题，马上处理，不管大活小活均不过夜。

交车保证组成立了，他们保证只要天不塌、地不陷，每天 18 点必交车。

质量检查组成立了，他们保证精益求精，确保每个修程不出问题。

质量攻关组成立了，他们保证攻克重点难题，确保超运不出事。

……

当时，和湖东电力机务段一起在大秦铁路上抢运煤炭的，还有大同西电力机务段。大同西电力机务段在大秦铁路上运行的是 8K 型电力机车，这是我国 20 世纪 80 年代通过国际招标，按照技贸合作的方式从国外引进的一款技术较为先进的大功率机车。8K 型电力机车漂洋过海到我国时，我方还未完全掌握这种机车的技术，因此外方配备了专门的技术人员，但在一些关键环节的故障处理中，外方技术人员不允许中方人员参与，大西电力机务段的技术人员只能悄悄学。8K 型电力机车上了大秦铁路后，由于承担的任务较重，故障一度层出不穷，这给煤炭运输带来很大的影响，大同西电力机务段的职工十分着急。

彼时，由于某种原因，外方技术人员已全部撤出我国，大同西电力机务段刘振芳等一群年轻技术人员正陆续攻克 8K 型电力机车出现的难题。为了支援大秦铁路运输，这群心怀爱国之情的年轻人在单位的支持下，正式成立了 8K 机车开发组，并下定了"修争气车，开爱国车，外国专家走，8K 照样跑"的决心。

8K 机车开发组成立后，大家齐心协力苦心钻研，查找症结，将"趴窝"的 8K 型电力机车故障一一排除，让这些机车回到大秦铁路运输煤炭的行列中。

这一年，大秦铁路煤炭运量达到 4300 万吨，与其他几条铁路共同完成了 1 亿吨的运量目标。12 月 19 日，时任全国人大常委会委员委员长的万里、国务院副总理田纪云来到大秦铁路，慰问干部职工。

这一年的 12 月 21 日，经筑路大军 4 年修建，大秦铁路二期工程顺利完工，它标志着西起山西大同韩家岭，东至河北秦皇岛，全长 653 公里的大秦铁路全线贯通。上午 9 时，隆重的开通典礼在秦皇岛北站举行，李鹏总理发来贺电，万里委员长为大秦铁路全线开通剪彩，国务院副总理田纪云致辞。他们赞誉大秦铁路是我国"铁路现代化建设进程中的一个里程碑"，并提出殷切期望："党中央和国务院把加速交通运输发展列为基础建设的第一位，希望你们抓住这一历史机遇，进一步加快铁路建设，为国民经济上新台阶做出新贡献。"

大秦铁路全线开通的新闻一经播报，华北、华东、华南等地区的各大电厂、大型钢铁厂及大中型企业，从领导到工人，都松了一口气。人们相信，能源危机对中国发展的影响，随着大秦铁路的全线贯通，将永远成为过去时！

大秦铁路全线开通后，晋煤外运增长幅度一年高于一年。

1993 年，年运量 4680 万吨。

1994 年，年运量 5117 万吨。

1995 年，年运量 5582 万吨，实现了这条铁路建设之初规划的近期目标。大半个中国能源紧张的危机，逐步得到缓解。

在此期间的 1993 年 6 月 7—10 日，第五届国际重载运输大会在北京召开。在这次大会上，大秦铁路首次亮相国际舞台。面对来自全世界 24 个国家和地区的专家学者、高级技术管理者，我国参会代表表示，与世界发达国家在能力富余的情况下开行重载列车、减少运营支出有所不同，我们开行重载列车是为了缓解运能与运量的矛盾，以适应国民经济高速发展的需要。

会议期间，各国代表团的专家们还前往大秦铁路，进行实地考察。当他们在遵化站看到一列列驰骋而过的重载列车后，都不由得露出了惊讶之情。因为就在 10 多年前，一位西方政要到我国访问后，发出了这样感慨："一个停滞的民族是没有前途的。"这位西方政要的感慨，也成了许多外国人对中国的一致看法，而如今，他们看到的，是一个正在腾飞的民族。

在此期间，大秦铁路也承受着极大的压力，由于一些设备能力有限，使大秦铁路无法提高运输能力。为此，1995 年，大秦铁路开始建设 1 亿吨配套工程，对茶坞和湖东站实施扩建，在秦皇岛新建西联络线。2 年后，1 亿吨配套工程实施完毕，大秦铁路的运输能力得到进一步提高。

进入 21 世纪后，改革开放释放的巨大活力让我国的经济再次呈现出井喷式增长。伴随着这种增长，电力供应也于 2002 年达到了前所未有的紧张状态：21 个省、区、市用电告急，许多电厂电煤保有量仅为 1 天。一些企业不得不以运定产，拉闸限电再次成为常态……

我国能源紧张的状况，仿佛又回到了 20 世纪 80 年代。在这种严峻的形势面前，铁道部做出决定，2002 年大秦铁路煤运量上亿吨！

这个决定犹如一道闪电，从大秦铁路干部职工的心中划过。

如何保证大秦铁路所有设备能够成为上亿吨的坚实基础，大秦铁路所有单位和上万名干部职工全部行动起来。湖东电力机务段严格保证 128 台电力机车随时上线，各工务段更换了一大批重型钢轨，各电务段升级了信号设备，各供电段更换了材质更好、直径更大的接触网导线……

与此同时，大秦铁路上的所有单位还围绕安全关键点和亿吨配套工程进行了 55 项科技革新。

经过上下一致努力，湖东站二场日均增开列车 9.8 列，达 76.9 列；大新站接发列车也由原来的日均 75 对提高到 95 对；茶坞站到发线的通过能力提高了 20%……

这些措施都有力地保证了 2002 年大秦铁路运量朝着 1 亿吨的目标迈进。

2002 年 12 月 19 日，是一个值得铭记和自豪的日子。这一天，大秦铁路实现了年运量 1 亿吨的目标。

从 1983 年国家决定修建大秦铁路，到实现设计远期运量 1 亿吨的目标，这是无数人的夙愿。

参与其中的每一个人都可以为之尽情欢呼！

但他们还没有从这种喜悦的情绪中走出来的时候，大秦铁路便又承担起了更重要的任务。随着国民经济的快速发展，国家能源消耗持续增长，对电煤的需求也越来越大。换言之，大秦铁路年运量1亿吨，已经无法满足国民经济发展的需要，党和国家需要它朝着更高的目标迈进。

勇于创新且自强不息的大秦铁路职工，挺身接过了党和国家交给的重担。

2003年6月，为了贯彻铁道部提出的到2005年大秦铁路实现煤运量2亿吨和具备开行2万吨重载列车的条件，6月9日—8月15日，大秦铁路进行了8次万吨重载列车试验。

其实早在1990年6月10日，大秦铁路就曾进行过万吨重载列车试验，也常态化开行过一段时间，包括1992年9月10日抢运电煤期间开行的长大列车，都属于万吨列车。但由于机车牵引性能等方面的原因，截至1997年，万吨列车只开行了53列，便不得不中断。

2003年8月31日18时16分，为了国家的需要，大秦铁路再次进行万吨列车试验。那一天，夕阳洒落在湖东站，给整座车站都披上了金色的霞光。霞光中，一列由2台新型DJ1型电力机车牵引，编组120辆、总长近1.5公里、编号71009次的万吨重载列车，从湖东站驶出，驶过高山、驶过河流、驶过长城，驶过长眠在铁道线旁筑路者的墓地，于第二天凌晨4时45分到达秦皇岛柳村南站。

它的成功开行，标志着大秦铁路万吨重载列车试验成功。

试验成功后，有媒体指出，在中国铁路发展的历史长河中，这是难能可贵的一步，也是富有重大现实意义和深远历史意义的一步。

就在万吨重载列车试验成功的同时，国务院、铁道部又做出了一项决定：对大秦铁路进行 2 亿吨扩能改造。

这是一个高瞻远瞩的决定。因为连年来不断增加的运量，让大秦铁路已经出现种种"不适"。试想，从刚开通时的 2000 万吨，到 2002 年的 1 亿吨，大秦铁路承受着怎样的巨大压力：接触网供电能力不足、车站站场设备不配套、线路设备疲劳失修……

就如一只钢铁骆驼，如果持续往它身上增加重量，那么负重前行的它，脊梁迟早会被压弯、压垮。

大秦铁路此时也面临这样的境况，再压担子就会垮掉。

而解决这一问题的办法，有两种：要么，国家花钱再修一条"大秦铁路"；要么，对现有的大秦铁路进行扩能改造，让它拥有更强健的体魄，让它以一当十。

修建一条铁路，一般需要 10 年左右，最快也得四五年，而如果对现有铁路进行改造，那么只需 1 年多。从时间上来看，后者明显优于前者，但不可否认的是，后者的风险也远远大于前者。

调研、讨论，再调研、再讨论，最后国务院、铁道部领导拍板：对大秦铁路进行 2 亿吨扩能改造，工程立刻上马！

扩能改造的帷幕在大秦铁路拉开后，上万名职工拿出更大的决心和勇气，迎接这项强健大秦铁路体魄的工程。

这一年，大秦铁路年运量实现 1.2 亿吨。

与之前一样，大秦铁路职工还没来得欢庆，甚至没来得及好好喘口气，2004 年年运量 1.5 亿吨的目标又摆在了他们的面前。

1.5 亿吨，不是铁道部凭空想象下达的指标，而是根据国家有关部门提供的经济发展指标及对煤炭需求计算出来的。

有人说，大秦铁路是我国经济发展的晴雨表。看来，此言不虚。

1.5 亿吨，这是大秦铁路职工以前想都不敢想的数字。接到这个新目标后，大秦铁路从领导干部，到调度指挥人员，大家铺开运行图，拿出计算器，算来算去，也算不出 1.5 亿吨。大家认为，从 1989 年的 2007 万吨，到 2002 年突破 1 亿吨，再到 2003 年的 1.2 亿吨，大秦铁路的运量已经顶破天了。

大秦铁路装车大户朔州车务段，刚接到新的运量目标后，职工们就炸开了锅。

"咱们去年拼死拼活好不容易才完成了目标，现在一下又增加了这么多！"

"任务量打着滚增长，咱们能拿下来吗？"

……

段长马长利和党委书记田文英很清楚 1.5 亿吨意味着什么，但就算前面是高不可攀的山峰，他们也要带领大家越过去，因为国家发展经济，离不开能源，大秦铁路必须挑起这副重担。他们先让大家把心里的话都倒一倒，待大家说完后，他们才把当前国家面临的经济形势和困难一一讲给大家听。

个人的困难和国家的困难孰轻孰重，朔州车务段的全体职工根本不用思考。

懦弱者在困难面前绕道走，勇敢者则拥抱困难。朔州车务段的职工们决定迎难而上。

朔州车务段只是大秦铁路面对 1.5 亿吨目标时的一个缩影，其他单位也一样，在清楚了国家的需要后，摩拳擦掌，跃跃欲试，大家决心啃下这根硬骨头，变不可能为可能。他们表示，决不让 20 世纪 80 年代全国各地的能源危机再次上演，也决不能再让党中央和国家为能源运输担忧！

大秦铁路有关领导和部门将 1.5 亿吨的年运量细细分解，分到每一天、每一班、每一阶段，一天一天算，一列一列计，一吨一吨累积，然后把这些数据制作成一本特殊的台历，摆在领导的桌面上，摆在大秦铁路的总调度台上，摆在每个车站、车间、工区。

这本特殊的台历，也摆在每一名大秦铁路职工的心中。

从 2004 年的第一天起，大秦铁路就自上而下，开始不折不扣地执行这本特殊台历上的计划。

十八、突破！突破！

都说"纸上得来终觉浅"，这句话用在 2004 年大秦铁路完成 1.5 亿吨运量这件大事上，似乎也有些道理。难道有了那本特殊的台历，1.5 亿吨的年运量目标就能实现了吗？显然不是。但是我们同样不要忘了，大秦铁路为了 1.5 亿吨目标，拿出了拥抱一切困难的勇气，所以他们绝不是把数字简单分解成一本特殊台历摆在桌上泛泛而谈而已。他们谋定而后动，在年初深入调研的基础上，确定了 8 个系统 100 个方面的攻关课题，并号召全员参与百题攻关。其中，朔州车务段、大同车务段、大新站等单位围绕货源和万吨重载列车装车点站场进行改造；湖东工务段对繁忙运输线路上的上万根钢轨进行更换；朔州工务段调集管内备用钢轨，对安家岭、安太堡、北周庄、南窑等 9 条万吨装车专用线的钢轨进行更换。供电段针对列车通过量大，造成供电线路超负荷的问题，成立智囊团，采取一系列措施保证设备的正常使用。比如，给 5000 多处发热导线贴上测温片，24 小时监控；将 400 多套铸铁小滑轮更换为铝合金大滑轮等。各电务段更换了上百台变压器。湖东车辆段为保证检车效率、压缩检车时间，取消了"卡脖子"的茶坞列检所，设立红外线检测中心，将大秦铁路全线拉通……

随着1.5亿吨运输任务在大秦铁路全面铺开后，湖东电力机务段无论是人力还是机车，都出现了严重不足。段长高春明和党委书记张儒经过商量后，决定用战争的理念来对待1.5亿吨运量这场硬仗，召开了全段干部职工大会，明确提出：要在思维上突破常理，在管理上突破常规，在作业上突破常态！

"突破"这两个字在那段日子成了机务段职工口中的热词。

年龄在45以下，身体健康、技术过硬者，纷纷报名，24小时随叫随到。

曾开过火车，后来从事其他工作的38名职工火速归队，登上机车。

所有重载司机，休息时间从原来的每班70多个小时，缩短为20多个小时。他们回家倒头就睡，爬起来穿衣就走，连和家人多说几句话的工夫都没有。由于值乘中思想高度紧张，以至于下车休息时，在睡梦中还常常大声呼喊："绿灯，开放！""绿灯，开放！"

所有检修职工，主动变白天8小时检修为全天24小时检修，不管机车什么时候回来，都能做到快检、快修、快出库、快上线。新引进的20台DJ1型电力机车设计上有缺陷，检修职工就与厂家人员一起对这款具有国际先进水平的机车"动手术"，一举解决了DJ1型电力机车在防沙、速度及干燥等方面出现的23个技术难题。

同时，对国产韶山 4 型电力机车进行了 32 项技术改进。

除职工外，这个段所有的领导也都沉到了一线。其中，一个叫李仁的副段长，因常常昼夜加班，大家就送了他一个外号"连轴转"；还有一个叫张建平的副段长，常常因工作废寝忘食，大家也送他一个外号"没钟点"。其实，湖东电力机务段何止李仁、张建平是在连轴转、没钟点，这个段所有干部职工都几乎如此。

种种保障让湖东电力机务段的 238 台机车全部上线，其中韶山 4 型电力机车在进行了 9500 吨组合列车牵引试验后，一举成为运输中的主力。

湖东电力机务段在突破，大秦铁路在突破，铁道部党组也向全路发出了"举全路之力支援大秦重载铁路"的号召。号召发出后，各单位纷纷响应，有人的出人，有车的出车。

2004 年 1 月 26 日，唐山机务段 3 台东风 8B 型内燃机车驶向大秦铁路。

2 月 28 日，邯郸机务段的 72 名火车司机抵达湖东电力机务段。

一台台机车，像一匹匹健壮的骏马，出塞北，穿峡谷，昂首挺胸向前奔跑着。

但再健壮的骏马，过度劳累，也会生病。仅半年时间，运行在大秦铁路上的机车就出现了 237 个不同的问题。

每个问题都不容小觑。湖东电力机务段如芒在背，组织职工加紧解决。

　　同一时期，湖东车辆段的压力也不比机务段小，他们也在以自己的方式突破。面对 1.5 亿吨的年运量目标，所有检车员主动放弃休息。有数据显示，当时每名检车员平均一个班要连续作业 12 个小时，徒步 50 多公里，检修列车近 20 列，弯腰、起身上千次。而且由于作业全在室外，冬天寒风刺骨，夏天酷暑难当，尤其因吃饭不能按时，不少职工患上了胃病。一次，他们在检车时发现大批车辆制动机出现了问题，立刻紧急分析，原来是制造方模板有缺陷，于是将这一情况向上级做了汇报。铁道部经过研究，要求车辆段对所有有问题的车辆就地进行改造。接到通知后，湖东车辆段的职工们连续作业，对 2000 多辆有问题的车辆进行了改造，保证了煤炭运输安全。

　　除了检修车辆外，这些职工未雨绸缪，为了做好突发事故的紧急救援，还练就了一身过硬的救援本领。常常是，这边刚忙完车辆检修，那边便开始了救援演练，只听嘟的一声哨响，信号旗横插，几名小伙子犹如特种兵一般冲向“事故救援现场”。经过多次演练后，车辆掉道后的复位救援时间，从以前的半小时缩短为 11 分钟。

　　2004 年，放眼大秦铁路，每个装车点、卸车点，每一趟列车上，每一段钢轨前，所有职工使出了浑身解数，保证国家经济发展对煤炭的需要。

　　同样是这一年，全国各地，特别是南方各省的用电量在炎炎夏日中一次次跃上红线。截至 7 月 18 日，全国 9 个省、市开始拉闸限电，许多电厂又一次发出煤炭不足的告急之声。

7月29日，时任国务院总理温家宝冒着高温，来到大秦铁路考察煤运情况。

大秦铁路不负国家的期望，职工们顶着高温酷暑，历时20天，开展"突击运煤大会战"，将一列列煤炭，从塞北高原，送到渤海之滨；将阵阵凉爽，送到千家万户。

还是这一年，为了加快煤炭运输，大秦铁路进行了2万吨重载列车试验。

2万吨重载列车，由204辆装满煤炭的车厢组成，全长2.6公里。纵观全世界，这样的列车只有美国和澳大利亚等少数国家少量开行。因为这么长、这么重的列车，在行驶过程中产生的冲动力很大，尤其是横跨山西、河北、北京、天津的大秦铁路，一半以上的线路在山区，隧道多、桥梁多，落差大，仅大同—茶坞的300多公里线路，海拔就从1000多米直降到100多米。可以说，在这样的铁路上开行2.6公里长的2万吨列车，每列车都几乎是以俯冲的姿势在行驶。如果行驶中操纵不够平稳，那么200多辆车厢就会前拥后挤，轻则将中部机车挤坏，重则导致列车脱轨、车毁人亡。

因此，2万吨重载列车不是想开就能开的。

但大秦铁路，注定是一条书写奇迹的传奇之路。

2004年秋，距离万吨重载列车正式开行才1年，大秦铁路开始了2万吨重载列车试验的准备。在精心挑选的司机中，除了万吨重载列车主控司机程利甫作为指导司机指导试验外，另由贾永、李海龙、王永国、蒋军、张华、渠世禹等几名优秀司机组成了试验组，他们在铁道部和铁科院的指导下，共同担负起了2万吨重载列车试验的重任。

12月12日6时45分，在李海龙等试验组成员的操纵下，由4台韶山4型电力机车牵引，一列长达2.6公里、重达2万吨的重载列车，从里八庄站驶出，在经过9个小时20分钟的运行后，于当日下午4时15分顺利到达秦皇岛柳村南站。

试验一举成功，有媒体称，2万吨重载列车的试验成功，标志着中国铁路重载成套技术装备取得重大突破，我国铁路重载运输跨入了世界先进行列。

在此之前，有专家根据大秦铁路的设计能力和运输设备情况曾断言，大秦铁路每天开行的运煤列车，最多也超不过85对，但大秦铁路打破了专家的断言，2004年创下了单日开行列车109对的最高纪录，日均开行93对……

当然，在此期间，大秦铁路也曾有过冒犯"天条"，"顶雷"冒险走"险棋"、越"雷池"的做法。比如，湖东站将绿灯发车改为黄灯发车，使每列车的间隔时间缩短了5分钟；湖东工务段在一侧线路跑车的情况下更换钢轨，把受伤钢轨及时换下来；柳村南站让满载煤炭的列车直接拉通港站，把技术作业变到卸车点上……

困则思变。大秦铁路2004年的这些冒险做法现在看来固然不可取，但面对国家所需的 1.5 亿吨煤炭，他们采取的一系列非常措施，也为后来的大秦铁路运输提供了一些新的科学发展思路。

2004 年 12 月 27 日，从大秦铁路传来一个令人振奋的消息，年运量实现了 1.5 亿吨。消息传到北京，传到中南海，温家宝总理做出批示："铁路运输系统千方百计挖掘潜能，保证重点物资运输，为缓解我国煤电油运紧张状况，保障人民正常生活和经济社会发展做出了重要贡献。"同日，黄菊副总理也做出批示："得知大秦铁路重载扩能改造取得成功，全年煤炭运输突破 1.5 亿吨，非常高兴。"

第二天，铁道部在大同隆重召开了大秦铁路实现 1.5 亿吨总结表彰大会。

十九、冲刺2亿吨

2004年，大秦铁路年运量实现1.5亿吨后，全国各地对煤炭的需求持续紧张，国家需要大秦铁路的运量再上一个台阶。

此时，大秦铁路2亿吨扩能改造也进入了攻坚期，扩能改造的目标很清晰：2005年大秦铁路年运量要完成2亿吨。

2亿吨！如果把2亿吨煤炭1米见方向前堆砌，那么可绕赤道4圈半。

有人惊呼，这简直是神话！

太行山从不缺少神话，愚公移山、女娲补天这些千古流传的神话，至今仍在代代相传。

燕山也从不缺少神话，精卫填海、夸父追日这些人们耳熟能详的神话，几千年来从未消失过。

扎根在太行和燕山的大秦铁路职工，要书写新的神话。

一场大规模的2亿吨扩能改造攻坚行动在大秦铁路全面展开，内容包括车站扩建、固定设备改造、装备大功率电力机车和大轴重货车车辆等。刚刚接管了大秦铁路的太原铁路局，决定举全局之力完成每一项任务。

机车和车辆，由各厂家制造。车站扩建和设备改造，落在大秦铁路职工的肩上。为了保证全国各地的用煤，扩能改造期间，列车一分钟不能停止，煤炭运输一天也不能中断。

在现有铁道线上进行扩能改造，尤其是在大秦铁路这样运输繁忙的干线上边行车、边改造，难度之大，无法想象。问题是，这样的扩能改造，在全国铁路尚无先例，无经验可借鉴。

但困难再大，也大不过国家的需要。

4月7—8日，黄菊同志来到大秦铁路考察，他听取了关于大秦铁路扩能改造的情况后，强调要充分认识交通运输业对国民经济发展的支撑和先导作用，立足当前，着眼长远，统筹规划，加强运输能力建设，大力挖掘运输潜力，加快调整工业结构，努力缓解交通运输"瓶颈"制约，更好地满足经济发展和人民生活需要。

4月19日，湖北省副省长带着湖北省经委、省政府办公厅及部分企业负责人一行13人，在山西省政府有关人员的陪同下，来到太原铁路局进行座谈。座谈中，湖北省副省长说，湖北是发电大省，同时也是缺煤、缺电大省，对煤炭的需求十分紧迫，多年来铁路部门认真贯彻中央和国务院领导指示，主动承担缓解煤电油运紧张的重任，为国民经济平稳运行做出了突出贡献。希望太原铁路局一如既往地关心、支持湖北省的工作，为中部崛起做出更大贡献。

5月18日，江苏省副省长也带着江苏省发改委、经贸委、政府办公厅有关负责人一行，在山西省政府有关领导的陪同下，来到太原铁路局座谈，希望太原铁路局能一如既往地关心江苏省的发展，提供更多的运力支持。

他们的煤炭，都离不开大秦铁路的运输。

殷殷期盼，化作大秦铁路职工为国分忧的具体行动。

为了实现 2 亿吨，攻坚行动开始后，数以万计的职工顶着压力，不分昼夜，吃住在现场，在已经进行了一年的扩能改造现场，展开了立体化、交叉化、多工种的综合施工。

由于大秦铁路上的每座车站都需要进行扩能改造，而为了保证边行车、边施工、边运输，每座车站的改造又不能一次完成，需要分几次过渡，所以为避免发生意外，职工们白天紧张安装调试设备，晚上守在新设备前寸步不离，常常是饿了随便吃一口，困了就地打个盹。

也是在这期间，大秦铁路职工上下班乘坐的通勤车也停运了。

2005 年 7 月的一天，就在大家集中精力进行扩能改造时，上万名大秦铁路职工接到一个"不好的消息"——为了腾出时间、腾出线路给运煤的列车让路，从 1988 年开通至今的职工通勤车要取消了！

通勤车是职工们上下班乘坐的列车，大秦铁路开通 17 年来，正是因为有了这样一列小小的火车，分散在 600 多公里铁道线上工作的职工，才能在休息的一两天时间里，回大同看看家人，再及时返回岗位，所以通勤车代表着团聚，代表着思念。甚至有职工还曾赋诗一首，赞美过这列小小的火车："煤的海洋荡过一叶绿色的小舟，它卸下春夏秋冬日月星辰，它卸下酸甜苦辣喜怒哀乐……"

这首小诗，许多职工都熟悉，因为诗中的"小舟"，承载着他们回家途中太多的欢乐。它虽然只是一列绿皮车，也走得很慢，而且还要自己动手烧水烧暖气，走风漏气抵不住冬日的寒风，但是职工们对它情有独钟。

但，现在要取消了。

职工们起初想不通，为什么要取消上下班的通勤车？难道每天几十对的列车中，就容不下一趟职工乘坐的通勤车吗？但大家在一笔账面前，又渐渐理解了取消通勤车的意义：取消通勤车，可以增加 7 对货车的通过能力，一年下来能多运煤炭 1200 万吨。

没了通勤车，职工们回家的路变得更加困难起来，一些偏远车站、车间、工区的职工回一趟家要跋山涉水七八公里，然后转乘 6 次公交、火车才能到家。以往 3 个小时的回家路，现在变成了 10 个小时以上。

纵然心中有太多的不舍，但面对国家的需要，大秦铁路的职工还是放下了个人利益，心甘情愿让回家的路变得漫长。

2 亿吨扩能改造最紧张的阶段，是 2005 年 7—9 月，铁道部要求大秦铁路务必于 7 月底前达到每 12 分钟开行一趟万吨重载列车的条件，10 月达到开行 2 万吨重载列车的条件。

虽然困难重重，但是太原铁路局还是立下了军令状，坚决保证大秦铁路扩能改造按期完成。

7月16日，高温炙烤着大地，在铁道部和山西省委、省政府的大力支持下，太原铁路局组织18个建设、设计、监理单位及所属车、机、工、电等部门和上万名职工，在大秦铁路及与它相连的北同蒲铁路上展开了大会战，上千公里的接触网、大范围的电务信号、连接塞北和大海的钢轨、10多座车站进入了改造冲刺阶段。

这次大会战，共45天。

45天，原设计能力1亿吨的大秦铁路，能否提升到2亿吨，成败在此一举。

那些日子，大秦铁路每隔一段距离，就会看到两三千人在空中和地面进行交叉施工的场面，他们在规定的时间段内同时进场、同时开工、同时撤离。接着，停留在两站之间线路上的列车马上放行、通过，一切都是无缝衔接。

施工的紧张程度，我们从最不显眼的更换列车运行监控记录装置中便可感知一二。这是一种芯片装置，简称LKJ，它可以代替人工，准确记录列车在运行中的各种状况。大秦铁路扩能改造期间，由于施工给设备带来的变化较为频繁，因此列车LKJ数据也要随时修改，芯片需要随时更换。最繁忙的时候，运行在大秦铁路上的400多台机车3天时间内就要全部换一次芯片，有时职工手中的上一个芯片还没更换完毕，新的数据就又产生了……

在这样的繁忙施工中，大秦铁路还 10 次优化、比选、完善施工方案，成功实施 36 个超常作业办法……

面对这样紧张的局面，大秦铁路职工表现出了高度的自觉，他们有的推迟了婚期，有的只能在电话里祝福自己刚刚出生的孩子……

2 亿吨扩能改造完成后，有人算了一笔账：与新建一条铁路相比，大秦铁路不仅保证了每天煤炭的正常运输，而且还相当于用建设一条新线 1/3 的资金，将中国重载第一路的运输能力提高了 2 倍以上，为国家节约了宝贵的 24 万亩土地。

扩能改造后的大秦铁路，为晋煤外运提供了更加强健的体魄。2005 年 12 月底，大秦铁路年运量实现 2 亿吨，超出世界其他国家同类铁路运量 5000 多万吨，被国外同行誉为神话。

这一神话，是由中国铁路工人创造的。

2 亿吨的实现，为大秦铁路积累了大量宝贵的经验。2006 年，它朝着年运量 2.5 亿吨的目标奋进，比 2005 年又增加了 5000 万吨。

一年增运 5000 万吨意味着什么？

它意味着相当于增建 1 个华北电网，也意味着仅用不到 100 公里高速公路、不到 15 公里地铁的建设资金，新建了 2 条运煤大通道。

还意味着可以发 1000 多亿千瓦时的电，满足北京城乡居民生活 10 年用电所需。如果用于工业生产，可增加产值 1000 亿元。

为了确保年运量 2.5 亿吨的实现，进入 2006 年，大秦铁路在开行万吨重载列车的基础上，决定正式开行 2 万吨重载列车。

虽然 2 万吨重载列车试验已于 2004 年 12 月 12 日取得成功，但是真正开行，还是具有一定的挑战性。因为国外的重载列车一般只是白天开行，晚上不开，而且有时一个月才开一列。大秦铁路开行 2 万吨重载列车，将是每天 24 小时不间断开行。

但国民经济社会的发展，犹如当年修建大秦铁路的呼声一样，催促着 2 万吨重载列车必须开、尽快开、早点开。

大秦铁路没有辜负全国人民的期盼，2006 年 3 月 28 日，一个早春之日，13 时 45 分，由 5 台韶山 4 型电力机车牵引的一列 2 万吨重载列车从湖东站驶出，经过 10 个多小时的安全运行后，于 23 点 55 分到达秦皇岛柳村南站。自此之后，大秦铁路开始每日开行数十对 2 万吨重载列车，成为我国广袤大地上一道特殊而亮丽的风景线。中国铁路重载运输再次掀开新的篇章。

8 月 1 日，大秦铁路在上海证券所成功上市。

年底，大秦铁路年运量达到 2.5 亿吨。有媒体表示，2.5 亿吨的实现，是缓解中国能源紧张的"报春花"，是国民经济平稳运行的"消息树"。

这 2.5 亿吨煤炭中，有 1.75 亿吨经秦皇岛港转运至东部沿海地区，其中 1.45 亿吨运抵我国经济最具活力的长江三角洲地区的 5 个沿海省市转化成电，为当地经济社会发展提供了充足的动力支持。浙江省经贸委的一位负责人有感而发："大秦铁路打个喷嚏，我们这里就会伤风感冒。"

与大秦铁路相隔千里之遥的人们, 没有忘记为他们送去煤炭的这条铁路和日夜奋战在这条铁路上的职工。2007 年 1 月 7 日, 三晋大地万里冰封, 太原铁路文化宫内却暖意融融, 一场以荆楚文化为背景、以晋鄂友情为主题的文艺演出正在举行。为了感谢太原铁路局及大秦铁路广大干部职工对湖北省经济发展的支持, 湖北省常务副省长带着湖北省青年艺术团、武钢文工团、武汉人民艺术剧院等 7 家文艺团体组成慰问团, 来到太原铁路局, 进行盛大慰问演出。

这是湖北省委、省政府及 6000 多万湖北人民送给铁路职工的"文化大餐"和"新年礼物"。

2 月 2 日, 河北省人民政府也给太原铁路局发来了感谢信:

首先感谢贵局多年来给予我省工作的大力支持。

刚刚过去的 2006 年, 全省人民在省委、省政府的领导下, 认真贯彻落实党中央、国务院的决策部署, 团结奋斗、开拓进取, 经济社会发展势头进一步趋好, 发展环境进一步优化, 发展能力进一步提高, 呈现出速度效益同步提升, 经济社会协调发展的良好局面。这些成绩的取得, 与贵局的大力支持密不可分。

......

这一年，大秦铁路年运量再创奇迹，完成了 3 亿吨的煤炭运输任务。

3 亿吨煤炭，如果转化成电能，可以满足我国 3 亿城镇居民 1 年的生活所需；如果运到钢厂，可以为国家生产 2 亿吨的钢铁；如果运到较大的电厂，可以保证这家电厂发电 1600 天。

这组数字，是世界上任何一条铁路都无法实现的！

2008 年 1 月 2 日，《中国改革报》对此事进行了报道："3 亿吨，这是迄今世界上一条重载铁路创造的年运量最高纪录。大秦铁路以占中国铁路营业总里程 8.4% 的长度，完成着 1/10 的货物发送量，创世界铁路重载运输的奇迹。探寻奇迹的发生，人们看到的是中国铁路勇攀世界重载运输技术高峰的艰辛，看到的是中国铁路工人的拼搏奋进。"

面对 3 亿吨这个数字，不由得让人想到国际重载协会在 2005 年对重载标准的修改：每列列车的牵引重量不少于 8000 吨，车辆轴重不小于 27 吨，铁路线路长度不少于 150 公里的区段每年计费的货运量不少于 4000 万吨。只要满足这 3 个条件中的 2 个，那么就会被国际重载大家庭接纳，获得世界承认。

而大秦铁路，早已超过了这个标准。

面对 3 亿吨这个数字，也不由得让人想到国际重载组织曾下的结论：2 亿吨是单条重载铁路年运量的理论极限。

而大秦铁路，没有止步于 2 亿吨，也没有止步于 3 亿吨。因为在接下来的岁月中，党和国家赋予了它更重的责任。大秦铁路职工也拿出了更大的气魄，接受党和国家的考验。

二十、冰雪灾害

2008 年春节，可能许多人还记忆犹新。暴雪、冻雨、低温，一场历史上罕见的特大暴风雪冰冻灾害，袭击了我国南方大部分地区。长江以南的绿色原野，瞬间被寒潮笼罩，被冻雨覆盖。

严峻的形势超出了人们的想象，截至 1 月 28 日，全国一些电网的骨干电厂存煤低于 3 天的 86 家，存煤只剩 1 天的 54 家，还有一些电厂因缺煤已经停止发电。高速公路瘫痪，湖南郴州、衡阳全城断电，贵州电网解列运行，遭受灾害的 19 个省、市、区拉闸限电，全国各大电厂纷纷发出煤炭储存的红色预警。

城市需要电！工厂需要电！灾区群众需要电！

灾情牵动着中南海。党中央、国务院向全党全国发出号召，要把抗灾救灾作为当前最紧迫的任务，以对人民群众高度负责的精神，坚决打好抗灾救灾这场硬仗。

电煤供应，迫在眉睫！

国内各大媒体更是密切关注：煤在哪里？谁又能在国家危难之时，把冰雪灾害带来的危机降到最低！

此时，电煤运输不仅关系千家万户的光明和温暖，而且关系人民群众的正常生活，关系国民经济的正常运行，关系社会的和谐稳定。

风萧萧，雪飘飘。1 月 31 日，时任中共中央总书记胡锦涛来到大秦铁路湖东站，他与在场的每位职工紧紧握手，殷切希望大家尽最大努力，为打好抢运电煤关键一仗做出更大的贡献。

那一夜，铁道部党组召开紧急电视电话会议。会议结束后，太原铁路局接着召开会议，透过窗户，人们看到那间小小会议室的灯光从傍晚一直亮到第二天太阳升起的时候。随着旭日东升，一道命令也从太原铁路局传至大秦铁路：从 2 月 1 日起，大秦铁路每天运煤量必须保证 100 万吨以上！

这意味着，大秦铁路每天要比之前多运煤炭 14 万吨，多开 7 对 2 万吨重载列车。

它还意味着，大秦铁路每天要比之前多提供 40 台机车，多增加 256 名司机……

它还意味着，大秦铁路要 24 小时不停歇，保证每秒运煤 11.6 吨……

此时，连夜抵达湖东站区的铁道部、太原铁路局协调组也在风雪中下达了命令：调整机车作业时间，缩短列车间隔时间，最大限度多开列车。

总之一句话：要为南方灾区多运煤、快运煤！

急国家所急，想国家所想，这是大秦铁路职工身上固有的基因。大秦铁路，这条中国重载第一路，在冰雪灾害中，再次扛起了重担！

风雪怒吼，电煤告急！所有职工迅速集结、行动起来，他们在朔风凛冽的太行山中，在雪花飞舞的燕山脚下，在满目冰冻的桑干河畔，发出共同的声音：决不能让全国任何一个电厂停机，不能让灾区的父老乡亲受冻！

最先行动起来的是湖东电力机务段，段长张启平和党委书记张儒组织全段3700名机车乘务员举行"抗灾救灾、抢运电煤"誓师大会。会上，他们动情地发出集结号：在平时，我们要当拉动铁路重载运输的"火车头"；现在，在全国抗击雨雪冰冻灾害的关键时刻，我们更要当好拉动抢运电煤运输的"火车头"！

集结号一吹响，职工们便纷纷请战：

"我叫高军，32岁，年轻、精力充沛，家里困难少，请批准我参加这次任务！"

"我叫薛礼继，参加过第一批和谐机车培训，是去年的金牌司机，请批准我参加电煤抢运，我有信心完成任务！"

"我叫史忠海，是一名老党员，请安排我提前上车！"

……

每一名职工都清楚地知道，这是一场没有硝烟的战争！

既然是战争，那就要拿出上战场的勇气和魄力！

2月1日，抢运电煤的方案出台还不到6个小时，湖东电力机务段运用车间总支书记刘志刚的办公桌上，就已经堆满了一摞摞要求加入抢运电煤突击队的申请表。很快，360名职工立下了军令状，21个机车乘务组发出了挑战书，48支突击队严阵以待。还有乘务补强队、应急抢修队、技术服务队，都做好了准备，随时接受召唤，随时出征。

再有6天，就是我国传统新春佳节，机务段的职工深知父母在盼自己回家吃一顿团圆饭，妻子在盼自己回家采购一次年货，孩子盼自己回家放一次烟花……

但在家与国之间，他们毫不犹豫地选择了后者。

从这一天起，机务段到处都是车不停、人不休的场面。机车乘务员主动放弃回家，要求连续出乘。运转室门前，常常挤满身上披着风雪的身影。

年轻的司机来了，运转主任眼睛瞪得老大："你怎么又来了，快回去休息休息！"

即将退休的老司机也来了，运转主任一看，脑袋摇得像拨浪鼓："怎么又是你，你都好几年没回家过年了！"

还有身体发着高烧、口袋里装着药片、手里拿着请假条准备回家的司机们，也都一个个赶来了。

老司机王代存，从1999年开始，每个除夕都在机车上度过。9年来，每当新年的钟声敲响，远方的夜空绽放无比迷人的烟花时，王代存都想象着有朝一日，自己也要和老伴、儿子过一个团圆的除夕。

再过几天，就是除夕了，王代存算了一下，正好自己休息。终于可以陪陪家人了，他心里甭提有多高兴。

可是刚从秦皇岛返回的王代存，听到了集结号，于是本该退乘与家人团圆的他，主动申请参战。

一线机车乘务员不休息，机关办公楼里也唱起了"空城计"，在每天大秦铁路开出 90 多对列车的基础上，为了能再多开出一列，为南方灾区送去温暖，湖东电力机务段的机关人员也全部出动。

2 月 1 日半夜，"连轴转"李仁带着张眉亭、张勐轶、蒋刚三员大将，拿着秒表和电台，顶着风雪来到湖东站。此时，他们已经整整一天没有休息了，可寒夜中，他们毫无倦意，到了车站后立刻开始分头工作。他们希望能再压缩出一点列车运行时间，哪怕一分钟也值得。

一列列火车在指令中启动、驶出，李仁他们拿着秒表"斤斤计较"，由于思想高度集中，竟然忘记了一切。

雪越下越大，由于长时间在室外作业，大家都快冻僵了。突然，李仁觉得鼻孔一热，还没等他反应过来，一股鼻血已经止不住地流了下来，滴在了雪地上。为了不影响大家的工作，李仁从口袋中掏出一张纸巾捏成纸团，塞进鼻孔，然后又从地上抓起一把雪，使劲摁在额头，继续盯着正要启动的列车和手中的秒表。

时间一分一秒地过去了，1个小时后，李仁得出了一个可喜的结论：按照现有列车运输组织，每小时可以压缩出1分钟。

1分钟，若在平时，完全可以忽略不计，但在李仁他们眼中，这1分钟无比宝贵。

"李段长，快给上级汇报吧。"年轻的蒋刚按捺不住心中的喜悦，催促李仁，李仁却说："不急，咱们再看看，我觉得还有余地，这次抢运任务重，我们多压一分是一分，多挤一秒是一秒。"

说话间，蒋刚注意到李仁在流鼻血，于是关切地劝他去休息一会儿，李仁摆手示意蒋刚自己不需要，接着用对讲机向机车上的司机下达指令："巡检，试风，确认信号，开始动车……"

又经过2个多小时的反复试验，他们终于从每小时中挤出了2分钟。

每小时挤出2分钟，相当于每天可以为南方灾区多运去13万吨煤炭！按照318克动力煤发1度电计算，每天多运出去的这13万吨煤炭，可以为灾区人民多发电4亿度！

当他们把这宝贵的2分钟向上级汇报后，李仁眼前一晕，跌倒在雪地上。

李仁晕倒的同时，还有一位职工，正在用自己的体温，"唤醒"机车上冰凉的电子芯片板。

2月2日凌晨，塞北的寒风吹得人们连手都伸不出来，一台机车准备出库时，仪表突然出现了故障。检修车间的技师王斌此时已工作 10 多个小时，正准备休息一下，接到故障通知后，他不顾劳累，钻进冰窖一样寒冷的机车，检查出仪表故障是由于气温太低，电子芯片停止工作引起的。

现场唯一的热源，就是王斌的胸膛。想到机车晚出库一分钟，就要耽搁为南方灾区运煤一分钟，王斌毫不犹豫地解开棉衣，将电子芯片板放入怀里，用自己的体温给电子板加热，让电子板恢复"知觉"，保证了机车的正常出库。

李仁晕倒的时候，还有一位叫王刚的车间副主任在段领导的命令下，被强制送进医院。

抢运电煤开始后，每台机车的整备时间由原来的 110 分钟压缩到了 62 分钟。整备车间为此异常繁忙，作为车间副主任，王刚每天守在现场，随时解决问题。一天，大伙儿发现王刚有些不对劲，走路一瘸一拐的，问他怎么回事。王刚轻描淡写地说自己不小心崴了脚，不碍事。又过了两天，大家发现王刚走路越来越不对劲了，两条腿几乎是拖着往前走，车间党支部书记黄军不放心，上前撩起他的裤腿一看，原来王刚的小腿因静脉曲张已经肿得有碗口那么粗了。在事实面前，王刚不得不承认自己生了病，可他同时解释自己这点病不算啥，希望能留下来继续工作。段领导得知后，严令王刚马上去医院！可王刚到了医院一听说得住院，趁人不注意就悄悄"逃跑"了，他"逃跑"的方向，正是他不愿离开的地方。

而那个地方，还有一个和他共患难的"战友"。同样是整备车间副主任的苏文斌，患有心脏病，妻子因癌症正在医院化疗，像他这样的特殊情况，如果请假单位是会批准的。可苏文斌觉得，眼下南方遭遇冰雪灾害，大秦铁路正全力以赴抢运电煤，自己怎能休息！于是他把妻子托付给亲戚，带着治疗心脏病的药，守在一台台需要整备的机车前，不舒服的时候，就往嘴里塞一颗药。

还有被大伙称为"钢板腰"的运用车间主任刘殿龙，他所在的车间，要随时保证490多台机车上线运行。劳累，让他的腰椎间盘突出更加严重了，走路稍微快一点就会疼得满头大汗，于是刘殿龙定做了一块钢板护腰，一直"挺直腰板"守在机车旁。

还有检修车间的30多名职工，他们两两组合，轮流守在湖东站。从秦皇岛方向回来的机车一进站，他们就立刻奔上去检修；没车回来的时候，他们就裹着大衣眯一会儿。由于工作量大，他们每天睡眠不足3个小时。

2月2日晚上，天气异常寒冷，检修职工接到通知：4道1台机车车顶高压护套炸裂，6道4台机车风管出现故障……

此时，室外温度已是零下30摄氏度，小伙子们不顾寒冷立即向4道和6道而去。李全龙、张有文等人来到高压护套炸裂的机车前，登上驾驶室。此时，驾驶室的温度和外面的气温没有两样，操作台上铺着的塑料图纸已冻得变了形。他们拿上图纸，上到车顶查找故障并开始更换损坏的部件。可是由于气温太低，他们的双手很快被冻得失去了知觉，连工具都拿不稳。于是大家把手放到嘴边，哈气暖暖手,有点知觉就抓紧时间更换损坏的部件。

在湖东电力机务段保证机车运行的同时,大秦铁路金沙滩万吨装车线上,车务职工也正谱写着一曲抗击冰雪灾害的壮歌。

2月1日,金沙滩装车点,北风怒吼,滴水成冰,气温骤然降到了零下30摄氏度,凛冽的朔风刮得人们睁不开眼,从矿上运来的煤,也早已冻成了巨大的冰坨子。冻煤像坚冰一样,即使卸下来,也装不到火车上,因为冻煤会使列车偏载,不仅影响安全,而且严重时还会造成列车颠覆,怎么办?

情急之下,站长、书记带着金沙滩站的职工找来钢钎、铁锤等工具,用最原始、最笨拙的办法,把冻得像石头一样坚硬的冻煤一一凿开。

有的职工的手震裂了,他们顾不上包扎一下便又抢起了铁锤;有的职工的眼睛被溅起的冰屑迷住了,他们就索性闭上眼睛扶住钢钎……

湖东站一直被人们誉为大秦铁路这条钢铁巨龙的"龙头"。此时,这座我国第一座电气化重载列车大型编组站,也笼罩在一片白茫茫的世界中,车站近50条股道和425组道岔全被大雪覆盖。风雪中,年过半百的副站长张佳英带着职工扑向雪窝,用双手将道岔内的雪刨出、抠出。三天两夜,他们清出一股道,开出一列车,许多职工的手、脸和脚都被冻伤了。

同样是在湖东站,站长林建明到调车场里跟班作业。突然,他发现一名对列车进行编解的调车员结束作业后，没有按规定从车梯上跳下来。他急忙跑上前大声提醒，但这名职工没能像往常一样身轻如燕地跳下车，原来这名职工已经冻在了车梯上。

震撼人心的悲壮场面，不仅出现在"龙头"和金沙滩，也出现在"龙尾"。

作为大秦铁路的"龙尾"，秦皇岛东站承担着大秦铁路煤炭运输的卸车任务。每天一列列万吨、2 万吨重载列车裹着太行的冰，带着燕山的雪呼啸着来到秦皇岛，能不能快速卸车，保证空车迅速返回继续运煤成了关键。也就是说，这里的车站如果"咳嗽"一下，那么整个大秦铁路就得"喘"上一阵。

秦皇岛东站的职工宁可自己累趴下，也不允许大秦铁路"喘"一下。

2008 年正月十五，秦皇岛地区飘起了难得一见的雪花。海滨城市飘飞雪，是多少市民期待的美景呀，可这场雪竟下成了 50 年不遇的大雪，海滨城市银装素裹。从秦皇岛到茶坞的几百公里铁路线，也被大雪包裹得严严实实。

钢铁铸起来的大秦铁路，面临全线瘫痪的危险。

决不能让一列运煤的列车受阻！

很快，现场指挥部就迎着暴雪，在 1 尺多深的雪窝中成立了。

领导带头扫雪，休班的职工也纷纷从家中赶往车站。到车站后，所有职工拿上工具就投入了除雪工作。可是风雪太大了，不扶铁锹，人根本站不稳，而最要命的是，刚清理干净的道岔转眼就又被大雪埋住了。这可怎么办？如果一直这样下去，运煤列车怎么能够接得进来！

情急之下，有位职工脱下自己身上的棉衣，盖在了道岔上。看到这种情形，其他职工也纷纷效仿，脱下身上的棉衣，盖住道岔。有的人还跑回宿舍，把棉被也抱了出来，盖在道岔上，什么时候过车，什么时候掀开。就这样，职工们在飞雪中整整守了10多个小时，保证抢运电煤的列车一列列安全接进车站。

同一时间，相隔不远的柳村南站也被风雪包围，站长王静和党支部书记徐超林带着200多名职工在风雪中守护着一处处道岔。

从白天到深夜，职工们没吃一口饭，没喝一口水。雪小了一些后，王静和徐超林让职工们休息一下，并安排厨房抓紧烧一锅紫菜蛋花汤，让大家喝口热汤暖暖身子。几分钟后，紫菜蛋花汤烧好了，徐超林却看到职工们东倒西歪地趴在地上、歪在墙角睡着了。那一刻，徐超林竟不知是该叫醒大伙喝口热汤，还是让大伙就这样睡一会儿……

而此时，大秦铁路上的工务、电务、供电、通信等单位的职工也在与飞雪赛跑、与时间赛跑。为了保证线路畅通，这些职工吃住在线路上，利用列车间隔时间，随时处理线路病害。

一天，王家湾线路车间的几名职工正对隧道内一处受损的钢轨连接处进行配件更换，这时一列满载2万吨煤炭的列车呼啸着驶了过来，几名戴着头灯和防尘面罩的职工赶忙冲过去，拼尽全力，用已经肿得像馒头一样的肩膀，将撬棍紧紧顶在钢轨连接处，使列车平稳通过。184号大桥上，此时也在上演着感人的一幕。由于运量骤然增大，184号大桥上的钢轨在一个清晨突然发生断裂。茶坞工务段接到消息后，立即通知负责184号大桥设备的下庄线路车间对大桥断轨进行抢修，可是风雪拦住了抢险的车辆，于是职工们决定弃车跑步赶往大桥。这时，茶坞工务段又紧急拨通了与下庄线路车间相邻的铁炉线路车间的电话。铁炉线路车间与下庄线路车间相邻，都位于深山中，当接到184号大桥的抢修任务后，车间主任王建利带着8名职工，扛起抢险用具，从另一个方向朝184号大桥奔去。一路上，风在吼，雪在飘，王建利带着大家穿过南峡1号、2号、3号隧道，穿过分水岭1号、2号、3号隧道和大虎狼1号、2号隧道，及时赶到184号大桥，与下庄线路车间的职工们汇合，开始紧急换轨。

大同西供电段的抢修电话，从2月1日抢运电煤开始后，几乎就没停止响过。一天，万吨列车的装车点接触网线因一场前所未有的冻雨而被坚冰包裹，值班室的电话十万火急地响了起来："快！现在一趟列车都开不出去了！"

车间党支部书记高复生，放下电话拉响了紧急集合铃声，然后带着40多名突击队员和抢险工具，迎着刀割一般的寒风，赶往万吨列车的装车点。在凛冽的"白毛风"中，40多名队员分成几个小组，登上架设在空中的接触网，用扳手或小锤一厘米一厘米地将包裹着接触网的冰层慢慢清除掉。10 多个小时，大家像挂在空中的雪人一样，忍着刺骨的寒风，将 6 公里长接触网上的冰层全部清除掉，使一趟趟煤炭列车继续安全驶出。当汽车来接大家回车间的时候，40 多名队员望着距离自己仅百米远的汽车，双腿却怎么也迈不动了，一个个倒在了 1 尺多深的雪窝中。

设备出现故障的车间，人员全体出动；设备没有出现故障的车间，所有人也全部奔赴铁道线。茶坞工务段西张庄车间主任武绍田，是一位极有责任心的人，能吃苦，有经验，日常带领职工把管辖区段的几十公里线路保养得几乎一点问题都没有，各级领导都很认可。抢运电煤的任务开始后，武绍田冒着纷纷扬扬的大雪，带着职工 24 小时巡查线路。在他们管内，弯道一个接着一个，曲线一条接着一条，一旦出现问题，后果不堪设想。

电务段的职工有"信号卫士"之称，负责大秦铁路上 2000 多架信号机、2000 多组转辙机的维护工作，此时他们也全部守在信号机和道岔前。

迁安北站是一个分岔口车站，道岔多，利用率高，一组道岔每天平均扳动上百次，有的道岔 10 分钟左右就有一趟列车通过。这些道岔内，一丁点的雪都不能有，不然会造成列车颠覆。车间技术员李建强带着工友们守望在道岔处，雪一直下，他们就一直扫，两天两夜没合眼。工区食堂的师傅看他们久不回来，就把做好的饭送到扫雪现场，李建强和大家接过碗，吃几口便要停下扫雪，结果碗里的饭竟变成了冰疙瘩。

在大秦铁路，有一个令许多摄影爱好者心之向往的地方，那就是雄伟壮观的跨丰沙大特大桥，它像一条彩带，镶嵌在美丽的大地上。这样的大桥，职工们上去维修一次设备，却不是件易事。一天，大桥上的信号机出现了故障，大同电务段的几名抢修人员背着数十斤重的电源盒和发送盒，迎风冒雪步行近 20 里路，到达故障抢修点，排障结束后，大家的手冻得又红又肿，可为了不让全国任何一个电厂停电，不让灾区的父老乡亲受冻，他们甘愿吃这点苦。

除了守护道岔和信号机的安全外，电务职工还要保障大秦铁路上的 16 个特殊处所——中继站的安全运行。

中继站的主要作用是接收无线电信号并进行放大处理后转发给下一个接收点，以确保信号质量的维持和延长通信距离。一般多设于沙漠和山区。

大秦铁路刚开通时，沿线并无这样的中继站。它的出现，与日益增加的煤炭运量有关。为了实现年运量 2 亿吨、3 亿吨，乃至 4 亿吨的目标，加大列车通过能力，大秦铁路在扩能改造中，决定取消一部分车站，东井集、东城乡、王家湾、铁炉、木林、平安城、罗家屯、抚宁北、西张庄等 9 座车站在完成自己的历史使命后，退出了历史舞台。

这些车站被取消后，为保证大山中铁路信号设备的正常传输，大秦铁路途经的山区地段，每隔一段距离，半山腰上就会设置一个中继站。

16个中继站虽然小，但是设备很重要，负责前后方10公里范围内的信号传输。也就是说，深山峡谷中，大秦铁路上的信号灯能否正常显示，列车能不能正常接收信号并安全运行，全靠它们来保障。

16个中继站，14个属于无人值守，但无人值守不代表无人管理，电务职工每隔一段时间，就要对每个中继站进行检查和维护，尤其是遇到雨雪天气，职工们便要带上干粮，背上水壶，先乘汽车，再爬山路，来到中继站，全天守候在这里，以保证这些设备在恶劣天气中不出现意外。

一个中继站由一名职工守护，带去的干粮和水十分有限。在抢运电煤期间，守护在中继站的职工断粮断水后，只能靠山上的雪来充饥和解渴，过着像野人一样的生活。为了大秦铁路畅通，为了给南方灾区多运一车煤，他们甘愿忍饥挨饿。

在抢运电煤的队伍中，承担大秦铁路2万多运煤车辆检修任务的湖东车辆段，面对骤然增加的工作量和雪中检修车辆，同样没有一个人叫苦叫累。

在湖东车辆段的秦皇岛运用车间，有一位叫刘书学的工人技师，平时喜爱钻研，家里的桌子上、床上、柜子上，到处堆放着他勾画过的车辆构造图纸。抢运电煤的战役打响后，他所在的秦皇岛列检作业场发现 7 辆车的同一部件相继断裂。获此消息的厂家派人星夜赶来，但结论是一时无法解决。

车间党支部书记急得团团转，一个电话把刘书学叫来。

刘书学一整夜在雪地里仔细研究、分析这些车辆部件断裂的原因，天亮时浑身冰凉的他拿出了修复方案，7 辆车很快回归运煤行列。

阳原站党支部书记李友，在抢运电煤前因一场意外折断了 3 根肋骨，当听说电煤抢运任务后，他再也坐不住了，加入抢运电煤的行列。同事们劝他回去休息，李友却说："大家都在抢运电煤，我怎能安心休息。"车站调车机司机马文华看到人手紧张，主动留下来加班，竟然因此没能和病重的母亲见上最后一面。遵化北站党支部书记刘建平，儿子不幸遭遇车祸，他虽牵肠挂肚，却顾不上到医院看一眼。湖东车辆段段长李永峰，一直守在抢运电煤的现场。2月 7 日，他接到妻子生病的消息，本想忙完这几天就回去看看妻子，谁知 4 天后，当他再次接到家中电话，匆匆赶回去时，妻子已经离开了这个世界。

正是在这样一位位大秦铁路职工的努力下，抢运电煤期间，每天从这条铁路运出去的煤炭始终保持在 100 万吨以上，相当于每天给灾区送去 30.8 亿度的电。这些电，化作光明、化作温暖，让灾区群众逐渐远离了冰雪灾害带来的影响。其间，中央人民广播电台、《人民日报》等 13 家媒体记者纷纷来到大秦铁路采访，当他们亲眼看到一列列运煤列车迎着寒风驰骋而过，亲眼看到铁路职工在严寒中抢运电煤的一幕幕场景后，奋笔写下一篇篇生动感人的报道。

大秦铁路在国家危难之时的挺身担当，通过媒体很快被全国人民知晓，尤其是灾区群众，因为正是这条铁路，给他们送去了光明和温暖。2008年9月10日，湖北省委书记和常务副省长带人来到太原铁路局，看望那些抢运电煤的铁路职工。其间，当他们听说大秦铁路上那些不为人知、感人肺腑的事迹后，湖北省委书记的眼睛湿润了，他说："在我们最困难的时候，是你们解了我们的燃眉之急，铁路是我们坚强的后盾，为了感谢铁路职工的无私奉献，省委决定成立接待组，专门接待慰问太原铁路局在抢运电煤中那些突出的标兵和劳动模范，让他们到我们湖北好好休养休养……"

国庆节到来之际，受湖北省委、省政府邀请，太原铁路局的100位劳模代表赴鄂观光考察。劳模代表一到湖北，就受到了湖北省经委、国电荆门电厂、华电襄樊电厂、华能阳逻电厂的热烈欢迎和盛情款待。湖北省副省长在招待会上热情致辞：

感谢太原铁路局多年来对湖北省用煤大户的强有力的支持。湖北、山西两省的关系源远流长。在长期的合作中，湖北省广大煤炭用户与太原铁路局结下了无比深厚的友谊。多年来，太原铁路局为湖北的煤炭供应，克服困难、快装快卸、多拉抢运做出了突出的贡献，尤其是在今年初那场 50 年不遇的雨雪冰冻灾害中，太原铁路局再次鼎力相助、特事特办，千方百计协助电厂落实煤源，给予运力保证，保证了电厂的煤炭供应。

招待会结束后，铁路的劳模代表开始了为期 8 天的观光考察，在观光考察中，他们看到荆楚大地万家灯火通明、工厂机器高速运转后，不由得为自己的付出感到欣慰。

大秦铁路不仅将煤炭运往东南沿海等地区，而且还担负着首都北京的电煤运输。2008 年 8 月，举世瞩目的北京奥运会成功举办，大秦铁路一直默默地为北京奥运会用电保驾护航。9 月 27 日，北京市发改委给太原铁路局寄来一封感谢信：

太原铁路局：

举办奥运会是中华民族的百年梦想。奥运会期间，在中央有关部委、兄弟省市和有关企业的大力支持下，特别是在铁道部和贵局的鼎力支持下，北京能源运行保障做到了零事故、零失误，实现了万无一失的目标，在此对贵局给予的支持表示衷心感谢。

多年来，贵局充分发挥铁路运输桥梁和纽带作用，始终站在讲政治、讲大局的高度，对首都的物资运输实施"四个倾斜"，保证了北京市的煤炭正常供应，保证了城市运行和经济发展的需求。

奥运会期间，贵局把电煤运输当作最重要的政治任务，采取了一系列的超常措施，坚持每日与本市联系运行状况。自 8 月 1 日至 24 日使京津唐地区电煤库存从 70.5 万吨上升到 221.6 万吨，北京电煤库存始终保持在 30 万吨正常水平以上，为北京奥运期间城市安全稳定运行提供了坚强的运输保障。贵局广大干部职工在工作中表现出的不怕吃苦、细致周到、不怕疲劳、甘于奉献、连续作战的精神值得我们在工作中认真学习。再次向贵局对北京奥运会和北京经济社会发展给予的大力支持表示衷心感谢。

北京市发展和改革委员会

2008 年 9 月 27 日

几个月后，令国人难忘的 2008 年落下帷幕，从大秦铁路传来消息，它再次创下世界奇迹，年运量实现 3.4 亿吨。

这一年，大秦铁路在种种考验中，向党和国家递交了一份合格的答卷，而书写答卷的人，正等待党和国家的再次召唤。

二十一、含着泪光的事业

　　大秦铁路的重载运输，引起了国际社会的关注。2009 年 6 月 22 日，第九届国际重载运输大会在上海隆重召开，来自世界各地的铁路重载运营商、装备制造商、研究咨询机构及重载线路设计施工和维护的企业代表 500 多人参加了大会。大秦铁路以雄踞世界年运量首位的成绩，吸引了与会人员的关注。在这次会议上，国际重载协会联合主席罗伊·艾伦大声宣布："在这里，我怀着诚挚而激动的心情，要对在座的诸位介绍一条在世界重载领域做出卓越贡献的铁路。它飞速发展的步伐出乎我们的意料，它所掌握的重载技术完美无缺，它所取得的成就令人叹为观止。完全可以这么说，它创造了世界重载运输的一个奇迹，撰写了世界重载铁路史的崭新篇章！这条铁路在亚洲！在中国！"

　　新华社对此次大会进行了报道，文中写道："党的十六大以来，中国铁路重载运输快速发展，大秦铁路创造了世界铁路重载运输的奇迹。"

　　会议期间，与会专家代表还前往大秦铁路实地考察，并到柳村南站进行参观，当看到川流不息的重载列车从眼前驶过时，与会专家代表发出了阵阵惊叹。

可以想到，当罗伊·艾伦说出"这条铁路在亚洲！在中国"，当与会专家代表发出阵阵惊叹之时，他们一定也曾好奇创造世界重载奇迹的中国铁路工人，是一支怎样的队伍。

让我们回到 2009 年新年钟声敲响的时候，万家团圆、共度佳节，湖东电力机务段却连续接到铁道部、太原铁路局发来的三道急令：

急令一：从 2 月 16 日 18 时起，将牵引大秦铁路万吨组合列车的韶山 4 型电力机车全部替换下来，由和谐型电力机车担当。

急令二：2 月 20 日—3 月 15 日，将湖东电力机务段换下来的 100 台韶山 4 型电力机车分批调拨上海、南昌铁路局。

急令三：2 月 22 日—2 月 28 日，北京铁路局援助湖东电力机务段的 178 名机车乘务员全部撤离大秦铁路。

突如其来的运输战略调整，让湖东电力机务段有些措手不及。

因为这意味着，湖东电力机务段要在 28 天时间内，将 100 台韶山 4 型电力机车全部南迁，全段 1500 名机车乘务员要立即转型，以适应和谐型电力机车的操纵；要在 23 天时间内，将 77 台在大同待备的和谐型电力机车重新解备，集结进入大秦铁路，担当列车牵引任务；要在 6 天时间内，安排北京铁路局的 178 名机车乘务员离开，湖东电力机务段要在短时间内培训、调整机班。

人车转型告急！

运用机车告急！

乘务机班告急！

告急归告急，湖东电力机务段清楚军令如山，化解危机的唯一办法，只能靠自己。

人要保、车要保、安全要保，运输任务也要保，湖东电力机务下达死命令：

1500 名机车乘务员紧急转型！

新机车紧急解备！

新学员紧急培训！

此时虽是寒冬，但湖东电力机务段犹如激战正酣的赛场。12 名段领导每天 24 小时轮流盯在信号楼，统筹指挥；所有车间紧密配合，协调机车出入；所有科室兵分三路，加紧培训指导……

2 月 16 日 18 时，韶山 4 型电力机车依次从大秦铁路退出，和谐型电力机车进入大秦铁路。新车新操纵，牵引的又是一两万吨的煤炭，实在让人不放心。为此，湖东电力机务段的指导司机们盯在一台台机车上，常常是刚下这趟车，又上那趟车。

2 月 20 日清早，刚从一台机车上下来准备休息的指导司机辛日红，走进机务段设在茶坞公寓的驻点办公室，便看到正急得团团转的驻点主任许宏瑞，于是上前询问。原来，指导司机全上了车，目前有一班没开过和谐型电力机车的乘务员要出车，没人指导，所以很着急。

辛日红了解了事情缘由后，毫不犹豫地说："我上！"

许宏瑞望着眼睛通红的辛日红说："老辛，你熬了一夜，刚下车，怎么能让你再上呢！"

辛日红说："安全运输要紧，快告诉我几号车，在几道，机班司机是谁？不然车就开出站了。"

许宏瑞连忙说："38 号车，3 道，司机马志强，副司机李军。"

辛日红听后签了字，背起背包，旋即大步流星朝车站走去。

可以说，从 2009 年一开始，为了掌握新机车、新技术，湖东电力机务段的所有人都进入了忘我的境界。总工程师娄长冈带着技术人员吃住在机车上，跟踪新车运行，采集数据，破解难题。检修工长张轶珉带着 16 名骨干，脚底磨出了血泡，一晚上抢修 17 台机车。秦皇岛运用车间的职工们把和谐型电力机车的电路图摆在桌上，把机车分解图挂在墙上，白天实战演练，晚上挑灯钻研……

与他们一样，大秦铁路其他职工都进入了忘我的境界。因为一场更大的扩能改造，即将在大秦铁路展开。

2008 年南方冰雪灾害抢运电煤任务完成后，为了适应国家发展的需要，继续缓解煤电供应紧张的矛盾，8 月，铁道部再次做出决定，对大秦铁路进行 4 亿吨扩能改造。

这是继 2 亿吨扩能改造后，大秦铁路进行的又一次大规模改造。改造的目标也很清晰，2010 年大秦铁路年运量要达到 4 亿吨。

这是一项十分艰巨的任务，但大秦铁路职工相信，他们凭着勇气与智慧，是能够实现这个目标的。

2009年，4亿吨扩能改造全面展开，这次改造依旧是边施工、边运输。其间，为了确保每天运量保持在105万吨以上，各项施工比当年的2亿吨扩能改造更为紧张。

2009年4月7—28日，11000名施工人员轮番上阵，对玉田北站进行了7次施工大拨接，拆除13组旧道岔，插入12组新道岔；拨移1800米线路，抬道380米，最大纵移距300多米，最大平移距8米。其中，有7组旧道岔要在3小时内同时拆除，6组新道岔要在2个小时内同时插入……

6月10日，茶坞工务段重点维修车间的职工刚在沙城站结束一天的施工，就接到紧急通知，星夜驰骋赶往大石庄站参与施工。3天后，又一道命令，将他们又从大石庄站调到涿鹿站参加换轨。这期间，由于连续转场，施工任务量大，职工们走到哪里，就在哪里搭起帐篷解决睡觉的问题。

参与4亿吨扩能改造的每一名职工，几乎都是在跑步中完成各项任务的，因为他们知道，自己守护的这条点亮大半个中国夜晚、燃烧着全国2/3炉膛的钢铁大动脉，一分钟都耽误不得，一秒钟也浪费不起。

他们在点亮万家灯火的同时，却忘了自己。

扩能改造期间，扼大秦铁路咽喉、守京包铁路要冲的大同工务段全员出动。在这群人中，有一位名叫韩晓根的副段长，他科班出身，满腹经纶。会战开始后，韩晓根为了保证施工的安全和进度，连续一个月在现场指挥，头发顾不上理，胡子顾不上刮，皮肤晒得黝黑，眼窝深陷，蓬头垢面，没有了往日的儒雅，但他却自我感觉良好，因为会战期间没有发生任何安全事故，进度一点未拖。

与韩晓根并肩作战的，还有个叫韩树的"跛脚"主任，他每天工作十六七个小时，像一台永不知道疲倦的机器一样。一次走路时，他突然眼前发黑，一个趔趄，右脚踩到了一个铁钉上，扎伤了脚。一天，韩树接到家里电话，说母亲病了，想让他回去一趟。韩树看看眼前的工地，实在是走不开，就让家人多费心替自己照顾母亲，他留在工地没有回去。过了两天，家人又打来电话，说母亲病情加重。韩树安排好工地上的事情后匆忙回家，谁知他刚进家门，便接到工地电话，于是他匆匆看过母亲，叮嘱了家人几句后，便一瘸一拐走出家门，打了个出租车直奔大秦铁路。

还有一位叫李树仁的工长，患有心脏病，医院几次催他安装心脏起搏器，可李树仁还没来得及住院，扩能改造就开始了。这位参与大秦铁路修建，并在大秦铁路上干了 20 多年的老工长，此刻怎能放心离开呢？在施工现场，经常能看到他忙碌的身影，身边的工友让他歇歇，他说："我干不了几年了，趁现在还能干，就让我多干一点吧。"

燕山做证，桑干河做证，每一名大秦铁路职工都在为 4 亿吨目标奉献着自己的全部。他们说得最多的一句话是："大秦铁路是黄金线，多运 1 亿吨煤，就能为国家增加工业产值 1000 亿元。这辈子，能为大秦铁路做点事、出点力，值了。"

茶坞工务段的孔祥启，是铁道部劳模和山西省一等功臣，一年有 200 多天都在野外施工，常年的奔波劳累使他患上了多种疾病。扩能改造期间，他揣着药瓶守在施工现场，超负荷的劳累，使他几次旧病复发，大家劝他休息一下，可他硬是靠药物支撑留在工地。

迁安北线路车间工长王林，因连日劳累，在一次凌晨施工中摔倒在地，膝盖瞬间鲜血直流。他没有告诉任何人，忍痛简单包扎了一下便又走向施工现场。天亮后，车间主任发现他面色苍白，才了解到实情，急忙把他送往医院，缝合数针后，王林又回到了工地。

迁安西线路车间主任王栓勤，双脚肿得连鞋子都穿不上了，可他还坚守在现场，他说："干了大半辈子的养路活，这么大的工程要是干不好，对不起国家，我就是搭上命也要撑到底。"

西张庄站线路车间工长谢玉久，施工前一天突发轻微脑血栓，住院治疗，可他放心不下工地施工，每天输完液就悄悄溜回施工现场，看看哪里还没安排妥当。大伙发现他这个病号后，劝他："老谢啊，你病了，就安心养病，不要总是放心不下工作。"谢玉久却轻描淡写地说："我这点轻伤，还不到下火线的时候。"

焊补工长张克龙在施工期间犯了痔疮，被同事送往医院，谁知他手术后第二天就回到了工地。由于疼痛，他无法操作机器，于是就像当年修建大秦铁路时，摔断胳膊还不肯离开工地的周世祥队长一样，提出让自己在一旁"支支嘴"。

重点维修车间工长王国瑞，患有关节炎，疼痛难忍，工友们劝他回去歇一歇，可他硬是坚持工作。

还有大西供电段化稍营检修队工长杨大连，由于连续劳累，致使原本就有伤的右腿膝关节疼痛加重，医院的核磁共振结果显示，他的膝关节半月板二度损伤，需要静养、治疗，可杨大连在医院打了一针，拿上药便回到了施工现场。一次，东城乡—化稍营区间接触网上的一个定位器被大风刮来的异物击掉，杨大连看到后，忘了自己的腿疾，让工友挂好梯车，然后在七八级的风中独自登梯上网，处理故障。

茶坞供电车间主任马德水，每天风里来雨里去，吃饭没有规律，落下了严重胃病，疼痛时难以忍受。有人问他后不后悔，他摇摇头、摆摆手，仍留在施工现场。

茶坞检修车间的周志刚，每天往返于延庆站和木林站之间的七八个施工点。当时，他的妻子身怀六甲，需要人照顾，周志刚却腾不出时间回家，只能让家人帮自己照顾妻子。

……

为了心爱的事业，大秦铁路职工流汗又流血。他们对着太阳笑过，也对着月亮哭过。

　　一天，滂沱大雨过后，茶坞工务段派车去线路上接应黑山寨工区的职工。这些职工刚冒雨完成一项重要施工，浑身上下全是泥水，当看到来接他们的汽车车厢、车座崭新时，这些职工生怕自己的衣服弄脏了汽车，于是主动把衣服脱下抱在怀里。工长王岳生最后一个上车，看到工友们一个个光着身子，每人都只穿一条小内裤坐在座位上时，双眼瞬间模糊了。

　　那一晚，平时严格禁酒的王岳生却打开了一瓶酒，支部书记计振学看到后，关心地问他："老王，你有心事？是不是家里出啥事了？"

　　王岳生眼前浮现出汽车上的一幕，他指着胸口对计振学说："我这里难受。"

　　说完抱头痛哭。

　　此时，距离1988年大秦铁路开通已过去了20年。20年来，曾经在大同火车站送儿女的家长们，已渐渐老去；曾经送丈夫的妻子们，也增添了几缕白发；曾经送爸爸的孩童，也即将走出校门踏入社会，但此刻他们对在大秦铁路上工作的亲人，依旧给予了最大的支持。

　　有的父亲在弥留之际告诉儿女："我不要紧，你不用担心，大秦铁路需要你，你快去吧。"

　　辛劳操持家务的妻子安慰丈夫："老人有我照顾，你放心回工地吧。"

步入社会的孩子给父亲发来短信："爸爸，我爱您，我知道您干的是大事。"

一天，一位年迈的母亲找到儿子的单位，她思儿心切，想看看久未回家的儿子。老人的儿子叫柳卫东，是一名技术员，此时正在扩能改造现场忙前忙后。老人到了单位，打听到儿子在几十公里外的施工现场，而且很忙后，为了不打扰儿子工作，当天就带着遗憾回家。谁知就在那一晚，老人突发脑出血，等柳卫东赶回去时，母亲已经离开人世。抱着母亲的遗体，柳卫东泪如雨下。

郭双堂的父亲生病住院，不想影响儿子工作，让家人瞒着郭双堂。谁知老人没挺过去，没能见上儿子最后一面。郭双堂接到父亲去世的噩耗后，伤心欲绝赶回家中，扑通一声跪在父亲灵前，泪流满面，重重地磕了 3 个响头。

……

男儿有泪不轻弹，只是未到伤心处。大秦铁路 4 亿吨扩能改造从 2008 年下半年开始，到 2010 年上半年结束，每一名职工都付出了巨大的努力。

2010 年元旦刚过，受入冬以来全国大部分地区持续遭遇罕见低温和降雪及全国经济加速回升多种因素影响，全国大部分地区电煤告急，北京、天津、湖北、湖南、河南、重庆、辽宁等地出现缺煤停机情形，停机容量达 631 万千瓦。湖北、江西、河南、山东等地，先后出现不同程度的限电情况，全国限电量接近 1300 千瓦，特别是湖北、湖南、江西三省和京津地区的电煤存量不足，如果不及时供应，形势将持续恶化，直接影响各地的工业生产和人们的正常生活。

党中央、国务院再次做出批示，要求保障电煤运输。大秦铁路接到任务：自 1 月 10 日起，要在保障日常运煤的基础上，为情形最危急的湖北省增运电煤 680 车，为湖南省增运电煤 700 车，为江西省增运电煤 730 车，同时确保每日为京津唐运送煤炭 1800 车。

与 2008 年南方冰雪灾害期间抢运电煤一样，已经多次在急难险重任务中向党和国家递上满意答卷的大秦铁路，挺身而出，开足马力。

截至 1 月 13 日，大秦铁路在短短的 3 天时间内，为湖北省运送电煤 2040 车，为湖南省运送电煤 2100 车，为江西省运送电煤 2190 车，为京津唐运送电煤 5411 车……

截至 1 月 30 日，大秦铁路每天平均为三省运煤 2070 车，为京津唐运煤 1840 车……

1 月 28 日，大秦铁路还创新重载运输牵引模式，正式开行了 1.5 万吨重载列车，提高运输效率。

转眼进入 2010 年 6 月，京藏高速公路出现严重堵车；8 月堵车现象更为严重，一个月就堵了 27 天。其中，不少是从内蒙古往西

藏方向运煤的汽车。这引起了党中央、国务院的高度重视。9 月 18
日，为缓解京藏高速公路堵车带来的压力，铁道部与内蒙古自治区
举行高层会谈，共商保障内蒙古的煤炭运至西藏的问题。会谈结束
后，铁道部承诺：从 9 月下旬起，铁道部将开展百日突击运煤行动，
每日增运蒙煤 5.5 万吨。

大秦铁路责无旁贷，接过了蒙煤西运的重担。

这一年，大秦铁路年运量实现 4 亿吨。

2011 年，大秦铁路年运量突破 4 亿吨，达到了 4.4 亿吨。

大秦铁路的运量虽然逐年提高，但是仍旧无法满足我国不断增
长的能源需求。为了做好大秦铁路运输增量技术储备，并为未来增
加运量做好准备，牵引重量 3 万吨级重载列车的运输试验也随之浮
出水面。

2014 年 4 月 2 日，大秦铁路正式进行 3 万吨重载列车试验。

6 时 31 分，一列由 4 台和谐型电力机车牵引，编组 320 辆、总
长 3971 米、满载 3 万吨煤炭的试验列车，从北同蒲铁路袁树林站
始发，进入大秦铁路，经 12 小时 25 分、738.4 公里的运行，于当
日 18 时 56 分安全到达终点站柳村南站。3 万吨重载列车试验取得
圆满成功。

十年潜身铸剑，一朝崭露锋芒。从 2 万吨到 3 万吨，大秦铁路
走过了 10 年历程。这期间，大秦铁路从没停止创新的脚步。

3 万吨重载试验一次成功的消息传出后，中央各大媒体争相报

道这一具有里程碑意义的事件。有媒体称：

> 3万吨重载列车运行试验的成功，使我国成为世界上仅有的几个掌握3万吨铁路重载技术的国家之一，不仅对提高铁路运输能力、满足日益增长的铁路运输需求具有重要现实意义，而且推动了我国铁路重载技术的创新发展。
>
> 作为我国西煤东运的主要通道之一，大秦铁路承担着中国铁路近五分之一的煤运量。是世界上年运量最大的铁路线，为缓解我国煤炭等物资运输紧张状况做出了突出贡献。

这一年，大秦铁路年运量实现4.5亿吨，再次创造世界重载奇迹。

4年后的2018年，我国改革开放40周年，开通30年的大秦铁路已为国家经济发展输送了60亿吨的煤炭。《新华每日电讯》报道：

> 30年前的今天，这条铁路开通运营。半个甲子，重载列车满载乌金，在这条铁路上日夜不息奔跑，为中国经济列车源源不断输入"血液能源"。大秦铁路，与中国经济列车同步递增。

二十二、国家至上

1992 年，大秦铁路二期建设完毕，全线开通。那一年，乔石云还是一名 14 岁的中学生，在当年的中考试卷中，有这样一道题："大秦铁路是一条什么样的铁路？"尚是少年的他写道："单元、重载、双线电气化。"30 多年过去了，早已成为一名大秦铁路职工的乔石云说，如果现在再让他回答一遍这道题，那他一定会这样来回答："大秦铁路是我国第一条重载铁路，它承担着全国六大电网、五大发电公司、380 多家主要电厂、十大钢铁公司和 6000 多家工矿企业的生产用煤和出口煤炭的运输任务，经济区辐射全国 26 个省、市、自治区及 15 个国家和地区。"

不，这些回答还不够，他还要补充："大秦铁路自开通以来，创下了铁路运营密度、运输效率、干线运量、增运幅度 4 项世界之最。它从年运量设计的 1 亿吨，达到年运量 4.5 亿吨，以一条铁路的运力，担负着 4.5 条铁路的运输任务。"

乔石云是 1996 年参加工作来到大秦铁路的，分配在西张庄信号工区。2003 年、2004 年，大秦铁路试验和开通万吨、2 万吨重载列车时，年轻的乔石云和工友们曾一次次从工区的小院跑出来，哪怕是深夜，也要来到铁道线旁，只为看一眼那令他们骄傲的重载列车从眼前驶过。

令这些年轻人骄傲的原因，一是自己守护的这条铁路保障着大半个中国能源的需要，二是在大秦铁路职工的不断努力和创新下，蹚出一条适合我国国情的重载运输之路，形成独具特色的大秦重载技术体系。之所以说它独具特色，是因为它没有照搬照抄他国的"金科玉律"，而是通过原始创新、集成创新和引进消化吸收再创新相结合、系统引进和自主开发同步推进等各种方式，创造出了属于我国自己的重载技术体系。

乔石云不是唯一见证大秦铁路发展的人，在这条铁路线上，还有许多职工和他一样，亲身见证了我国重载铁路运输从无到有、从有到强的发展历程。那是铁路工人用自己的方式书写的强国梦！美国的一位重载专家在《纽约时报》撰文称："中国重载铁路简直就是一个谜，让世界猜不透、解不开。"

有人诧异，在具有 60 多年重载运输历史、拥有 120 多个成员的世界铁路大家庭中，中国掌握铁路重载运输的技术才 30 多年，却创下了如此多的世界之最，取得如此瞩目的成绩，大秦铁路靠的是什么？

是啊，一条设计能力为年运量 1 亿吨的重载铁路，是如何从 1 亿吨飞跃到 4.5 亿吨的？而创下这一连串奇迹的大秦铁路，究竟靠的是什么？

勇担国之重托，向党和国家递上一份满意的答卷！这就是大秦铁路的回答。

为了这份答卷，无数大秦铁路职工一次次挺身向前！

在这些人中，有耀眼的星星，也有平凡的小草；有响亮的名字，也有普通的身影。

而历史，总会记住那些在事物发展进程中付出过艰辛努力的每一个人。

在这些人中，程利甫、李海龙、景生启无疑最具代表性。他们分别在我国万吨、2万吨、3万吨重载列车试验中，发挥了重要的作用。

2003年，在湖东电力机务段的上百名司机队伍中，有一位年轻的佼佼者，他经过层层选拔、考核，脱颖而出加入万吨重载列车试验。这位年轻人叫程利甫，在接下来具有里程碑意义的万吨重载列车试验中，担任主控司机。

程利甫1972年出生于山西应县，因父亲在煤矿工作，所以在他的童年记忆中，除了天空是蓝色的外，其他几乎都是黑的，但就是在这种单调的色彩中，程利甫还是找到了属于自己的快乐——在铁道边上看火车来来往往。

自从第一次在煤山之中看到蒸汽机车拉着长长的车厢呼啸而来后，他就被这个庞然大物深深吸引了，并心生欢喜。

从那以后，放学后的程利甫，大部分时间都是和同龄的孩子在铁道边上度过，他们有时安静地看着运煤的火车来来往往，有时也会沿着铁路线，像追风的少年一样，撒开脚丫追逐火车。

矿上的煤似乎永远也运不完，喜欢火车的程利甫从童年看到少年，又从少年看到青年。随着时间的推移和年龄的增长，他对蒸汽机车的喜爱，已从刚开始喜欢它地动山摇的气势，转变为另外一种感觉，曾经的追风少年，此时喜欢上了火车从矿区开出驶向远方的情景。

远方，是每个人都会向往的地方。程利甫也一样，从小在煤矿上长大的他，也萌发了去远方的愿望，而在他心中，能帮他实现这个愿望的只有火车。

1989 年 6 月，程利甫参加高考，他毫不犹豫地填报了太原铁路机械学校。

当时，在我国，蒸汽机车正逐渐被更先进的内燃和电力机车取代，原本想当一名蒸汽机车司机的程利甫，选择了电力机车专业。

程利甫不知道的是，从他写下志愿的那一刻起，他的命运便与我国第一条重载铁路紧紧地联系在了一起。因为那一年，大秦铁路一期工程刚开通不久，铁路部门急需培养一批各方面都比较优秀的电力机车司机，所以和程利甫一样报考太原铁路机械学校这个专业的考生，都成为为大秦铁路未来的新生力量。

9 月，程利甫进入太原铁路机械学校电力机车司机班。两年的学习，让程利甫熟练掌握了铁路知识，对驾驶火车产生了更加浓厚的兴趣。

都说兴趣是最好的老师。在浓厚的兴趣中，程利甫学会了韶山1、韶山3等不同型号电力机车的操纵和运行理论知识。1991年3月，在学校的安排下，程利甫和同学们来到湖东电力机务段实习。

在学校，程利甫能熟练背诵出大秦铁路的长度、现代化程度和所发挥的重要作用，但当他真正来到湖东电力机务段，看到那些只在课本上见过的机车、厂房、装备后，他才真正感受到大秦铁路这个舞台实在是太大了，自己要学的知识也太多了。

1991年8月毕业后，程利甫正式到湖东电力机务段报到，成为韶山1型电力机车上的一名学习司机。

第一次登上机车的程利甫，既神气又高兴。曾经的追风少年，曾经向往远方的青年，开始了人生的逐梦之旅。

程利甫长得浓眉大眼，头脑机灵，手脚勤快，师父一看就喜欢上了这个徒弟。上车后，师父很想多教程利甫几招，可奈何文化底子薄，以前开蒸汽机车，现在改开电力机车也没多久，所以想了半天才对程利甫说了一句比较有分量的话："一定要遵章守纪。"

列车一路前行，到化稍营时，受电弓忽然落下，怎么也升不起来。师父急得问副司机，副司机说自己也不懂，就在两人着急之时，一旁的程利甫说让他去看看。

程利甫自从到湖东电力机务段报到后，身上的挎包里总是装着与电力机车有关的专业书和电路图。他喜欢远方，但更喜欢通过自己的努力抵达远方，所以他喜欢打开书本，随时对照机车去学习。

就在师父对刚出校门的程利甫不抱什么希望之际，程利甫已经合上书本，三下两下处理了故障。当他从机械室出来，告诉师父可以升弓了，师父还半信半疑，但最终选择相信他。

果然，受电弓又款款升起，师父脸上笑开了颜。

那时大秦铁路二期还没开通，程利甫跟着师父开车到茶坞站便返回单位。那次一下车，师父就去找车队领导，说程利甫这个徒弟自己要定了，千万不要给别人。

车队领导了解了事情缘由后，从此便开始对程利甫关注起来。

在接下来的跟车学习中，由于程利甫有文化、肯钻研、爱动脑子，又处理了几起故障，所以没多久，他就成了车队领导眼里的"宝贝"。

当时在湖东电力机务段，像程利甫这样的"宝贝"并不多，所以车队开始有意派他到不同的车上，跟着不同的老司机学习。

说是学习，其实是服务老司机，为老司机保驾护航，在机车出现故障时，能及时帮助老司机分析、判断、处理。这让程利甫在短时间内对韶山 1 型、韶山 3 型、韶山 4 型电力机车的性能有了详细的了解，实践能力也得以快速提高。

1995 年，程利甫通过考试，正式成为一名电力机车司机。当他独立驾驶机车，牵引着几千吨的煤炭列车行驶在我国最现代化的铁路上时，程利甫有了别的追求。这种追求，就是责任。他明白，远方固然重要，而责任更重要。

在责任面前，程利甫驾驶机车的技术越来越精湛。那一时期，其他司机在隧道中因操纵失误，致使列车断钩的现象时常发生，而程利甫从未发生过这种事情，且在各种安全生产竞赛中，他的成绩也总是遥遥领先。

2002 年，大秦铁路年运量突破 1 亿吨。第二年，大秦铁路继续朝着更高的目标奋进，程利甫也在思考自己多拉快跑的新目标，但他不知道的是，此时的他，已经在层层推荐下，进入单位领导的视线。

4 月的一天，刚刚退乘的程利甫接到车队电话，通知他到段上报到，参加万吨重载列车试验。

万吨列车，对程利甫来说是陌生的。万吨列车长什么样，程利甫一点概念也没有。

几天后，程利甫按照单位安排，与同事高兴、高建成、张华前往西安铁路局，学习性能更先进、功率更大的 DJ1 型电力机车操纵技术。

DJ1 型电力机车是西门子公司专门为我国设计制造的一款机车，当时只有西安铁路局配备了 20 台这款机车，在宝成铁路坡度较大的地段做补机。

在西安铁路局宝鸡机务段，程利甫他们学习了半个多月，初步掌握了这种机车的操纵技术后，便因万吨重载列车试验在即，返回大秦铁路。

很快，宝鸡机务段的 2 台 DJ1 型电力机车也在铁道部的统一调配下，送到了湖东电力机务段。

其间，DJ1 型电力机车给程利甫的感受是：自动化程度高，操作起来简单，但原理深，与自己熟悉的韶山型电力机车完全不一样。因此，当他得知大秦铁路的万吨重载列车试验将使用 DJ1 型电力机车担当时，决定对这款机车原理进行认真研究。

可是，DJ1 型电力机车是国外生产的机车，上面的标识全是英文，程利甫看不懂。他脑袋一时发蒙，继而冷静下来，开始了研究。

程利甫先是花 2000 多元买了快译通和《电子专业英汉词典》等工具书籍，然后对照车上的英文一个个进行翻译，全部弄明白后，带着大家把车上的每个部件等都熟记于心，然后白天和大家进行静态试验和动态试验，晚上进行总结分析。

由于万吨重载列车在我国没有可遵循的标准，加上 DJ1 型电力机车厂家派来的外方技术人员在处理机车故障时又不让中方人员参与，因此程利甫他们在刚开始的试验中，几乎每次都会遇到一些难题。

虽然离开学校已有 10 年之久，但程利甫对学习的兴趣一点儿也没减少，每当试验中出现问题时，他都会带头分析，并不断修改机车在山区长大坡道上的操纵办法，然后再去验证。

　　饿了，拿出干馍片嚼两口；困了，靠在椅子上打个盹。6 月 9 日—8 月 21 日，程利甫他们共进行了 8 次试验。这期间，大家常常通宵达旦，衣不解带，可以说每天都过得很辛苦，程利甫却觉有很有意义，因为他们在一点一点地接近那个最佳的操纵方法。

　　同时，程利甫根据自己多年的经验和万吨重载列车试验情况，写下了万吨重载列车操纵安全提示卡及起伏坡道操纵法等十几万字的试验笔记，绘制出大秦线万吨重载列车运行提示卡和操纵示意图，为我国第一列万吨重载列车的开行提供了重要依据。

　　一切准备就绪。

　　8 月 31 日 16 时 20 分，湖东电力机务段举行万吨重载列车首发仪式，铁道部领导宣布了万吨重载列车首发司机名单，程利甫作为主控司机上台表态："一定将我国第一趟万吨重载列车成功开到秦皇岛。"

　　在人们热烈的掌声和期盼中，在现场所有机车乘务员的目送下，程利甫信心满满，与高兴、高建成、张华、陈飞、徐斌、许茂、王军登上了挂着红绸的 DJ101 号和 DJ103 号电力机车。

　　18 时 16 分，汽笛一声长鸣，程利甫驾驶机车，牵引着长达 1.5 公里的万吨重载列车从湖东站缓缓驶出。

　　那一天，跟车检查添乘的领导挤满了驾驶室，程利甫稳稳地驾驶机车一路向前。车到阳原，驶入一段鱼背型线路，这时机车主断路器突然砰的一声跳闸，随之保护系统动作，机车瞬间失去动力。

如果不马上采取措施，列车将会发生事故。

刚刚还气氛轻松的驾驶室，瞬间空气凝滞，每个人的表情都严肃、紧张起来，大家都以为万吨重载列车必将停在半途中，甚至可能断钩、分离。

而这，也将意味着大秦铁路全线开行的首趟万吨重载列车以失败而告终！

但没想到的是，程利甫不慌不忙，镇定自如，熟练地采取制动措施，果断控制列车速度，然后用对讲机冷静地指挥在机械间里的副司机陈飞处理故障。

整个过程用时 20 秒，20 秒后，首趟万吨重载列车继续正常运行，仿佛什么事情都没发生过一样，随车添乘的铁道部领导由衷地竖起大拇指对程利甫说："我代表铁道部对你的机车故障判断处理能力提出表扬！"

第二天凌晨 4 时 45 分，程利甫驾驶着万吨重载列车平安抵达柳村南站，我国万吨重载列车试验成功。有领导盛赞程利甫："你是在中国最先进的机车、最先进的重载干线上，拉得最多和最年轻的优秀货运列车司机！"

首趟万吨重载列车成功开行后，铁道部将另外的 18 台 DJ1 型电力机车从西安铁路局调配至太原铁路局，配属大秦铁路。自此，我国的重载运输组织、晋煤东运能力，迈出了重要的一步。

大秦铁路开行万吨重载列车后，程利甫等人成为我国第一批重载司机，向他们请教的机车乘务员也越来越多。尤其是程利甫，作为万吨重载列车试验的核心成员及首趟万吨重载列车的主控司机，走到哪里，都会有人向他请教驾驶中的难题。这让程利甫深深意识到，大秦铁路的运输、我国的重载运输技术，不能只掌握在几个人手里，而是要让更多的人成为这方面的领军人物。为此，他向全段机车乘务员公布了自己的手机号码。无论什么时候，哪怕是半夜，哪怕是正在熟睡，哪怕是一身疲惫走在回家的路上，只要有电话打来，他都会一一解答。

程利甫的爱，对大秦铁路是无私的，对家人却是"吝啬"的。2002 年，程利甫的父亲因病去世，母亲患脑出血，姐姐瘫痪，家庭的重担需要有人挑起。程利甫的妻子——一名南丁格尔式的护士，为了让程利甫安心工作，主动辞去工作，回到家中挑起了生活的重担。

这样的"吝啬"，在程利甫身上，还有很多。与妻子结婚后，程利甫一心扑在工作上，两人 8 年都没要孩子。等妻子后来怀孕需要照顾时，程利甫一年四季在车上，回家陪妻子的时间屈指可数。孩子出生时，岳母打电话问他："保大人还是保孩子？"程利甫这才突然意识到亏欠妻子太多了，于是匆匆赶到医院，想安慰一下妻子，可妻子已经被推进了手术室。

孩子出生后，程利甫本想多陪陪妻子，可他心里惦记着工作，还没等妻子出院，就又一阵风似的回到了大秦铁路，回到了他心爱的机车上。

　　万吨重载列车开行后的第二年，大秦铁路着手准备进行 2 万吨重载试验。被选拔到试验组的李海龙，也是一名年轻人，他与程利甫一样，都对新知识充满了兴趣，因此很快成了试验组的主心骨。

　　李海龙是农民的儿子，1975 年出生于山西灵丘的一个小村庄。灵丘地处山西东北部，当地县志曾这样描述："雁门关外野人家，不养桑蚕不种麻，早穿皮袄午穿纱，背靠火炉吃西瓜。六月雨过三头雪，遍地狂风起黄沙，百里不见梨枣树，三月哪得桃杏花。"

　　灵丘地处偏僻，自然环境艰苦，李海龙却是在"优越的条件"中长大的。因为他所在的村庄紧挨京原铁路，这让李海龙从小便拥有了天天看火车的"优越条件"。要知道，在那个物质生活和精神生活都很贫乏的年代，即便是城里的小孩子，也不一定能看到火车。

　　除了这个"优越条件"外，小时候的李海龙还有一件引以为傲的事，那就是他是班里唯一摸过火车的学生。

　　在李海龙的家门口，除了京原铁路外，还有一个机务段——灵丘机务段。灵丘机务段位于京原铁路上，京原铁路是我国根据当时的国际形势和特殊的战备需要，前后花费 10 年时间修建起来的，并于 1971 年 8 月在灵丘站设立了一个内燃化机务段，即灵丘机务段。1972 年 10 月，灵丘机务段接回 9 台国产东方红型液力转动内燃机车，这也是山西境内首批出现的内燃机车。

李海龙有个舅舅是灵丘机务段的检修工，从小经常跟着舅舅到机务段大院里。舅舅检修机车，他便在车旁玩耍，一会儿摸摸这，一会儿摸摸那。

后来，班里有个同学的哥哥到机务段当了火车司机，那个同学颇为神气，把哥哥开火车的模样学给大家看，这让李海龙羡慕了好一阵子。也就是从那时起，李海龙梦想长大后当一名火车司机。

1994 年，李海龙参加高考，在填报志愿时，他选择了太原铁路机械学校电力机车专业。

高考结束的那个夏天，李海龙是在翘首企盼中度过的。他一直在盼望属于自己的那份录取通知书，可是他并没有等到。

农村青年落榜后一般都会选择务农，但李海龙是有梦想的人，因此他决定复读一年，来年再考。

进入复读班后，李海龙比谁都刻苦，因为他太渴望实现自己的梦想了。

9 月初的一天，复读班的一位老师告诉李海龙，学校门房好像有一封他的信。李海龙下课后取回信件打开一看，竟是太原铁路机械学校的录取通知书，由于收发信件的人疏忽，竟然忘记通知他。

李海龙捧着录取通知书看了又看，确定是自己的后，抑制不住内心的喜悦，立刻骑上自行车，朝村里的庄稼地飞奔而去，把这一喜讯告诉了正在地里给庄稼除草的父母。

得知儿子被录取，父母也高兴极了，收拾起锄头就回家给李海龙准备行李，送他到太原入学。

可想而知，李海龙是多么珍惜这差点失去的读书机会，而且这个机会又与自己的人生梦想有关，所以到学校后，他十分刻苦。

其间，学校组织他们到太原北机务段观摩学习，在那里，李海龙第一次见到电力机车，并登了上去。返校后，李海龙一晚上都沉浸在登上机车时的情景中，他想，要是能再操纵一下，那该多带劲。

1996 年 5 月，毕业前夕，李海龙和同学们在学校的组织下，来到湖东电力机务段实习。

初到湖东电力机务段，李海龙就被院内来来往往的机车深深吸引了，因为他做梦也没见过这么多的机车。

实习期间，李海龙被分配在保养组，负责擦拭机车。当时，被分配到保养组的还有其他同学，但城里长大的学生看不上擦机车工作，觉得大材小用，要求上机车。李海龙从小在农村长大，吃苦耐劳、老实厚道，虽然他也渴望到机车上去实习，但是他知道无论做什么事都要循序渐进，就像地里面的庄稼，春天播种，夏天生长，秋天才能收获。因此擦拭机车期间，他不怕脏、不怕累，哪里都擦拭得一尘不染。当他擦拭驾驶台时，总是心怀敬畏，擦得格外细致。

9 月，从学校毕业的李海龙被湖东电力机务段安排上车学习，跟着老司机担当湖东—云冈的值乘任务。湖东—云冈是一条运煤支线，距离也不长，但李海龙还是很珍惜这个学习机会，为将来真正上大秦铁路做准备。

一个月后，李海龙对机车各部位有了一些感性的认识。这时，他又被抽调下来到保养组擦拭机车。这让李海龙在心里产生了一些落差，他是那么渴望继续留在车上学习。

一个年轻人，尤其是一个农民的儿子，是不善于伪装的，此时的李海龙，心中所想全写在了脸上。车间领导看到后，语重心长地对他说："如果定不了职，上了车也什么都不能干。"

李海龙一下子明白了，擦车的过程，本身就是学习的过程。

一年后，李海龙顺利定职，正式上车。他先是干了两三个月的学习副司机，然后走上副司机岗位，成为大秦铁路上众多机车乘务员之一。

李海龙的师父姓徐名江，对他要求十分严格，无论做什么，都要一板一眼。上车让他熟悉操纵，下车还给他布置许多"作业"，包括学习机车各部件作用原理、机车运行规章制度等。待下次出车时，师父又总是会先检查"作业"，抽查他前一次所学知识，这让李海龙受益匪浅。

都说严师出高徒，李海龙在师父的指导和培养下成长很快。1998 年，他被交流调整到其他车队，但无论到哪里，李海龙都保持着良好的学习习惯。为了保证学习时间，他决定没考上司机前，不谈恋爱，不结婚。凭着这股子学习劲头，2001 年，李海龙考上司机岗位，年底开始单独值乘。

2003 年万吨列车正式开行后，湖东电力机务段开始选拔重载司机，不看工龄，不论资格，用考试成绩来决定谁上谁下。

经过选拔，李海龙进入首批百名重载司机队伍，开始驾驶万吨重载列车。

也是这时，大秦铁路 2 万吨重载列车试验摆上了日程。

2004 年 10 月，湖东电力机务段精心挑选李海龙和贾永等 4 名司机，到大同机车制造厂学习韶山 4 型电力机车的操纵性能。

虽然李海龙在大秦铁路驾驶的也是韶山 4 型电力机车，但到大同机车制造厂后才知道，此韶山 4 型电力机车并不是他之前熟悉的机车。

韶山 4 型电力机车是当时大连机车制造厂专门为大秦铁路制造的一款机车，为了满足 2 万吨重载列车试验，此次运到大同机车厂的 4 台机车，经过了一系列技改，与之前的韶山 4 型电力机车相比，多了一套核心装置——LOCOTROL 系统。这是一套从美国引进的机车无线同步操纵技术系统，主要解决几台机车在运行中能同时起步、停车的问题。

几台机车同时起步、停车，对于普通长度的列车来说，没什么太大的问题，人工就能解决，但 2 万吨重载列车的长度，足有 2.6 公里长，4 台机车同步，单纯靠人工解决，将会出现许多意想不到的误差和危险，而有了 LOCOTROL 系统，前后机车每一个操作指令，通过无线传输，只需 0.2 秒便可自动完成这一动作。

大同机车制造厂将这套 LOCOTROL 系统加装在韶山 4 型电

力机车的驾驶台上，同时在机械间等其他部位加上了相应的模块，并安装了为这套系统服务的一款制动机——德国克诺尔公司制造的CCB2制动机。李海龙他们到厂家上车一看，顿时蒙了，因为单从机车的外部来看，这款机车和他们所熟悉的韶山4型电力机车没有任何区别，可到机车内部一看，所有界面都是英文。试着摁一下驾驶台上的某个按钮，信号也不知道传输到了哪里。

此时的李海龙他们，围着韶山4型电力机车，就像一群盲人在摸象。

他们向厂家反映，能不能把英文改成中文。

厂家答复他们，把英文改成中文需要花钱，且大秦铁路2万吨重载列车试验已排上日程，时间上也已来不及。

就这样，4台装有LOCOTROL系统的韶山4型电力机车进入大秦铁路，为了便于熟记，李海龙他们给这套系统起了个中国名字——"萝卜串"。

"萝卜串"是2万吨重载列车安全驾驶的关键，所以必须先攻下这套系统，不然后面的一切都免谈。这一点，李海龙和大家都十分清楚。

要攻下"萝卜串"，首先要弄懂那些密密麻麻的英文表示什么。被选拔出来进行2万吨重载列车试验的5个人，商量该怎么办。

李海龙有英语基础，他决定带着大家破译"萝卜串"。于是他们白天学理论、做调试，晚上每人负责一个板块的英文翻译，第二天再带到车上。那些日子，李海龙和贾永他们下班后连饭也不顾上吃，回家的第一件事就是把全家人都发动起来，一起查找资料，甚至还请来懂英语的专业人士来家中指导。在翻译过程中，"研讨会"常常不欢而散，因为在某个语句的翻译上，大家有时拿不准，公说公有理，婆说婆有理，争得面红耳赤。

这样的夜晚，试验组成员是辛苦的，也是甜蜜的。他们挑灯夜战，把翻译过来的资料详细地记录下来，供第二天使用。

大家手中的信纸，渐渐地由刚开始的几页，变成了后来的几十页、上百页。不久，神秘的"萝卜串"，还有那台 CCB2 制动机系统，被他们翻译出来了。接着，李海龙把大家分头整理的汉语版操作说明进行梳理，并输入电脑打印出来，发给试验组每人一份。

有了这套汉语操作手册，试验组就解决了机车操纵的大问题。2004 年 11 月下旬，试验组连续进行了 7 天的静态试验，各项数据都比较理想。11 月 28 日，动态试验正式启动。

2 万吨重载列车的动态试验，先是用 4 台机车牵引 5000 吨的列车，然后再牵引万吨列车，以此来试验"萝卜串"系统是否可靠。接着又针对大秦铁路坡道大、隧道多的特点及列车速度、密度、重量并重的要求，逐步提高牵引重量，直至达到进行 2 万吨重载列车试验条件。

谁知，2 万吨重载列车动态试验刚开始，便发生了一件意想不到的事情。那一次，4 台机车牵引着 2 万吨重载列车，在进入军都山隧道后，由于网压不稳，突然造成其中一台机车主断跳闸，前后方车辆在惯性作用下，前拥后挤，引起很大的冲动力，整列车不得不停下来，进行车体分解。

首次试验失败，让在车上参加试验的铁道部有关领导和铁科院的专家都担忧起来，线路条件和设备基础复杂的大秦铁路，到底能否开行2万吨重载列车？

2万吨重载列车试验，确实是一个需要谨慎来解答的问题。线路的条件、设备的能力、操纵的水平，哪一方面都不能忽视。

面对困难和失败，李海龙他们没有打退堂鼓，而是在接下来的几天里，他们在铁道部、铁科院的指导下，又进行了7次动态试验，逐渐掌握了2万吨重载列车的操纵技术。

2004年12月4日，单位让连续数月进行2万吨重载列车试验的李海龙他们回家休息。此时，李海龙的妻子已快生产，多日未见，他也想回去看看妻子，可他回家还不到一天，便接到单位通知："立即归队！"

在铁路，每一个通知犹如军令！

李海龙把实情告诉了妻子。与许多家属一样，尽管妻子此刻特别想让李海龙留下来，陪自己度过特殊的日子，但最终还是表示对李海龙理解，让他按时归队。

于是李海龙将妻子交给岳父岳母照顾后，匆匆归队。

李海龙回到试验组后，接到12月12日正式进行2万吨重载列车试验的通知，并且由他担任主控司机。

　　尽管李海龙学习能力很强，也是一名优秀的重载司机，但如果说他此时内心没有压力，那是假的。接下来的几天，他带着试验组成员在2万吨重载列车的始发站——里八庄站进行了多次静态试验，又上线进行了动态试验，将出现的难题——破解。

　　试验最关键的12月7日，李海龙接到岳父岳母打来的电话。原来，李海龙的妻子在医院生产时，胎儿出现意外，急需手术。李海龙一听，心一下子提到了嗓子眼，恨不得马上赶到医院，但此时的他根本走不开，只能在心中默默祈祷母子平安。

　　第二天，李海龙再次接到岳父岳母打来的电话，两位老人欣喜地告诉他别担心，大人小孩都没事。

　　喜悦和愧疚之情交织，李海龙的眼睛一下子湿润了。这时，电话中传来妻子虚弱的声音，妻子想让他给儿子起个好听的名字。正在一心一意参加2万吨重载列车试验的李海龙想了想，告诉妻子："咱们的儿子就叫万成吧。"

　　万成，这是一名重载司机对2万吨重载列车试验取得成功的期盼。

　　12月12日，2万吨重载列车试验正式进行。凌晨，寒风凛冽的塞北大地，还沉浸在一片睡梦中。4时30分，李海龙和试验组的同事开始了试验准备。6时55分，一切准备就绪，参加当日试验的198名领导、专家、技术人员全部登上了这列由201辆载重80吨的铝合金专用敞车组成，由 4 台韶山 4 型电力机车按照 1+2+1 分布模式、长达 2.6 公里、重达 2 万吨的列车。

列车从里八庄站驶出，以每小时 70—80 公里的速度，在大秦铁路沿途的山河之间平稳运行。16 时 15 分，安全到达秦皇岛柳村南站。

试验取得成功后，媒体纷纷进行了报道，但很少有人知道，这一成功的背后，是这些只有中专文化程度的中国火车司机，用勇敢与智慧，叩开了世界重载技术的大门。

2006 年 3 月 28 日，当曙光洒向大地，在全国各地对能源的更大需求中，一列列 2 万吨重载列车正式从湖东站发出，直达柳村南站。李海龙作为 2 万吨重载列车的主控司机，工作也更加忙碌了，好在家人比较理解他、支持他，让他可以心无旁骛地工作，但也正是这份理解，给李海龙留下了无法弥补的遗憾。2007 年，李海龙的母亲生病，但她不让家人告诉李海龙，怕影响儿子的工作。直到母亲生命的最后时刻，李海龙才得知消息，他急匆匆赶回家中，见了母亲最后一面。每每想到母亲 54 岁便离开人世，李海龙心中就有一种无法言说的痛。

2 万吨重载列车在大秦铁路常态化开行 10 年后，大秦铁路根据国家需要，又开始准备进行 3 万吨重载列车试验。在选拔司机的过程中，一个并不引人注目的瘦弱身影进入领导的视线。

那是一个 1993 年走进大秦铁路的青年身影。

1993 年夏天，一个身背行囊的年轻小伙子来到湖东电力机务段报到。他叫景生启，刚中专毕业。没有人知道，就是这个看上去身板有些单薄，面孔有些消瘦的年轻人，心里揣着怎样的梦想，他在后来的岁月中又会为大秦铁路，为中国的重载铁路事业，为国家的能源运输，付出怎样的心血。

景生启是大同阳高人，1972 年 5 月出生于景家庙村。那是一个并不富裕的小村庄，好在，他的父亲是一位能工巧匠，谁家盖房上梁、结婚打家具，都会不约而同地想起景木匠。

父亲的好手艺，换回了一家人的生活所需，这让景生启的童年，没有太多的忧虑。上学后，景生启结识了一众小伙伴，大家除了玩弹弓、滚铁环外，还会奔向田野，朝东而去，因为那里有更吸引他们的东西。

景家庙村的东头，一条铁路横穿而过，这就是山西境内最早的铁路——京包铁路。在景生启的印象中，每当巨大的蒸汽机车沿着两根钢轨，喷吐着洁白的蒸汽，哐当哐当从村头驶过时，附近的大人们总会跟着火车哐当哐当的声音，有节奏地喊道："大米、白面，大米、白面……"

天天吃玉米面的景生启，并不明白这是大人们对火车寄予的希望。小小年纪的他，只是觉得火车实在太神气、太威武了。尽管火车从他面前经过时，他总会因害怕而捂紧耳朵，但仍挡不住他对这个庞然大物的喜爱与向往。

　　从景家庙去县城阳高，铁路道口是必经之处。逢年过节，母亲会带着景生启去赶集，路过道口时，景生启经常会更近距离地观看火车从远处驶来的情景。有几次，蒸汽机车上的司机在瞭望之余，注意到了地面上的他。目光对视中，司机总会善意地朝他摆摆手，这让景生启兴奋不已。

　　少年景生启，勤快而懂事，是父亲的小帮手。父亲忙碌的时候，他常帮着做一些力所能及的活，拉线、倒墨、递工具、收拾场地。在他的记忆中，父亲每次画线、开榫、走刀、雕刻、打磨，都十分专注，仿佛眼前面对的不是普通的家具，而是精美的工艺品，因此父亲做出来的家具，总是结实美观，令人称赞。可以说，父亲对他的影响一度很大。他甚至想过，自己长大后，也要成为父亲一样的人。

　　成为父亲一样的人，不一定是做木匠，但是必须有匠心。

　　景生启 10 岁那年冬天的一个晚上，家里来了一位客人。客人是阳高站的铁路职工，想请景生启的父亲做一套家具。炕头上，来人向景生启的父亲描述着心中家具的款式、颜色、模样，景父一边微微点头，一边叫儿子给客人端茶倒水。

　　此时的景生启，早已被客人身上的铁路制服深深吸引，尤其是对方头顶棉帽子上的那枚红五星铁路帽徽，更是让他的眼睛放光发亮。来人看到后，摘下帽子递给景生启。景生启接过来，轻轻抚摸红五星，以及镶嵌在红五星中间的白色铁路路徽，心中的喜悦不亚于过年穿新衣、放鞭炮。

来人与景生启的父亲谈完后准备离开，转身看到景生启的小手依旧放在红五星上，便问他是不是喜欢这枚帽徽，景生启使劲点了点头，眼中流露出不舍的神情，于是来人将帽徽摘下来，放到景生启的手中，告辞离开。

这枚小小的红五星铁路帽徽，从此成为景生启的最爱。不久后的一天，他和小伙伴们再次来到铁道线旁玩耍时，发现火车司机的帽子上，也有这样一枚红五星铁路帽徽。

一颗种子，在少年景生启的心中开始发芽！

那一年的春节，景家庙村小男孩们的新衣服大多是蓝色、绿色、黑色，唯有景生启的新衣服是缩小版的"铁路制服"，那是他央求母亲给他照着铁路职工的制服做的。

穿着缩小版的"铁路制服"，景生启走到哪里，都觉得自己俨然已是一名铁路职工，确切地说，是一名火车司机。他昂首挺胸到爷爷奶奶家、叔叔婶婶家去拜年，所到之处，引来小伙伴们羡慕不已的目光。

1989 年，景生启初中毕业。此时，为了加大山西煤炭运输，支援南方经济建设，京包铁路已进行电气化改造，蒸汽机车退出历史舞台，被功率更大的电力机车取代。

少年时的梦想，景生启从未忘记，在填写志愿时，成绩优异的他毫不犹豫地选择了北京铁路电气化学校电力机车专业。

4年的中专学习，让景生启学到了许多专业知识，也让他对中国铁路从早期的蹒跚起步、列强垂涎，到中华人民共和国成立后的快速发展有了更深刻的了解。也是在此期间，他知道了在离他家乡不远的地方，有一条承载着大半个中国经济发展重任的重载铁路叫大秦铁路。

虽然是第一次听说大秦铁路，但景生启牢牢地记住了。毕业时，他写下这样一段话："大秦是我的家乡，那里有我的道口，有我的童年记忆，有中国最先进的机车，有中国最繁忙的运煤干线……"

字字句句流露出他对大秦铁路的无限向往与热爱。

1993年夏，走出校门的景生启如愿被分配到湖东电力机务段，成为一名学员。此时，大秦铁路已全线开通，湖东电力机务段作为大秦铁路上唯一的动力牵引单位，运输任务十分繁忙。

景生启站在一台绿色的韶山1型电力机车前，内心既激动又忐忑。

景生启第一次跟师父上车是在一个深夜，担当湖东—茶坞的值乘任务。景生启上车后，立刻被巨大的新鲜感包围，在师父的允许下，他用手轻轻触摸着驾驶台上的断、合、受电弓等13个按键。在此之前，这像琴键一样的开关，他只在学校的实验室模拟操作过，如今却真真实实地出现在自己眼前，而且不久的将来，将由他来"弹奏"，他的心不由得怦怦直跳。

列车启动后，线路两旁所有的建筑物、树木、田野，都在浓浓的夜色中向后闪去，景生启看着师父娴熟地操作，又看看机车后方牵引的长长车辆，觉得真是太神奇了。

他暗下决心，要尽快学成出师，独立操纵。

但有时候，光有决心是不够的。那一晚，列车行驶进入群山后，刚出校门的景生启渐生困意，不知不觉靠在师父身后睡着了。天亮后，景生启睁开眼睛，发现列车已到茶坞，顿时有些不好意思起来。师父安慰他，别急，大秦铁路 24 小时运煤，机车乘务员没有白天黑夜之分，慢慢就适应了。

那之后，景生启在车上再也没有打过一个盹。他的自律，也让师父对这个文弱、白净的徒弟产生了好感，对他加以锻炼，每次列车出站后，都会让副司机带他对机车运行状态进行巡视，检查有无异样，包括机械室和高压室的辅助机组运转是否正常、变压器的油温和油位有没有放电烧损气味、保护继电器是否跳出、指示灯指示件是否正常。后来，出于信任，师父把这项工作交由景生启独立完成。这让景生启在很短的时间内熟练地掌握了机车内部构造，为日后分析机车故障打下了基础。

景生启是一个有心人，当时在大秦铁路上驾驶电力机车的司机，大多是从蒸汽机车或内燃机车司机岗位转过来的老同志，这些老同志经验丰富，对开火车也有足够的热情，但在接受新事物方面有时就不如年轻人。韶山 1 型电力机车在运行中，过分相时主断路器常常发生合不住的现象。主断路器是机车的总开关，它一断开，机车就没有了动力，火车就会停下来。每当遇到这种情况时，司机都会毫无例外地派副司机或学员用手去推传动杆，人工使主断路器闭合。几次下来，景生启发现，传动杆受外力作用，推动时阻力非常大，常常把手掌挤破。他经过分析得出结论：主断路器不闭合，是因为4合线圈不带电，只要让线圈通电，后续问题就可以迎刃而解。弄明白了故障原因后，景生启心中有了解决的办法。一次，机车在运行中又出现了此类故障，景生启在副司机的帮助下，用一把小锤一秒钟就轻松解决了主断路器合不住的问题。

景生启的这一做法，一传十，十传百，很快传遍全段。尤其是那些曾经被挤伤过手的司机、副司机和学员们，突然明白了一个道理：电力机车时代，已不再像蒸汽机车时代那样需要他们具备魁梧的体格、满身的力气，而是需要一定的文化和技术。

这是景生启第一次用自己所学的知识，为大秦铁路重载运输解决的第一个问题。那一年，他才22岁。

那段日子，初出茅庐的景生启收获了不少赞誉。在赞誉声中，景生启对电力机车操纵原理、技术越来越感兴趣。

一年学习期满后，景生启顺利考上副司机，这让他离驾驶台上的那些"琴键"、离师父手中的闸把更近了。

也是在此期间，一位对景生启人生影响极为重要的人出现了。这个人，就是我国第一代核潜艇总设计师、有着"中国核潜艇之父"之称的黄旭华。

年轻的景生启是一个不善言谈、略显腼腆，甚至一开口就会脸红的人。休息的时候，他喜欢借阅一些杂志、书籍，对国防、军事、战争等题材的作品尤其喜欢。一次，景生启借到一本 1987 年第 6 期的《文汇月刊》。当看到祖慰写的那篇《赫赫而无名的人生》时，景生启被黄旭华的事迹深深吸引住了，尤其是黄旭华为了我国的核潜艇事业，以身许国的崇高人生境界更是令他感动。

如果说少年时的那枚红五星铁路帽徽是景生启长大后选择投身铁路事业的重要因素，那么此时他与黄旭华的这种特殊"相遇"则让他对自己的人生有了更明确的方向。在他眼里，自己所在的大秦铁路，就是我国铁路领域的一艘"核潜艇"，它为国家的经济建设提供着有力的保障。

中国铁路的重载事业刚刚起步，落后于世界其他重载国家，作为一名青年，自己应该怎么做，才能像黄旭华那样以身许国？当景生启再次登上列车，穿越在山河之间、长城脚下，驶向蔚蓝的大海时，他常常不由自主地这样问自己。

在副司机岗位上，景生启迅速成长，心中悄然萌生了更高的人生目标。

那是令任何一个有志青年都心动不已的人生目标，为了心中的这个目标，景生启一边跟着师父学，一边记录下所遇到的每一个问题。

某个夏天，大秦铁路沿途的翠屏山电厂专用线需要湖东电力机务段增派人手，景生启的师父准备前往。临走时，师父向单位提出，把景生启一并带去。

相对于大秦铁路的运输任务，翠屏山电厂的工作量要小很多，且工作地点稳定，是许多司机和副司机的理想去处。景生启到了翠屏山电厂一段时间后，却日夜想念在大秦铁路开车的日子，因为翠屏山电厂的轻松与安逸，并不是他想要的。

在景生启的一再申请下，两年后他重新回到大秦铁路，并于2000年底考取司机驾驶证，驾驶列车行驶在大秦铁路上。当看到熟悉的山川、河流、隧道、大桥，看到一列列煤炭从塞北运达海港，继而装上轮船，运往全国各地后，景生启感到了自身的价值，虽然这点价值如萤火一般微弱，但他依然如食甘饴。

2003年9月1日，大秦铁路正式开行万吨重载列车。只是一名普通火车司机的景生启开始朝着成为一名重载司机的方向努力，2004年7月他顺利考取重载司机驾驶证。那年年底，大秦铁路2万吨重载组合列车一次试验成功，之后常态化开行。此时的景生启虽然有重载司机驾驶证，但他驾驶的机车依旧只能牵引5000吨的货物，有几次在运行途中，他接到调度命令："你快点跑，后面有个2万吨，你别挡了道儿。"每当这时，景生启都会想，自己什么时候也能开上2万吨列车，为国家多运输一些煤炭呀！

人一旦有了目标，就有了奋斗的方向。景生启就是这样的人，在不断的努力中，2006 年景生启开始担当万吨重载列车值乘任务，随后他又考取了 2 万吨重载列车主控司机驾驶证。

2007 年元旦，是景生启人生中最难忘的一个日子，他正式登上 2 万吨重载列车单独值乘，开始了驾驶 2 万吨重载列车的职业生涯。

这是一种全新的工作状态，相比 5000 吨和万吨列车，2 万吨列车在运量上更具优势，但它的牵引难度也比 5000 吨和万吨列车要大很多。有媒体曾这样表述过 2 万吨重载列车："2 万吨是什么概念呢？这就好比火车上有 5000 头成年大象排排坐，如果换成重型卡车来拉货，那将需要 800 多辆。"

也有媒体表示："载重 2 万吨的列车，相当于一列火车载着两艘我国最新最大的 055 型驱逐舰在驰骋。"

但媒体没有告诉大家的是，这列相当于载着 5000 头成年大象的火车、相当于载着 800 多辆重型卡车、相当于载着 2 艘驱逐舰的火车行驶在什么样的线路上。

大秦铁路不是修建在一马平川的平原上，这也就决定了 2 万吨重载列车司机无论是在操纵技术方面，还是在责任心方面，都要远远超过其他岗位的司机。

在担当 2 万吨重载列车值乘任务期间，景生启一刻也没放松学习，因为他相信，我国的重载铁路运输，包括技术、运量，不会止步于此。国家对能源的需求，决定了重载运输必须朝着更高的目标迈进。

2 万吨重载列车开行之初，采取的是 1+2+1 牵引模式。如果从空中俯瞰，可以看到一列长达 2.6 公里的列车，由 4 台韶山 4 型电力机车分布在列车前部、中部和后部，共同牵引着从湖东开往秦皇岛。

但这种模式，很快便被更先进的模式替代。2009 年初，随着我国自主生产的和谐 D2 型大功率电力机车全面进入大秦铁路，牵引力相对小的韶山 4 型电力机车陆续退出，2 万吨重载列车改为和谐 D2 型大功率电力机车 1+1 牵引模式。

牛顿力学告诉世人，质量越大的物体，惯性越大。由 2 台机车牵引 2 万吨重载列车，这在世界重载运输史上，都是极为少见的。国外的重载列车，一般由 4 台、6 台等多台机车牵引。这意味着，大秦铁路 2 万吨重载列车改为 1+1 牵引模式后，遇到的所有问题，无论是在国内还是在国外，都没有经验可借鉴，而且如此重的列车，只靠 2 台机车牵引，在途经长大坡道时，由于惯性很容易出现两个棘手的问题：一是下坡时，车速不好控制，司机撂闸降速，速度却降不下来；二是上坡时，不仅起不了车，有时还会出现溜车情形。这两个问题，都很要命。

但毋庸置疑的是，采用 2 台机车牵引比 4 台机车牵引的运输效率要高许多，为国家经济发展做出的贡献也会更大。

可这两个棘手的问题，像拦路虎一样，困扰着 2 万吨重载列车运输。

　　大秦铁路有两个长大坡道，加起来近百公里长。在经过这两个长大坡道时，几乎每名机车乘务员都会后背发凉。比如下坡时，由于列车长达 2.6 公里，前方机车接到指令开始减速，而中部机车由于列车长度、山间信号干扰等因素带来的时间差，迟几秒钟才接到停车指令，还在以之前的速度用力向前奔跑，那么势必会造成车辆挤压，甚至因冲动力太大而造成前方车辆瞬间脱轨、颠覆，或车毁人亡的事故发生。又比如上坡时，前方机车接到指令准备爬坡，后面机车因时间差或者线路原因，还未开始爬坡，这样一拉一抻，必定险象环生。那一时期，类似后方机车渡板变形、受挤压悬空等危险情形，在列车运行中经常出现。

　　因此几乎每次通过长大坡道时，2 万吨重载列车司机们都像闯关一样，如履薄冰……

　　要想战胜困难，必须找到行之有效的办法。

　　大家渐渐摸索出了一个"笨"办法，那就是在 2 万吨重载列车途经每一处长大坡道时，司机先停车、再起车，把风险降到最低，但是先停车、再起车带来了另外一个问题，那就是一停一起，每趟车至少要延误 6 分钟时间。还有就是，前方车一停，后方所有车辆就得跟着停下来，这样一来，每天延误的时间至少在两三个小时以上。

　　可对大秦铁路来说，最宝贵的就是时间。远的不说，就拿 2008 年南方冰雪灾害为例来说，抢运电煤期间，为了压缩出一两分钟的时间，从而多开行一列重载列车，最终形成了 14 分钟开出一列列车的运输组织模式。现在，国家为大秦铁路更换了更大功率的机车，马力更大，劲也更足，路途行驶时间却要延长，这不符合事物发展的规律。

可人的生命高于一切，在没有更科学、更先进的操纵方法保证 2 万吨重载列车安全驶过长大坡道时，铁路部门允许机车乘务员在长大坡道区段采取先停车、再起车的办法。

自此，每天数十趟的 2 万吨重载列车，在燕山深处走走停停。先是从大同一路呼啸到 140 公里处开始减速、停车、缓解、启动，过了 182 公里处后，又一路驰骋，到了 276 公里处又减速、停车、缓解、启动，直到过了 327 公里处才再次恢复正常的行驶状态。

但即便这样，依然难以保证不发生意外，类似脱轨颠覆的事故，还是时有发生。

2009 年冬的一天，景生启驾驶着一列 2 万吨重载列车从湖东站出发，到达遵化北站时他接到停车命令，这一停就是一整天。跟在他们这趟列车后面的所有列车，也都一动不动地停在了线路上。

这是大秦铁路开通以来，中断行车时间最长的一次。

平时昼夜不停的大秦铁路，怎么停车如此之长？在等待开车命令的漫长时间里，景生启很是疑惑。也是在等待中，他得知前方运行的一列重载列车行驶到迁西站时，发生了脱轨颠覆。

整整一天过去后，景生启接到调度命令，列车可以前行了。当他驾驶着2万吨重载列车从迁西站通过时，看到刚刚开通的4道左侧线路旁，一堆残损的车厢和车轮横七竖八地躺在那里。那是景生启参加工作以来，第一次看到如此惨痛的场面。他不忍直视，却又忍不住将目光投向那里，虽然只是匆匆一眼，但景生启仿佛听到了列车脱轨颠覆时发出的刺耳巨响，看到车上司机惊恐的表情。

在继续向前行驶的过程中，迁西站的一幕，始终萦绕在景生启的心头挥之不去。

2万吨重载列车遇到的难题，难道真的无法攻克吗？我国的重载铁路牵引技术，难道只能止步于此吗？国家经济发展背后的能源运输，难道必须付出如此高昂的代价吗？

景生启陷入了深深的思考中，在思考中，他想到1964年10月16日我国第一颗原子成功弹爆炸，1970年4月24日我国第一颗卫星成功发射，1970年12月26日我国第一艘核潜艇成功下水都是在我们国家一没资料可查，二没经验可借，甚至在国外对我国技术实施封锁的情况下研发出来的，于是心中突然萌生了一个大胆的想法：一定要攻克1+1牵引模式带来的缓解冲动大和控速难两大难题！

这个想法一冒出来，连景生启自己都被吓了一跳：自己只是一个中专生，能攻克吗？

景生启想让自己冷静下来，但这个想法像一棵迎着春风从地缝里钻出来的小草一样，生机勃勃，任何力量也阻挡不了它的生长。

有科学试验证明，小草的力量比机械的力量还要大！

那天，车到秦皇岛柳村南站，景生启下车回到公寓，坐在椅子上打开背包内随身携带的一个笔记本，那是他自参加工作以来所做的笔记。

笔记起初很口语化：

阳原出站有一土坡，军都山隧道前有一棵突兀的大树，第一道 S 弯道左前方山头上有一堆怪石……

之后的笔记在表述上有所规范：

从湖东站出去，一直到 58 公里处，是一片低矮的防护林。

48 公里处是火山石，黑色的石头上有小孔。

57 公里处是火山遗址，山体呈锥形。

134 公里处有"中国人类起源"泥河湾遗址。

154 公里处的山石呈现一层夹一层的断面。

319 公里处是"书法山"，巨石上写着各种书法的大字。

302 公里处是花果山隧道，夏天洞内漏水如水帘。

全线共有 442 架信号机、288 处曲线……

这是景生启为了熟悉大秦铁路而做的笔记，也见证了他多年来的成长。如今，景生启已经不需要再看笔记本上的这些记录，就能够准确地说出列车运行的具体位置和前方线路情况，但他还是喜欢把这个笔记本带在身边，休息的时候翻一翻。

景生启的目光，最终停在了其中一页的笔记上：

湖东站至秦皇岛柳村南站，共有 753 个坡道。其中，上坡道有 258 处、下坡道 399 处……

这些坡道中，就有前面提到的两处长大坡道。

吃饭的时间到了，而景生启没有一点食欲，迁西站的一幕再次浮现在他的眼前。

2 万吨重载列车的冲动力太大太可怕了，如果不解决这个问题，还怎么安全运输煤炭，怎么为国家经济发展提供保障？如果郭洪涛他们那些为修建大秦铁路而奔走疾呼的人得知今天的情景，又会做何感想？还有研制核潜艇的黄旭华，他遇到问题是不是也会绕着走？想到这里，景生启的身上涌出一股无名的力量，这力量在催促着他、鼓励着他。他想，2 万吨重载列车从字面上来看，虽然比万吨列车的长度和重量增加了 1 倍，但它紧急制动时产生的力绝不是 1+1=2 那么简单，我们重载司机再也不能靠惯性思维来操纵 2 万吨重载列车了，必须用科学的方法来解决问题。

景生启的思路越来越清晰，目标越来越明确。

从那之后，景生启给自己制订了一个计划，每次出乘前，他都根据大秦铁路每一段坡道的情况设计一套操纵方案，在列车运行中，他根据这些方案一一试验。

不足3平方米的驾驶室，成了他的试验室。在这间特殊的试验室里，没有老师，没有助手，只有景生启一人。

车到秦皇岛后，景生启总是顾不上休息，便如饥似渴地对照机车实际运行参数，总结每一段坡道采用新方案操纵时的优缺点，并根据实际情况再次修改方案。

从秦皇岛返回家后，他常常把自己关在卧室里，写本趟总结、下次要弄明白的地方等，对照专业书籍查看相关内容，勾画重点，思考如何让操纵更优化的方法。

当时，景生启的女儿正上小学，看到爸爸每次回来都伏在桌前埋头写写画画，便一脸好奇地问妈妈："爸爸不是开火车的吗，怎么总像我们老师一样写个不停？"

妈妈不知该怎么回答女儿。

亚马逊的创始人杰夫·贝索斯曾说过一句被大家熟知的话："把每一天都当作第一天。"

为了找出破解难题的突破口，景生启把每次出车都当作第一趟。因为只有这样，才能有新的发现，也才能打破惯性思维，启发新的思考。

景生启相信，一定有一套更完善、更科学的操纵方法，适用于 2 万吨重载列车，适用于大秦铁路特殊的地形，而这套方法，一定具备了时间、地点、速度和再生力 4 个关键因素完美交汇于一点的特性。

那些日子，景生启把 4 个关键因素分别放在脑海里建起的坐标 4 个象限中，在笛卡尔坐标系中努力寻找着那个完美的交汇点。

为了这个完美的交汇点，他忘记了周遭的一切。

一天深夜，景生启准备登车值乘，这一次他计划再在一处长大坡道上求证一个关键的冲动力和操纵法。这时，一位同事急匆匆地跑来告诉他："你家里打来电话，说你女儿高烧 40 度，送进医院了！"

一边是可爱的女儿，一边是未知的探索。怎么办？

景生启站在机车前，想到年幼的女儿高烧住院一定很难受，也一定很需要他这个当爸爸的去陪伴。

景生启恨不得现在就飞奔到医院照顾孩子，可是自己苦苦寻求的那个交汇点，也许这次就会出现呢？他有些左右为难，但想到女儿有妻子照顾，又住进医院治疗，应该不会有什么问题，因此他犹豫片刻后，还是登上了列车，驾驶 2 万吨重载列车驶出湖东站。夜幕中，列车犹如巨龙一般，朝东方而去，朝那段长大坡道而去。

两天后，景生启从秦皇岛返回后赶到医院看望女儿，想尽一个父亲的责任时，幸运的是女儿高烧已退，妻子则一脸疲惫。景生启很是愧疚，觉得自己没照顾好妻儿。

回到家后，景生启又不自觉地拿出大秦铁路线路纵断面图、站场示意图、坡道受力分析结果，勾画着、计算着、比较着……

他又一次忘记了一切。

功夫不负有心人，半年后，景生启通过一遍遍试验、调整、优化，离那个完美的交汇点越来越近了：64公里处坡道上采取抑制法，293公里处采取衰减法，列车通过时均取得了理想的效果。接着，景生启又信心满满地把目光投向145公里处和283公里处两个长大坡道处。

列车行驶在这两处长大下坡道上时，下滑过程中产生的冲动力犹如排山倒海一样。景生启试验了许多次，都没成功。难道就这么放弃吗？就真的没有办法减少、分散、抵消这种冲动力吗？景生启陷入了沉思。

一天，景生启在休班回家的路上，路过一个广场，看到两位老人正在练习太极推手。在我国，太极推手以四两拨千斤，发人如弹丸，弹指一挥跌丈外，身体微动彼落空的技艺，被人们称道，尤其是许多老年人锻炼身体的首选。

四两拨千斤，这不正是2万吨重载列车下坡时减少、分散、抵消冲动力的方法吗？景生启茅塞顿开。他快步回家，铺开纸张，重新画出不同地段、不同坡度的受力分析图进行研究，从而制定新的操纵方案。

在接下来的值乘中，当列车以排山倒海之势在那两段长大坡道上行驶的时候，景生启根据新的方案，一遍遍地调节手中的操纵手柄。

小小的手柄槽只有 10 厘米长，景生启要在这 10 厘米中，找到化解千钧之力的办法。

1 次、2 次、3 次……均以失败而告终。

在失败面前，大部分人会选择放弃，但也有一部分人会选择坚持，景生启就属于后者。他在失败中不断调整数据、调节手柄，总结经验教训。

终于，在他进行第 113 次试验时，2.6 公里长、满载 2 万吨煤炭的列车犹如翱翔在天空的雄鹰一样，平稳地、完美地"飞"过 145 公里处，接着"飞"过 283 公里处。

一道重载铁路运输史上的世界难题，被景生启解决了。这是我国铁路重载领域的一次重大突破，填补了世界空白。

解决了这道难题的景生启，并没有陶醉在成功的喜悦中，而是在接下来的值乘中，连续攻克了其他 12 个重载操纵难题，总结出了一套 2 万吨重载列车精准操纵法。自此，令人揪心的重载列车安全事故，渐渐远离了景生启和他的同事们。大秦铁路最宝贵的运输时间，又被慢慢挤了出来。

破解了两大难题后，景生启并没有停止学习和钻研的脚步，他又朝着更高的目标攀登。

时间，转眼过去了 4 年。2013 年，景生启参加全国铁路机车司机职能技能竞赛，一举拿下第一名的好成绩。那次比赛，太原铁路局共派出太原机务段、侯马北机务段和湖东电力机务段 3 支代表队。颁奖时，景生启已回到岗位上，评委们误以为他是太原机务段的选手，错将第一名的证书颁发给了太原机务段。太原机务段发现错误后，经多方打听，才知道这个籍籍无名的选手是大秦铁路上湖东电力机务段的一名重载司机。

这一年，全国铁路机务系统召开会议。其间，与会众多领导、专家来到大秦铁路，准备再次亲身见证并感受我国重载铁路日新月异的发展变化。当时，湖东电力机务段挑选了 10 名重载司机，担当 2 万吨重载列车的值乘任务，景生启便是 10 名司机之一，并且被安排担当第一趟列车的值乘任务。

出发时，一些主要领导、专家选择登上景生启值乘的机车。列车启动后，大家有的盯着前方，有的盯着景生启操作，也有人故意把一杯盛满水的杯子打开，放在驾驶台的台面上。

列车一路前行，如行驶在宽阔平坦的大道上，尤其是当列车穿越茫茫燕山，以俯冲的姿势平稳地驶过一处处坡道时，驾驶台上的水杯纹丝未动，更没洒出一滴，所有的领导、专家发出了惊叹，接着是咔嚓咔嚓的拍照声。

车到目的地，领导、专家与景生启告别。人群中，有人问他："你是如何把 2 万吨重的列车开这么平稳，几乎和高铁一样的？"

景生启谦虚地回答："我用的是贴线运行法。"

此言一出，所有人都露出了吃惊的表情。在我国，普速铁路、高速铁路、重载铁路都有规定的时速，司机如果能一直按照这个速度或者紧贴这个速度驾驶列车稳步行驶，是最理想的一种境界，但受外界因素的影响，贴线运行往往很难实现，尤其是列车在经过山区时，因受自然条件的影响，更是难以做到。一般只有高铁，才能实现这个目标。

而景生启在不断的钻研和实践中，硬是将一列长达 2.6 公里的 2 万吨重载列车，开出了高铁的标准。

人群中，又有人问："让 2 万吨重载列车贴线运行还是第一次见，你是怎么做到的？"

景生启说："慢慢练出来的。2 万吨重载列车在大秦铁路上的平均运行时间为 712 分钟，我一般用 560 分钟。"

领导、专家们听了，纷纷赞叹道："难以想象，难以置信，2 万吨重载列车能这么跑，真是不敢想啊！"说完，他们又由衷地对景生启竖起了大拇指。景生启每趟车节约出的 152 分钟，能让大秦铁路多开出 10 趟重载列车，为国家多运输煤炭 20 万吨。

景生启追求贴线运行的初衷很简单，那就是稳中求快、快中有稳，从而给大秦铁路运输挤出更多的时间，而为了实现贴线运行这个目标，景生启更是进行过无数次的探索。就拿调节手柄这一项来说吧，为了操作精准，他把 10 厘米的手柄滑槽分成了 100 个级位，每一个级位都像头发丝一样细微，在这种细微的变化中，在肉眼几乎看不到的变化中，他用心揣摩出了级位与速度、速度与级位的完美结合点，贴线运行。

人车合一，莫过如此。作为一名重载机车司机，如果不是怀着对事业深深的热爱，怎会 20 年埋头钻研，推动我国重载运输向前发展！

2013 年在全国职能技能竞赛中脱颖而出和贴线运行，景生启给大家留下了深刻的印象。

进入 2014 年，为了落实国家创新驱动发展战略，让我国的重载铁路持续领跑世界，让大秦铁路更好地服务经济社会大发展，中国铁路总公司决定在大秦铁路进行 3 万吨重载列车试验。太原铁路局接到试验任务后，在选拔试验列车的主控司机时，把景生启列为主要人选。

2 月，景生启接到通知，进入试验组，与蔡晓东、武迎春、彭海潇、阮禄、张熹涛、王楠、熊志斌共同进行试验准备。

虽然 3 万吨重载列车试验不像神舟升天、蛟龙入海、嫦娥探月、天宫发射那么令国人瞩目，但不得不说这个试验的意义同样重大，它在我国铁路发展史上具有里程碑的意义。

3 万吨重载列车试验无论是编组长度，还是牵引重量，在我国都属首例，而且试验中危险因素较多，任何一个数据、操纵出现失误，都会导致车毁人亡，但景生启不惧这些可能出现的危险，郑重地向组织立下了"只成功、不失败"的军令状。

　　铁路是一个半军事化的系统，它的这一特性，不仅体现在行业管理上，而且还体现在职工的素养上。

　　立下军令状，就相当于要以壮士断腕的决心和勇气奔赴战场，而且这场仗只准胜、不许败。

　　景生启从接到任务的那一刻起，就没想过失败，他甘愿为我国的重载铁路发展贡献自己的一切。

　　试验组共8人，当其他7名司机看到领头人是景生启后，心里都有了一些把握。

　　试验开始后，景生启在铁科院专家的指导下，带着试验组成员一次次进行静态试验，并在静态试验中收集前后车同步操纵、牵引制动、功能模块等各种相关数据，并进行分析。晚上休息的时候，他又独自模拟和推演列车通信中断、循环制动、车辆断钩等各种风险发生时的应急预案。

　　那些日子，景生启手中时常拿着一截小小的红色字条，这个红色字条是他按照大秦铁路线路图的比例和3万吨重载列车总长度，制作出的同比例"模型"。景生启用这个简易"模型"在线路图上进行无数次推演后，得出一个结论：3万吨重载列车将通过12个坡道、5个连续弯道、1个分相。根据这个结论，他开始一步步优化操纵办法。

　　静态试验相对顺利，很快转入动态试验。为了确保3万吨重载列车试验成功，景生启和大家按规定先从 2.3 万吨重载列车开始试验，然后准备以逐步递增的方式，最终进行 3 万吨重载列车试验。

3 月 21 日，大秦铁路进行 2.3 万吨重载列车试验，各项数据都非常理想，这让大家信心倍增，景生启也仿佛看到了胜利的曙光，但他不敢有一丝懈怠，因为还有许多未知的风险和因素在等着他。果然，在接下来的 3 月 27 日 2.9 万吨重载列车试验时，一下子暴露出了多个问题：压钩力、拉钩力、脱轨系数和车钩摆角都偏大。每个问题都潜藏着巨大的风险，而这些风险不是简单的数字叠加，而是 1+1 等于无穷大的隐患。因此，每个问题都不容小觑。

巨大的压力向景生启袭来，几乎一夜之间，他的嘴里冒出了一串串水疱，上腭严重溃烂，黑发之间陡然多出几丝白发。

景生启寝食难安，沉浸在破解难题的忘我状态中。

因为 3 万吨重载列车试验是重中之重，它关系我国重载铁路运输技术是否能再次取得重大突破，能否占据世界重载技术的制高点，所以景生启把组织交给他的这项任务看得高于一切。

在 2.9 万吨重载列车攻关最关键的时候，景生启接到家人的电话，父亲因患海默尔茨综合征，出门走失了！

作为唯一的儿子，景生启本应立刻赶回去寻找父亲，并像小时候父亲牵着他的手走进家门一样，牵着父亲的手回家，可是 3 万吨重载列车试验的日子正一天天临近，铁路总公司（原铁道部）和铁科院的领导、专家正在悉心指导，而且还有那么多难题等着他和大家一起去破解，如果这个时候自己请假，势必会影响 3 万吨重载列车试验的进行。

景生启在犹豫不决中想起自己小的时候给父亲打下手时，父亲一边雕刻，一边对他说："不管做什么，都要人静、心静，雕刻是这个理儿，干其他活儿也是这个理儿。"自古忠孝不能两全，想来父亲能理解自己做出的选择吧。于是他在电话中告诉家人，寻找父亲的事就拜托他们了。一向理解、支持他的家人有些不解地问："你到底在忙什么，一两个月都不回家，难道你比国务院总理还忙？难道没有你天就塌了？"

面对家人的质问，景生启除了愧疚外，唯有沉默。

挂断家人的电话，景生启让自己的心情尽快平静下来，然后回到试验组投入工作。

2.9 万吨重载列车试验中暴露出来的问题，终于一一得到解决。本着对大秦铁路、对我国重载铁路事业负责的态度，景生启极其严谨地撰写了《3 万吨重载列车操纵预案》。这份预案有 10 万多字，凝结着景生启的诸多心血。

2014 年 4 月 2 日清晨，在亚洲最长的车站——北同蒲铁路袁树林火车站，景生启和试验组人员登上 3 万吨重载列车。由 3 台和谐 1 型电力机车和 1 台韶山 4 型电力机车牵引的 315 辆满载煤炭的 C80 列车，在晨曦中等待出发。

6 时 31 分，景生启作为主控司机，端坐在驾驶台前，鸣响汽笛，稳稳地推动调速手柄。

全长近 4 公里的 3 万吨重载列车，披着金色的晨光，缓缓地启动了，315 辆装满煤炭的车厢分秒不差地同时起步，向着东方驰骋。此时，在第一台机车和试验车上，挤满了铁路总公司的相关领导和铁科院专家，以及太原铁路局的负责同志。在场每一个人的神情都高度严肃、紧张，眼睛直直地盯着显示屏上的试验数据。

列车向前行驶，途中出现了一道特殊的"景观"。为了保证 3 万吨重载列车试验，太原铁路局做好了一切准备，在大秦铁路沿线各大车站，全副武装部署了大量的抢险人员和机具，以确保试验列车一旦出现意外，能立即展开紧急抢险。

当景生启看到车下铁道线旁一批批的抢险人员和一台台大型抢险机具正严阵以待，为他驾驶的 3 万吨重载列车保驾护航时，他再次感受到了自己肩上的责任和 3 万吨重载列车试验的重要性。他的思想高度集中，眼睛一眨不眨，左手紧握制动闸，右手紧握控速闸，驾驶着列车穿山越岭，行进在壮美的山河间。

列车以每小时 80 公里的速度驶过 64 公里处，驶过了白家湾、王家湾……

坐在景生启身旁的总指挥郭学俊有些不放心地提醒景生启："兄弟，不要太快，时速别超过 80 公里，以安全为重。"说完，为了防止列车时速超过 80 公里，郭学俊一把将电制动拉了起来。

景生启看到后，说放心吧总指挥，我不会超过 80 公里的，然后继续操纵列车平稳前行。这条能源大动脉，从 1993 年到现在 21 年了，他驾驶列车走过无数遍，熟悉窗外的一草一木、一山一水。今天，他心情别样激动，也别样严肃，他要让中国的重载铁路运输取得新的突破，再次傲然屹立于世界重载之林！

列车过了花果山、军都山，过了 145 公里处、283 公里处……

此刻，景生启与列车几乎已经融为了一体，达到了人车合一的境界，3 万吨重载列车在他的操纵下，像被驯服的巨龙一样，平稳、快速地向前行驶。跟车试验的铁科院常务副院长康熊看到这一幕后，连声感叹道："3 万吨重的列车，还能以每小时 80 公里的速度在这么陡的山坡上跑，这在世界其他国家是从没有过的。"

随着列车平稳行驶，紧盯显示屏的专家和技术人员面露喜悦：每一个试验数据与理想数据保持高度一致！

13 时 42 分，3 万吨重载列车顺利通过一个个长大坡道，驶出山区，到达茶坞站。再往前地势相对平缓，按照试验计划，从袁树林—茶坞的 400 多公里区段，由景生启驾驶；茶坞—秦皇岛柳村南站这一区段，由蔡晓东驾驶。景生启把手中的闸把交给他的好搭档蔡晓东后，几个小时紧绷神经、连一口水都没喝的他端起一杯水，仰头咕咚咕咚地大口喝了下去。

有人用手机拍下了这个难忘的瞬间，两个多月来，景生启还从未这么痛快地喝过一次水。

18 时 56 分，经过 12 小时 25 分的运行，700 多公里的跋山涉水，3万吨重载列车在夕阳余晖的笼罩下，安全驶入秦皇岛，停在了大海边的柳村南站。

列车停稳后，车上参与试验的领导、专家、技术人员都沸腾了，他们激动地连连说道："成功了！成功了！"

此刻，景生启也像完成了庄严的使命一样，心中升起一阵自豪感。有人走过来竖起大拇指，大声夸赞道："你为咱们国家的重载运输立了大功！"有人上前一把握住他的手，无比佩服道："你真是一位教授级的火车司机！"还有人抑制不住内心的喜悦，使劲拍着他的肩膀说道："你和你的同伴将被载入史册！"

3万吨重载列车试验成功后，有媒体记者问景生启此时的心情，他还是如以往那样腼腆，用微笑代替一切回答。

报纸、电视、网络，纷纷在第一时间报道、转发我国3万吨重载列车试验成功的消息。这些消息也传到了景生启的母亲那里，当老人在电视屏幕前看到自己的儿子驾驶列车，以及接受采访的画面时，终于明白"失踪"数月的儿子是在做一项重要的试验。顷刻间，这位一辈子在家务农的老人眼眶湿润了，她了解自己的儿子，她也从不相信乡亲们的种种议论，儿子数月不回家，一定有他的原因和理由。只是，老人没想到这原因、这理由竟然如此大。

3万吨重载列车试验后，单位为景生启成立工作室，他一边担当值乘任务，一边通过传帮带为单位培养更多的重载司机，让一个个心怀梦想的年轻人早日掌握重载列车驾驶技术，共同加入为国家运送乌金能源的队伍中。之后，太原铁路局决定启动重载列车自主同步操控技术研发，这是重载铁路领域一个新的制高点，景生启作为主要成员参与其中，他的工作也比以往更加忙碌了。2023 年 6 月的一天，妹妹打来电话告诉他，父亲在老家查出肺癌晚期。对景生启来说，这一消息无异于晴天霹雳。他匆匆赶回去，想带父亲到北京的大医院治疗，但老家医院的医生告诉他，父亲的病已无任何转机，回家准备后事吧。

父亲病重后，景生启一有时间就往家赶，想多陪陪父亲，尽一个儿子的孝心，但即便这样，他陪在父亲身边的时间还是少之又少。因为无论是大秦铁路的运输任务，还是培养后备力量，以及重载列车自主同步操控技术研究，都牵扯着他大量的精力。

父亲弥留之际，景生启陪在父亲身旁，那是他自参加工作后陪伴父亲最长的一次。父亲去世后，景生启强忍心中的悲痛，处理完后事，便又回到了重载运输的行列中。

"对国家的忠，就是对家人的孝"，那些日子，景生启常常想起黄旭华说过的这句话，不能守在父母身边尽孝的遗憾、内疚，在景生启的心中也慢慢释然了。

二十三、小草之歌

程利甫、李海龙、景生启，无疑都是大秦铁路上最闪亮的星星，与大秦铁路、与我国的重载运输一起成长。

在他们身边，还有一些职工，虽是小草，却与他们一样，用心用情服务我国的能源运输。

1988 年 12 月 26 日，准备担当大秦铁路一期开通首趟列车值乘任务的司机邵再成和刘志刚，驾驶列车从湖东出发，前往茶坞，参加开通仪式。在经过和尚坪隧道时，他们发现前方线路出现了问题，甚至轨枕悬空，于是立即采取措施，保证了列车 28 日顺利出现在开通剪彩现场。

1992 年 12 月 20 日，准备参加第二天在秦皇岛北站举行的大秦铁路全线开通仪式、担当首趟列车值乘任务的司机赵充贵和王彦军，驾驶列车运行到 401 公里处时，同样由于前方线路原因，根据命令从段甲岭车站绕行到京秦铁路，于第二天准时抵达剪彩现场。

湖东电力机务段的王强，甘为人梯，"托举"起了一个个重载司机。

　　王强是大秦铁路的第一代创业者，1988 年大秦铁路开通之际，24 岁的他从大同机务段报名来到湖东电力机务段，从此与大秦铁路、与电力机车结下了不解之缘。

　　从蒸汽机车到电力机车，是一个全新的领域，王强拿出在部队时爱学习、肯钻研的劲头，认真学习电力机车知识。1992 年，单位派他到北京参加路局机车司机全能技术比武，王强取得第二名的好成绩，成为一时佳话。

　　1993 年，韶山 4 型电力机车进入大秦铁路，湖东电力机务段计划选拔 8 名思想和技术都过硬的骨干司机组成牵引技术指导组，保证韶山 4 型电力机车的运行，王强便为其中之一。之后，随着大秦铁路的不断发展，相继进行了万吨、2 万吨和 3 万吨重载试验，而在每一次试验中，人们都能看到王强那熟悉的身影。他时而像一名学生，向铁科院专家认真求教；时而又像一位老师，与程利甫、李海龙、景生启等人共同探讨操纵中的难点，指导各项试验。其间，王强共参加了 24 次静态试验和 36 次动态试验。

　　大同电务段有一名叫丁巧仁的通信工，1993 年他从天津铁路工程学校毕业后，便成为大秦铁路上的一名职工，所在车间负责机车通信设备。有段时间，机车司机反映车机联控时通话不到一分钟就掉线，与调度指挥人员联络很不通畅。针对这一情况，丁巧仁所在的车间组织技术人员反复查找，可大家把能想到的故障点都排查了，能打开的接口都打开了，能换的设备也都换了，但就是找不到问题的症结所在。这时，丁巧仁抱着试试看的想法，采取最笨的办法，顺着电路一步步排查，终于在一个不起眼的元件上找到了症结。原来，这个元件的参数过低，所以车机联控时不到一分钟就掉线，属于设计缺陷，单位立刻把这个信息反馈给厂家。几天后，厂家总工程师来到大秦铁路，他见到丁巧仁后，无比佩服道："小伙子，不简单！"

2006年，随着2万吨重载列车开行，大秦铁路通信模式由模拟无线通信模式升级为数字无线通信模式。这种车载移动通信设备是机车保命装置三大件之一，其作用是保证机车司机与调度指挥人员之间的联络畅通和行车信息的准确传输。这样的通信模式当时在全国铁路尚属首例，没有可取经的地方。参加工作13年、在模拟无线通信领域崭露头角的丁巧仁，随着这次通信模式的改变，又回到了职场的起点，他像个"小白"一样，跟着厂家技术人员学习设备的安装与调试。那些日子，丁巧仁从仪表的每个按键开始熟悉，一遍遍地排查设备故障，一次次地进行数据分析，一趟趟地请教厂家人员。

为了尽快掌握新技术，让运行在大秦铁路上的机车拥有"顺风耳"，更好更快地运输煤炭，丁巧仁抓紧一切时间，遨游在知识的海洋中。一个周末，他正在家中看书学习，妻子过来叮嘱他用洗衣机把衣服洗一下。说完，妻子便下楼买菜去了。丁巧仁一手捧着书，一手打开洗衣机，注入水，倒上洗衣粉，然后转动洗衣机按钮，就又痴痴地看起了书。妻子回来后，发现洗衣机里竟然没有放衣服，哭笑不得，埋怨丁巧仁："你能不能拿出学业务时的百分之一精力，给这个家操点心。"

在家不操心的丁巧仁，半年后成了工友们眼中的"小专家"，他成功解决了2万吨重载列车车次号注册失败、维护菜单设置不合理、机车信号弱等11个难题。

2006年6月的一天，丁巧仁和两名工友徒步对大秦铁路上的通信设备进行检查。一路上，他们又热又渴，双腿酸胀，当他们走到栗家湾2号隧道出口附近时，细心的丁巧仁发现无线信号突然变弱。

前面就是8公里的隧道群了，丁巧仁遥望一座座山峰，敏锐地意识到，前方隧道群的信号可能将成为一片盲区，机车运行到此区段将无法进行正常联控，而车载通信设备一旦失效，司机与调度指挥人员就会失去联系，一台台机车就会变得又聋又哑，大秦铁路的运输安全就会受到影响。

丁巧仁越想越觉得后果严重，根据经验，他快速判断出信号变弱的原因是由于电缆接头接触不良造成的，于是和工友们抓紧测试。果不其然，这个地段的电缆接头出现了断点，且位置在两座隧道之间的大桥桥面下。

大桥距离地面50多米，作业条件十分困难。按照惯例，这类故障一般都是由专业维修公司派人来处理，可维修公司的人员最快也要30个小时才能赶到。

30 个小时，将有多少趟列车从这里经过，会有多少危险可能出现。丁巧仁想到这里，决定与工友们一起处理故障。就在几个月前，他正好利用废旧电缆和专用接头进行过焊接练习。

但丁巧仁忽略了，平时的焊接练习是在工区小院里进行的，而现在是要在 50 多米的高空中进行。这对有恐高症的他来说，将是一次严峻的考验。

工友们把大桥上的电缆沟水泥盖板掀开后，丁巧仁系了两道安全带，开始慢慢探身向桥下而去。不一会儿，丁巧仁就悬在了半空中，当他无意一低头看到下面 50 多米的深渊时，开始头晕目眩，浑身发抖，手脚冰凉。

要不要让工友们把自己拉回大桥上？丁巧仁双手紧紧抓住安全带，本能地这么想。可如果自己就这么回到大桥上，那么行驶到这里的列车将出现极大的安全风险。故障没处理完，我不能回去。丁巧仁闭上眼睛，努力平复自己恐高的心情，然后调整一下心态，小心翼翼地开始作业。一小时后，信号终于恢复正常。当工友们把丁巧仁从半空中拉回大桥上时，他瘫坐在了地上，而当看到一列列车从身旁安全驶过时，丁巧仁感到无比欣慰。

精湛的技艺和较高的素养，让丁巧仁在 2007 年接过了工长之职。那一刻，他暗下决心，打铁还须自身硬，有急难险重必须冲在最前面。

2011 年除夕前一天，大秦铁路有 36 台内燃调车机需要加装车载无线通信设备。调车机担负着所有列车的调车任务，晚一天加装，将会影响大秦铁路的运输。时间不等人，丁巧仁带着 3 名同事火速奔向茶坞、柳村南、京唐港等车站。在接下来的几天里，他和大家每天肩扛手提几大箱子设备和工具材料，奔走在转场的路上，有时一天连续作业 14 个小时以上。

当时正值寒冬，他们所到之处，最低气温都在零下 20 摄氏度左右，机车里像冰窖一般，身上仅有的一点热气瞬间被四周的金属吸光。

安装完车内设备后，车顶还有 4 根天线需要安装。车顶又高又冷又滑，每次作业不到 10 分钟，大家的耳朵就快被冻掉了。即便如此，丁巧仁还是鼓励大家坚持住。有一天，气温实在太低了，大家在车顶上作业冻得几乎失去了知觉。为了不耽误大秦铁路运输，丁巧仁建议大家把包装设备的塑料袋套在头上，在眼睛对应的位置抠出两个小孔，然后再把安全帽戴上接着干活。这一下，大家照着一做，顿时感觉暖和了一些，安装天线的速度也快了很多。

就这样，丁巧仁和工友们放弃了与家人春节团圆的时间，一直干到正月十一，为 36 台内燃调车机装上了车载无线通信设备。厂家技术人员看到后，连声说道："全国各地我们走过那么多地方，你们这样的装车速度还是头一回碰到。"

"既然选择了大秦铁路，就要为我国的重载事业奉献自己的全部。"这是丁巧仁 1993 年来到大秦铁路时，给自己定下的人生目标。

30 多年来，他是这么说的，也是这么做的。

　　大同西供电段的王养国是大同人，1990 年 8 月毕业后被分配到阳原供电车间阳原检修队工作。那一年，大秦铁路开通还不到两年，吃水难、出行难依旧没有得到明显改善，就连出去检修设备也没有一条像样的路。这让 19 岁的王养国心里产生了一些落差，渐渐地，刚参加工作时的那股兴奋劲也少了许多。

　　年轻人，哪个不向往城市的生活。城市有公园、商场、高楼大厦、柏油马路，还有年轻人喜欢的电影院，哪怕是露天电影院，也在播放风靡一时的武打片、爱情片，而大秦铁路沿途的车站、车间、工区，连台电视机都没有，职工们工作艰苦、生活单调，怎会没想法。

　　王养国的这些变化，被细心的师父看在了眼里。一天晚上，月朗星稀，师父把王养国叫到院子里，和他边走边聊，聊大秦铁路的重要性，聊发生在这条路上的一个个故事，最后师父语重心长地对他说：“大秦铁路是咱们国家的第一条重载铁路，咱是开荒者，是探路人，将来这条铁路上不一定会留下咱们的名字，但一定得留下咱们的故事。”

　　师父的这番话，对王养国的触动很大。月光下，他暗自惭愧，也暗下决心：一定要在大秦铁路留下我的故事。

　　王养国是一名电力工，自从那晚师父与他谈过话后，他走在检修设备的路上，再也没觉得脚下的路坑洼不平。到了线路上，师父走到哪里，他就跟到哪里；师父怎么干，他就怎么学。两个多月后，王养国向师父提出："今天的活让我试试吧。"

师父越来越喜欢王养国，无论干什么活都带着他。第二年，王养国参加技术比武，夺得全段电力专业第二名的好成绩。又一年，王养国所在的电力工区和检修队合并，王养国转岗为接触网工。从此，他的岗位也从地面转至空中，每天在规定的时间内，登梯爬上接触网，处理各类问题。没多久，王养国就成了检修队里为数不多的既熟知电力，又精通接触网的"双料"骨干。1999年底，王养国担任副工长，之后又接过了工长的担子，更是一心一意扑在了工作上。

2亿吨扩能改造期间，阳原站供电设备进行改造。一次，几名工友在施工中出现了卡壳，而此时距离线路开通的时间已不到20分钟。眼看就要违反命令，延长施工时间，打乱整个大秦铁路的运输秩序，大家紧张得额头都渗出了密密的汗珠。这时，正在另一端作业的王养国得知情况后，立刻赶过来，快速爬上梯车，登上接触网，对卡壳的环节进行处理，前后用时不到5分钟。

运量日增的大秦铁路，需要一支训练有素、作战勇猛的队伍来保障。当时，检修队的年轻人占到一大半，王养国希望这些年轻人能尽快挑起重担，所以每天除了带大家保证设备安全外，还加紧对这些年轻人进行魔鬼式的训练。

检修队小院里，王养国每天中午雷打不动地把年轻人集合到练功场，向他们传授查找故障、分析故障和排除故障的方法……

一天，室外气温高达 30 多摄氏度。眼看又要到训练的时间了，小伙子们钻在宿舍，吹着电扇，心想这么热的天，不会再训练了吧。谁知到了规定的时间，大伙儿透过窗户，看到一个熟悉的身影正站在练功场的烈日下等候他们。

年轻人一个个噌噌地跑出宿舍，来到练功场，只听王养国用严厉的口吻说道："谁规定天气热就可以不训练，难道故障出现的时候还挑选天气！相反，越是这种极端天气，设备越容易出现故障，所以我们必须实打实地训练。"

30 秒，立好梯车！

30 秒，登上梯车！

30 秒，反馈故障！

……

在王养国的指挥下，汗水一遍遍打湿了年轻人的后背，但没有一个人退出。

不久后的一个深夜，狂风大作，暴雨倾盆，线路上一台隔离开关瓷瓶突然被雷击碎，瞬间断电。此时，正是迎峰度夏抢运电煤的关键时期，如不尽快恢复供电，运煤列车势必会受到影响。王养国带着训练有素的年轻人，像海燕一样穿梭在暴风雨中，进行紧急抢修，并顺利合闸送电。

王养国对这支新生的力量虽是严厉的，但也是柔情的。

一天，青工袁晓峰神情有些恍惚，王养国看到后，把他叫到一旁，关心地问："晓峰，是不是家里有事。"

面对王养国的关切，袁晓峰吐露了心声。原来，袁晓峰刚出生两个月的孩子出现了便血，全家人急得不知道该怎么办好。

听说袁晓峰的孩子病了，王养国让他赶紧回家带孩子去治疗："孩子这么小，可经不起耽搁。我给你调休几天，明天一早你就回去。"

第二天，天还没亮，王养国就来到袁晓峰的宿舍对他说："晓峰，我昨晚托人在北京儿童医院给你联系了个专家，你抓紧时间带着孩子去北京治疗，不能耽搁。"

说完，他递给袁晓峰一张写有专家联系方式的字条。袁晓峰接过字条，流下了感激的眼泪。

还有一名青工，休班时不小心把胳膊摔骨折了，请了病假。不久，这名青工悄悄地更换了手机号码，不再与检修队联系。当王养国听说这名青工沉迷于网络游戏不能自拔时，再也坐不住了。之后，他利用休班时间，到大同找到这名青工。在对方吃惊的眼神中，王养国没有批评和责怪，而是语气温和地说道："既然骨折已经康复，那就回来上班吧，大秦铁路需要你。"

这名青工听了，惭愧地低下了头。回到检修队后，这名青工不仅戒掉了网瘾，而且还排除了一次重大设备隐患。

王养国爱大秦铁路，爱身边的工友，也爱家人。

2016 年，王养国的妻子得了癌症。为了不影响工作，他向所有工友隐瞒了妻子的病情，一边工作，一边利用休息时间带妻子进行治疗。之后，王养国将手术后的妻子带到阳原，在离检修队不远处，悄悄租下一套 30 平方米的房子。白天，他带着大家在线路上检修设备；晚上，回到出租屋内照顾妻子。

但他的秘密，终究还是被大伙发现了。

检修队的工友纷纷来到那间简陋的出租屋内，探望王养国的妻子。当看到出租屋内黑乎乎的墙壁、破旧的门窗、无法使用的卫生间后，大家的眼圈红了。他们到县城买来涂料和管子，将王养国租住的房子收拾一新，将卫生间水管接通。

妻子化疗期间，王养国经常为妻子播放《知心爱人》这首歌，但检修队的工友们知道，王养国的心中有两个"爱人"：一个是他的妻子，一个是大秦铁路。

湖东电力机务段的王亚军，是一名重载司机。于 2006 年从部队退役，来到大秦铁路工作，由于聪明好学，进步很快，2011 年经层层选拔，成为一名 2 万吨重载列车主控司机。从此不管是冬日严寒，还是夏日酷暑，他总是冲在最前面。2022 年冬天，全国多个省份遭遇极寒天气，大秦铁路抢运电煤，机班出现不足。王亚军主动请缨，连续 55 天守在岗位上，往返大秦铁路 25 趟。每当有人问他为何要如此拼命时，他说："在部队，保家卫国是我的职责；在大秦，保证能源运输是我的责任。"

在大秦铁路，像王强、丁巧仁、王养国、王亚军等这样的"小草"还有很多，他们虽然平凡而普通，但同样深深地爱着大秦铁路，为它增绿，为它开花。

二十四、可爱的王家湾

翻开大秦铁路里程图，有一条河流与大秦铁路一路并行。这是一条流淌千年的河流，世世代代滋养着两岸的土地和人民，它就是桑干河。相传，这条河流在每年桑葚成熟的季节会一度干涸，因此取名桑干河。

桑干河起源于山西朔州，然后沿地势缓缓东流，经大同进入河北，与洋河相汇后，流淌至官厅水库，接着注入海河，流入渤海。

桑干河有一段与大秦铁路紧紧"偎依"。这一地段，位于河北宣化的王家湾。

70多年前，著名作家丁玲在这里以大山中的王家湾为原型，创作出了《太阳照在桑干河上》。

30多年前，修建大秦铁路的筑路人员，采用连续大爆破的技术，在炸碎了3.5万立方米石头后，劈山修路，在桑干河流经的地方、在丁玲热情讴歌过的地方，建起了王家湾站。

车站的下方，便是王家湾线路车间。

王家湾线路车间负责大秦铁路138—166公里间的线路安全。

这段线路听起来不算太长，重车线和空车线加起来 56 公里，可是在这 56 公里的线路上，密集地分布着白家湾、王家湾、栗家湾、赵家等 11 座隧道和 20 座桥梁。有的地方，一座隧道与另一座隧道相隔仅几米，形成了隧道群。特殊的地理条件，让这 56 公里成为大秦铁路上最困难的地段之一。

1987 年的一天，正在施工中的白家湾隧道，一块 10 多立方米的石头像定时炸弹一样悬于洞顶，威胁着筑路人员的生命和工程进度。2 名筑路人员毫不畏惧，携带炸药冲进险区，送进大石头的裂缝中。轰的一声，大石落下，8 排工字钢拱架受不了沉重的负荷，面条似的弯曲下来。如不及时顶住排架，更大的塌方马上就会发生，后果不堪设想。千钧一发之际，一名干部大声喊道："共产党员跟我上！"

历史的星空，总有许多相似的情景。20 年后，一个夏日的傍晚，王家湾线路车间管内一处设备突然出现故障，运煤的列车随时可能受到影响。暴涨的桑干河水拦住了抢险职工的去路，关键时刻，车间主任阮小五大喊一声："共产党员跟我上！"然后不顾自己还在生病，第一个纵身跳入滚滚的河水中，奋力游向对岸。

隶属于王家湾线路车间的河南寺工区，曾留下过王海山、吴炳雄和颜廷珍的足迹，他们在桑干河畔的宣誓，曾感动和激励过无数人。2002 年，因年龄和身体原因，王海山和颜廷芳等第一批扎根大秦铁路的职工相继调离。此时，一名早已对王家湾、河南寺心生向往的养路工主动提出申请，要求从家门口调到王家湾线路车间的河南寺养路工区工作。这名养路工，叫张五永。

张五永的选择，让周围所有的亲朋好友及同事都大吃一惊。

有人劝他，王家湾、河南寺，那可是需要长年累月在隧道里干活的地方。火车一过，风吹得人想死的心都有，你放着家门口好好的工作不干，非要去那穷圪垯里干啥。

有人提醒他，现在人人都忙着挣大钱、奔小康，谁还提艰苦奋斗，谁还相信艰苦奋斗。

张五永却"油盐不进"，面对大家的好意，他一笑了之，毅然来到河南寺养路工区，他深信这里需要他。

这一年，大秦铁路的年运量首次突破1亿吨。这个数字，是大秦铁路修建时的年设计运量。为了完成这一目标，大秦铁路的全体职工付出了超乎寻常的努力，而常年守护在隧道里的王家湾人，更是以超强的意志保证着列车的安全通过。

2004年夏天，全国大部分地区出现了少有的极端高温天气，一场迎峰度夏抢运电煤的硬仗在大秦铁路打响。

面对国家和人民的需要，王家湾线路车间的全体职工扛起了线路安全畅通的重任。当他们在隧道里巡检、换轨、换枕、处理病害时，几乎不到10分钟就有一趟列车从他们身边通过。这些列车像巨大的活塞一样，推动着隧道内的空气剧烈流动，裹挟起的煤屑如同暴风骤雨般打在他们的身上，使大家睁不开眼、站不稳脚，甚至连呼吸都极其困难，但他们没有一个人当逃兵。渴了，他们就喝一口山体缝隙中渗出来的泉水；饿了，他们就啃一口装在口袋里的凉馒头；困了，他们就在避车洞里席地而坐打一会儿盹。他们用这种超常的方式，保证一车车煤炭疾速东去。在他们心中，这些煤炭将被化作缕缕清凉送到全国人民的身旁。

2004 年 7 月 29 日，正值迎峰度夏抢运电煤的关键时刻，温家宝来到茶坞站，看望奋战在大秦铁路上的职工。吴炳雄、张五永与其他站段的 13 名劳模受到接见，在接见中，吴炳雄和张五永胸前的劳模奖章吸引了温家宝的注意，他来到两人面前亲切地问道："你们的奖章怎么和其他人的不一样？"

此刻，浮现在张五永眼前的，是王家湾人那磨出血泡的双手、熬得通红的双眼、布满煤尘的脸庞和常年在阴暗潮湿隧道里抢修的身影，他含着眼泪，挺直胸膛回答道："报告总理，因为我们是王家湾线路车间的养路工，我们管内线路几乎全在隧道里，组织授予了我们'山西省特等劳模'的荣誉，所以我们的奖章比其他人要大一些。"

温家宝听后，握住他的手，接着问："那你们管辖的线路安全不安全？"

张五永再次挺直胸膛，响亮地回答道："安全！"

这是张五永代表王家湾线路车间所有的养路工及大秦铁路上的所有职工向党和国家的承诺！

与张五永一起在河南寺养路工区工作的，还有一名叫占更江的养路工。1992 年，大秦铁路二期开通后，参加完大秦铁路修建的占更江想替那些牺牲的同事，为大秦铁路再做一点贡献，于是他递交了申请，来到河南寺养路工区。

占更江到工区的时候刚 33 岁，年富力强，所以干活总是挑重的干。工区的年轻人难免思想开小差，占更江看到后，就会给他们讲自己修路时的情况，讲那些牺牲者的故事，这让年轻人们很受教育。

占更江在河南寺养路工区，一扎就是 20 多年。夜深人静，陪伴他的，是一张日日装在贴身口袋里的黑白照片，那是占更江一次回山东老家探亲时，与家人的合影。每当月圆之日，占更江便会拿出照片，深情凝望照片上的妻子和儿女。有时他也很想与家人通电话，问问家里的情况，可河南寺养路工区群山环绕，手机经常没信号，占更江只能把思念托付给明月。

一天又一天，一年又一年，占更江始终把大秦铁路看得比一切都重要，因为在这条铁路上，有他太多的记忆，也有他太多的梦想，而一个有梦想的人，是不会停下前进的脚步的。渐渐地，他成了工友们眼中的老占。

燕山的风，把占更江吹老了，他的背一天天驼了下去，可他的心还像年轻时那样爱着河南寺、王家湾，爱着大秦铁路。

工友们忘不了那个冬天，大雪封山，与外界彻底失去联系的河南寺养路工区面临缺菜断粮的艰难处境。眼瞅着大伙儿吃了上顿没下顿，熟悉当地地形的占更江让大家守好线路，然后推起平板车前往 20 公里外的一个小山村，想给大伙儿买点粮。返回的时候，在攀爬一段陡坡时，50 多岁的占更江连人带车翻进了山沟里。晚上，大伙儿见占更江还没回来，便打着手电沿途寻找，终于在雪地里找到几乎冻僵了的占更江，平板车旁滚落着一些土豆和白菜。那一次，占更江虽然保住了命，但双腿因受冻而落下了毛病。等腿好转一些后，他不顾大家的劝阻，一瘸一拐地带上工具又上了线路。

占更江临退休的时候，领导问他有什么心愿，他说想去北京看看天安门和长安街。

去北京，是占更江参军入伍时就有的愿望，但在部队的时候，他走南闯北修铁路，这个愿望一直没有实现。到了大秦铁路，当听说全国每 10 盏灯里面，有三四盏是自己守护的这条铁路运出去的煤发的电亮起来的后，他的这个愿望就更强烈了。他想亲自去看看长安街的盏盏明灯，他相信那些璀璨的明灯里，有一盏是他和他的工友们换来的，包括那些牺牲了的工友。

领导听了很是感动，答应了占更江的要求，派人陪他去北京，看天安门、长安街。占更江白天来到天安门广场看高高飘扬的国旗，夜间行走在长安大街看盏盏明灯，止不住地自言自语："值了，这一辈子值了！"

占更江离开大秦铁路的时候，还有一个愿望，那就是想带走一枚这条铁路上换下来的旧道钉留作纪念。

一枚道钉，多么朴素的愿望啊！而 30 多年来，一代代王家湾人正是怀着这样朴素的心愿，守护着中国重载第一路，让源源不断的乌金，从他们守护的这一段铁路线上经过。这些人里，有冒着寒风挺进河南寺养路工区的王海山他们，也有安宝成、范文宜、张世旺、王建利、阮小五等历任车间主任和李海燕、李天元等支部书记，还有李树仁、施国庆、刘品、刘海军、许利祥、张会亮等一群可爱的职工。长期的隧道作业，让他们的身体或多或少患上了疾病，可他们依旧那样乐观和执着。

如今的王家湾线路车间主任王进，秀气得像个书生，可就是这样一个"书生"，自来到王家湾后，便再也没有离开过。人非草木，孰能无情，他又何尝不思念家中的妻儿，又何尝不羡慕城市的流光溢彩，可是他心中放不下的，始终是大秦铁路上的两根钢轨。

同样是在这里，2009 年，一名叫祁志强的年轻养路工得了尿毒症。做完肾移植手术后，上级安排他回家门口工作，可他甘愿放弃回城的机会，坚持返回王家湾线路车间，继续扎根在条件艰苦的大山中。有人说他傻，有人说他不开窍，可他说只有亲自来到王家湾，来到大秦铁路，目睹那一趟趟煤炭大列从眼前轰隆隆驶过，才能理解一名大秦铁路职工对重载事业的热爱。

爱，可以让一个人拥有战胜一切困难的勇气和力量。

王家湾线路车间的职工韩玉金，当年在修建大秦铁路时，接到儿子出生的家书，妻子让他给儿子起名字。韩玉金望着热火朝天的建设现场和大山中伸向远方的两根钢轨，想到许多工友都给新生的孩子起名大秦、秦秦、思秦等与这条铁路有关的名字，于是他给儿子起名建秦。

20多年后，长大了的韩建秦参加工作来到王家湾，成为一名养路工。

虽是自己的儿子，韩玉金也没有特殊照顾，而是以一个老班长的身份，严格要求儿子，因为他想早一天为王家湾、为大秦铁路培养出一个技术过硬的养路工。

有人说，大秦铁路的职工，是一个献了青春献终生，献了自己献儿女的群体。他们用无声的行动，表达着对大秦铁路最真挚的情感。

王家湾虽然地处偏僻，交通不便，但是近几年来，韩玮、王栋等一批年轻人告别军营、走出校园后，选择来到大秦铁路，来到王家湾。当他们第一次走进大山后，视线中就再无熟悉的高楼大厦和车水马龙。他们也曾渴望离开这里，但有一天，当他们来到铁道线旁的牺牲者墓地，聆听前辈们的讲述后，就再也不想走了。每年的清明节，年轻人们都会来到墓地，与当年的牺牲者进行一场跨越时空的对话。

2015年，年轻的王家湾人在重载列车驶过的地方，在当年筑路人员炸开的山坡上，用石头垒出了"坚守"二字，这是新一代大秦铁路职工用青春对重载之路立下的誓言！

二十五、黑山寨的中国梦

翻山越岭的大秦铁路，从诞生的那一天起，便注定了它的守望者只能与艰苦做伴。

自力更生，丰衣足食，在艰苦的环境中，他们不等不靠，用勤劳的双手，慢慢建设着美丽的家园。

大山中最缺的是蔬菜，尤其是冬天，大雪封山，职工们每天只能靠咸菜度日，所以开垦出一片菜园子成了所有职工最大的心愿。

房前有瓜果，屋后有菜园，大雪天能吃上蔬菜，这是多么朴素的愿望呀，但山的深处，除了石头，还是石头。

12世纪中叶，日内瓦湖畔，瑞士西都会教士们从最为陡峭的山坡德萨雷开始，背石垒墙，堆土引水，开垦出了壮观的葡萄园梯田。

半个多世纪前，人们靠一锤一铲和两只手，在太行山的悬崖峭壁上修建了红旗渠。

既然石头上能开垦出葡萄园，开挖出红旗渠，石头上咋就不能种菜呢！大秦铁路职工不信这个邪。

大秦铁路开通后，职工们利用休息时间，拿着簸箕、扁担、竹筐，推着平车，围着满是石头的大山四处找土。一筐土运回来了，一车土运回来了。石头地上终于铺上了厚厚的黄土，大家的眉毛都笑弯了。他们把豆角、萝卜等种子播撒进了土壤，浇水施肥，天天盼，日日看，终于有一天，地里倔强地冒出了第一撮绿，大伙围着这一撮绿，说笑着，期盼着蔬菜快快长大。

渐渐地，在大秦铁路沿途的各个工区，随处可以看到职工们开垦出来的菜园子，就连修建在悬崖边、每天日照时间不足 3 个小时的河南寺养路工区，也能吃到自己种的新鲜蔬菜。

与河南寺养路工区一样，大秦铁路上的黑山寨养路工区，也是一个即便用放大镜，也难在群山褶皱找得见的地方。它坐落于大黑山隧道西口，10 多名职工一年到头与大山相看两不厌。

黑山寨工区缺日照，也缺水。

黑山寨工区不是一般的缺水，大秦铁路开通后，这里的职工用水一直靠毛驴送，十分有限。

遇到大雪封山，毛驴也无法上山送水，大家只能下山去挑。职工们不知在这陡峭的山坡上摔过多少次，水桶滚落水洒一地，很快便结成了冰，人走在上面，站都站不住，有的职工在这段陡坡上甚至摔坏了膝盖。

但就是在这样的条件下，工长姜晋在这里一守就是 20 多年。

姜晋是雁北人，1976 年出生在大同浑源的一个小村庄。从小他对外面世界的了解，大多来自在铁路部门工作的父亲，而父亲给他讲得最多的，除了火车，便是钢轨。

父亲是大同西电力机务段的一名烤沙工，烤出的沙子装入火车头的沙箱里，在雨雪天或爬坡的时候撒出来，增加车轮与钢轨间的摩擦，避免车轮空转出现危险。

烤沙是一项很不起眼的工作，但姜晋的父亲做得十分认真。年幼的姜晋对父亲的一双大手印象极为深刻——那是一双常年布满老茧的手。

1988年初冬的一天，姜晋的父亲告诉家人，大秦铁路就要开通了，自己要去那里工作。

那一年，姜晋12岁，尚不知大秦铁路位于何处，但从父母的对话中，他感觉父亲要去的地方离家更远了。

离家更远，意味着父亲回来的次数就会减少。母亲有些不舍，想挽留父亲，但父亲说："国家要实现四个现代化，要改革开放，离不开大秦铁路。我和工友都报名了，去大秦。"

就这样，年轻力壮的父亲去了大秦铁路上的湖东电力机务段。一次，父亲回来，姜晋好奇地问父亲："你们单位的湖大吗？"父亲哈哈一笑说："哪里有湖，那儿是一片盐碱地。远远望去泛起的碱花白白的，大家以为是湖。我们正好在盐碱地的东边，所以就叫湖东了。"

再后来，父亲每次回来，都会给姜晋讲一些大秦铁路上的事情，有时还会自豪地给姜晋唱一首属于他们的歌："上大秦去，上大秦去，奋战大秦献青春，这才有志气……"

那时的姜晋并不知道，自己后来的人生，会和远方的大秦铁路紧密相连。

1996年，姜晋高中毕业，带着保家卫国的愿望从军入伍。火热的军营生活，让他对家与国有了更为深刻的理解和认识。3年后，复员回来的他被分配到铁路系统，在接受岗前培训期间，他对大秦铁路充满了兴趣。从老师那里他得知，大秦铁路是我国修建的第一条重载铁路，承担着大半个中国经济发展的能源运输任务。

也是在培训中，姜晋得知我国的重载铁路起步远远落后于世界其他发达国家，但自1988年大秦铁路开通后，在第一代创业者不懈的努力下，大秦铁路已进行了万吨重载列车试验，此时正在为常态化开行做准备。如果万吨重载列车常态化开行，那么也就意味着我国将与美国、澳大利亚等拥有现代化重载铁路的国家一样，正式成为掌握重载铁路列车开行技术的国家之一。

那一刻，姜晋的心中萌生出一个强烈的愿望：到大秦铁路去，为我国的重载铁路运输事业贡献一份力量！

岗前培训结束后，成绩优异的姜晋本有多种选择，甚至可以留在家门口，但他毫不犹豫地报名到大秦铁路去，而且是去做一名普通的养路工。

养路工在铁路诸多岗位中，可以说是相对比较艰苦的岗位。一年四季，不论刮风下雨，都要保证两根钢轨的安全。有人曾赞美他们是千里大动脉上的一枚枚道钉，有人曾把他们比喻为万里铁道线上的一粒粒石碴，但也有人说他们像逃难要饭的。

但姜晋去意已决。

就这样，姜晋告别了家人，拿上行李，和同伴踏上了开往大秦铁路的火车。

那是一个早春的日子，列车从大同出发，出山西，过河北，穿山越岭，向着燕山深处而去。

大半天后，火车将他和同伴们放在了大黑山隧道口。迎接他们的，除了十几名灰头土脸的工友外，还有料峭的山风。

前面是山，后面是山，左面是山，右面还是山，而且一山比一山高，一山比一山陡。出发前，姜晋虽然对大秦铁路的艰苦程度有所耳闻，但当他真正来到自己所分配的地方黑山寨养路工区后，还是暗暗吃了一惊。

带队来迎接他们的，是一位叫郑文兴的老工长。老工长看到姜晋他们走下列车，上前一把紧紧攥住他们的手。姜晋低头一看，老工长的手不仅和父亲的手一样布满老茧，而且虎口处还有被震出的道道新旧伤痕。这是典型的养路工之手，是他们常年干重体力活的明证。

来到工区的第一晚，老工长和姜晋促膝长谈，给他讲了黑山寨养路工区的过往和现在："工区刚成立时，吃水自己到山下挑，取暖靠两个小火盆。冬天大雪封山，就彻底和外界断了联系。现在好多了，吃水有毛驴送，取暖有土暖气，冬天大雪封山，咱有两大缸咸菜……"

姜晋知道，老工长是担心他受不了黑山寨的苦而离开，于是他给老工长吃了颗定心丸："工长，你放心，我不走。"

第二天，姜晋早早起床，从水缸中舀了两大瓢水，洗脸刷牙后，把水哗地泼到院子里。这一幕，恰巧被老工长看到了，眼里满是心疼。原来，毛驴给工区送来的水，只够做饭用，所以大伙儿把水看得很金贵，能节省则节省。姜晋在老工长心疼的目光中，这才注意到身旁工友在洗脸刷牙时，都只用一点点水，而且还会把这些用过的水澄一澄，说是留着晚上用。

缺水的黑山寨，给了姜晋一个下马威。

姜晋被安排从巡道做起。黑山寨工区负责大秦铁路294—302公里间的线路安全，而这8公里的线路，与王家湾线路车间负责的区段一样，大部分在隧道里。大黑山隧道最长，有近3公里。

工区挨着大山，出门便是大黑山隧道。刚开始，姜晋跟着师父走进黑漆漆的隧道，感觉与外界隔绝了一样，心中不免有些紧张，但在师父的鼓励下，再加上不时有列车从隧道里经过，姜晋渐渐不再害怕。他跟着师父沿着两根钢轨，一边走一边打着手电弯腰检查、记录。

出了隧道，便是桥梁；过了桥梁，又是隧道。不知不觉，8公里的线路，姜晋和师父走了个来回。

返回的路上，师父问姜晋累不累。此刻，姜晋的脚板底火辣辣地疼，膝盖也开始发软，但年轻人好面子，他点点头又摇摇头，只说隧道太多了。

师父爱惜地看了他一眼，然后指着铁路线旁不远的地方，问他："你知道那里是什么吗？"

姜晋抬头望去，前面光秃秃的一片，什么也没有。

师父语重心长地告诉他："你只知道咱们管辖区段的隧道多，你可知道当初为了打通这些隧道，牺牲了多少人吗？那里，就是埋葬他们的墓地。"

姜晋的心中，犹如一道闪电划过，从未有过的震撼，涌遍全身。

巡道，在养路工作中相对轻松，不用抬石轨、换钢轨，不用抢洋镐、清石碴，但它也是最考验养路工责任心的一项工作。

一天，姜晋像往常一样在大黑山隧道里巡道。他越走越深，突然发现一处钢轨连接处的焊缝被拉开，断口有半尺多。

再有10多分钟，将有一趟列车从此经过，一定要抓紧时间把情况汇报给工区和前方车站，将列车拦停！想到这里，姜晋急忙朝隧道口方向跑去，但隧道里光线太暗了，几次摔倒在地。

将险情汇报出去后，前方车站及时将列车拦停。姜晋和工友们利用有限的时间，扛起抢修材料和工具一起奔向隧道。切割、锯轨、焊接、打磨，在最短的时间内将断轨处接好。

当看到从远处驶来的列车平稳地从眼前通过后，姜晋的内心泛起小小的激动，但同时也让他对养路工的工作充满了敬畏。

两年后，姜晋的脸黑了许多，猛一看上去，20 多岁的小伙子像个中年人，但换来的，是他对管内设备的熟悉程度，哪里是弯道，哪里是大桥，哪里是隧道，哪里的螺栓容易松动，哪里最容易积水结冰，他都牢记于心。

这时，他向新任工长王岳生提出，要求调整到维修和抢修岗位。

工长看他是个好苗子，就把他带在身边。从此，无论是抬钢轨，还是换石枕，姜晋都冲在最前面，总是挑最苦最累的活干。因为年轻的他，时刻都想为国家的重载事业出一份力，想为大秦铁路的运输畅通出一份力，想为大半个国家的经济发展出一份力。

当然，他也想告慰那些为了中国重载铁路事业而长眠的前辈！

还有，他在等待一个重要时刻——大秦铁路万吨重载列车正式开行的日子。他愿意为那个即将被载入中国铁路发展史册的重要时刻，贡献一份力量。哪怕，这份力量很微薄。

这个日子，终于到来了。

2003 年 8 月 31 日 18 时 16 分，我国正式开行的第一列万吨重载列车从大秦铁路湖东站驶出。

此刻，暮色已降临黑山寨工区，工区里的职工们还在等待着。深夜，当万吨重载列车从黑山寨养路工区管辖的弯道上、隧道里、大桥上轰隆隆驶过时，从工区传来阵阵笑声。

那一晚，年轻的姜晋笑得最灿烂。

第二年的 12 月 12 日中午，凛冽的寒风中，姜晋再一次灿烂地笑了。因为继一列列万吨重载列车从他守护的铁路上经过后，这一天，备受关注的 2 万吨重载试验列车，也从他的面前安全驶过。这标志着我国的重载铁路运输技术，又向前迈出了一大步。

之后，2 万吨重载列车常态化开行，一列列重载列车挟着桑干河的水，迎着燕山中的回声，经过黑山寨养路工区，源源不断地将煤炭运往秦皇岛港口，运往全国各地。

看到这些运输煤炭的重载列车从自己守护的铁路线上昼夜驰骋而过，想到运往全国各地的煤转化成电，为城市、乡村、工厂、学校、家庭提供光明、温暖，促进经济发展，改善人们的生活后，姜晋如饮甘霖。

2008 年初，我国南方地区出现雨雪冰冻灾害，许多电厂存煤接近最低警戒线，面临拉闸停电的局面，而一旦停电，人民群众的生活、工业生产、交通等将受很大影响。危急时刻，大秦铁路挺起负重的脊梁，在茫茫白雪中，风驰电掣般地为南方抢运电煤。

那些日子，每天从黑山寨养路工区负责的钢轨上驶过的列车有上百趟，远远超出平常。密集的碾压、超负荷的运行，给两根钢轨也带来损伤。为此，姜晋跟着工长，吃住在隧道，哪里出现病害，就赶到哪里抢修。

一晃数年过去了，黑山寨养路工区用水依旧靠山下的毛驴送，取暖依旧是自己动手烧，想给家里打个电话，手机还经常没信号。

有人劝姜晋："你在这山沟沟里已经干了 10 个年头，送水的毛驴都换了 4 头啦，你也有资格申请调回山西老家了。"

可姜晋没有提出申请。

2012 年，太原铁路局组织劳模来黑山寨养路工区进行事迹交流。其中，有几位劳模恰巧来自大秦铁路上的其他单位。当姜晋聆听了他们甘愿扎根大秦、终身报国的感人事迹后，当即表示要学先进、当先进，扎根山区，奉献大秦！

2013 年 9 月，单位决定把黑山寨养路工区工长的担子交给姜晋。领导们相信，这位个头不高、憨厚敦实的养路工，不会离开黑山寨，不会离开大秦铁路。

接过工长的担子，正值汛期，上天仿佛是要故意考验姜晋一把，连续下了 5 天的雨。

干养路工，最怕下雨，尤其是连续降雨，因为很容易造成两根钢轨积水下沉，甚至被冲毁。

那些日子，姜晋每天带着工友冒雨巡查线路，一米一米查，一段一段看。一天，他们发现在一处薄弱地段，出现积水下沉，这将影响重载列车的安全运行。姜晋果断采取措施，在允许的时间内，带头填石碴、抬轨枕，组织大伙争分夺秒消除隐患。

不久，单位改革，黑山寨养路工区的管辖范围从原来的 8 公里，增加到了 12 公里。新接管的 4 公里，也是山连着山，隧道挨着隧道，其中就有大秦铁路上最著名的花果山隧道。说它著名，不是指此处的风景有多么迷人，也不是因为它长达 4 公里，而是因为这座隧道上方的水库，使隧道里夏有"水帘洞"，冬有"小冰川"。

"水帘洞""小冰川"，是最令养路工头疼的事，处理起来没完没了。当姜晋第一次带人来到花果山隧道前，看到修建大秦铁路的前辈浸着眼泪和鲜血刻下的"群英荟萃血汗铸成千秋业　屡建奇功悲欢谱就万代歌"的 22 个大字时，他下定决心，条件再不好的隧道，也要守好！

从那以后，大黑山隧道、花果山隧道成了姜晋的"心尖尖"，夏天忙排水，冬天忙除冰。有时实在累了，就在避车洞里靠一会儿；饿了，就拿出背包里的凉馒头啃两口……

在姜晋的带动下，工区管辖的 12 公里线路安然无恙，重载列车驶过时，平稳而快速。

与其他职工一样，姜晋把精力和时间几乎都给了大秦铁路。大秦铁路停止开行通勤车后，姜晋回一趟大同，要倒 6 趟车，耗时 10 多个小时。儿子出生后，他很少陪伴。为了补偿心中的愧疚，每次回家在北京转车时，他总会给儿子买很多礼物，哄儿子开心。2019 年 2 月，姜晋的父亲生病，从老家转至北京手术。黑山寨养路工区位于昌平区，姜晋是个大孝子，很想多陪陪父亲，于是白天忙工作，晚上赶到医院陪护父亲。一个月后，父亲去世，伤心的姜晋回老家办完丧事后便返回了黑山寨。

看到其他工区都在开垦小菜园，姜晋也带着工友们从山下运来了土，在工区院子里建起了一个小菜园。由于工区四周全是高山，日照时间短，所以工友们并不相信蔬菜种子能发芽，但姜晋相信。从播下种子的那一天起，姜晋就日日观察，日日期待，把节省下来的水，浇灌在小菜园里。终于有一天，小菜园里出现了一抹他们期待已久的绿色。

那是黑山寨养路工区少见的绿，少见的生命！从此，工区的餐桌上，陆陆续续有了新鲜的蔬菜。

2022年底，姜晋被评为先进。根据安排，他需要在太原住几天，接受采访并进行宣讲。

置身温暖而明亮的房间，躺在舒适而松软的床上，盖着一尘不染的被子，姜晋翻来覆去怎么也睡不着。好不容易睡着了，梦里面都是黑山寨……

宣讲时，有人好奇地问他："你最大的梦想是什么？"

姜晋只回答了3个字："中国梦。"

他说得很真诚，令现场的所有人都为之动容。

这些年，姜晋获得过很多荣誉，但他都看得很轻，因为他把工区的未来看得很重。单位曾给黑山寨分来3名大学生，姜晋接到消息后欢喜不已，把压箱底的新衣服拿出来穿上，然后又把工区最好吃的、最好喝的都摆到桌上，为3名大学生青工举行了热烈的欢迎仪式，但没几天，其中一人便拂袖而去。

有人不解，姜晋却说，人各有志，不能强求。他像当年老工长栽培自己一样，用心培养留下的大学生。

　　那是他在为黑山寨的明天、为大秦铁路的明天、为中国重载第一路的明天，培育希望。

　　有人替姜晋算过一笔账，从参加工作至今 20 多年，他沿着脚下的钢轨，已来来回回走了 10 多万公里。

　　而他，还将一直走下去，因为他深爱着脚下的这条路。

　　他的心里始终装着一个梦，而这个梦，也是所有坚守在大秦铁路上的职工的梦，是中国重载第一路的梦。这个梦，就是中国梦。

二十六、永远的"少年"

　　茶坞站位于大秦铁路的中段，1988 年 12 月 28 日，备受瞩目的大秦铁路一期工程开通仪式就在这里举行。第二年初春，一群年轻的职工和茶坞铁路小学的孩子们，共同在车站前面光秃秃的空地上种下了一片树林。

　　这些树苗虽然矮小，但生命力极其顽强，一棵棵在风中傲然挺立。一位前来参加植树的领导看着眼前的小树苗和不远处的大秦铁路，想起我国刚刚起步的重载事业，以及植树人群中那些如朝阳般充满活力的少年背影，于是提议将这片树林命名为少年林，希望大秦铁路像这些少年一样，将来肩负起祖国建设的重任！

　　"少年，少年，祖国的春天。"多么美好的寓意呀！当这位领导的话音一落，现场所有的职工便报以热烈的掌声。他们相信，"少年"般阳光且充满活力的大秦铁路，一定能为国家创造美好的未来。

　　30 多年来，大秦铁路这位"少年"一刻也没有忘记自己的使命，它在国家和人民的呼唤中，一次次勇挑重担。从筚路蓝缕、一无所有，到引进吸收、消化创新；从跟着世界重载技术跑，到摸着石头过河，蹚出了一条适合我国国情发展的重载运输之路，尤其是党的十八大以来，大秦铁路连续创下了"世界铁路干线年运量第一、世界铁路增运幅度第一、世界铁路运输效率第一、世界单条铁路重载列车密度第一"的骄人成绩，有力地保障了国家能源安全，同时铸就了"负重争先，勇于超越"的大秦重载精神。2021年中国交通广播《交广会客厅》在特别策划庆祝建党100周年重大交通工程巡礼，回顾100年来在中国共产党领导下，全国各族人民在交通建设史上创造的一个又一个奇迹，取得的一项又一项举世瞩目的辉煌成就时，这样介绍大秦铁路：

　　大秦铁路作为我国的第一条重载运煤专线，不舍昼夜地把光和热带到祖国各地，带给全国人民。它以每秒15吨流速绵延不断地将山西、陕西和内蒙古西部煤炭输送到渤海之滨。为中国经济持续发展提供着源源不断动能的大秦铁路，成为中国铁路标志性成就。大秦铁路已经成为我国重载铁路的"教科书"，它以不足全国铁路营业里程1%的占比，担负着全国铁路20%以上的煤炭运量，肩负全国六大电网、五大发电集团、380多家主要发电厂、十大钢铁公司和6000多家企业生产用煤和民用煤、出口煤的运输任务，用户群辐射到26个省、市、自治区，为服务国计民生、助力经济发展贡献着自己的全部。

这是任何一条铁路都无法替代的！

而"少年"般阳光且充满活力的大秦铁路，还在一直向前奔跑。

2023 年 2 月 17 日，从中国铁路太原局集团有限公司（太原铁路局）传来消息，大秦铁路运量累计突破 80 亿吨。

40 年前，也是这个时候，北京机场，一行由 13 人组成的考察团，正带着一个大国的忧思与期盼登上飞机，开始了异国之行，苦苦寻找中国重载运输发展之路。

那时，"贫血"的中国经济正发出啼血的呼唤。

那时，能源危机正在整个中华大地上迅速蔓延。

那时，达摩克利斯之剑正高悬在一条条运煤通道上。

40 年后的今天，我们欣慰地看到，能源运输已不再是困扰我们这个东方大国发展的"瓶颈"，电厂可以充足发电，炉膛可以尽情燃烧，机器可以高速运转……

这些变化，与昼夜不息的大秦铁路密不可分。

回眸世界百余年的铁路史，没有哪一条铁路，能像大秦铁路一样担负起大半个国家的发展！也没有哪一条铁路，能创造出一连串的重载奇迹，从而让一个起步较晚的国家，走在世界重载的前列！

它是一条神奇的铁路，在重载铁路科学技术的自主研发和创新中，一次次地突破运量极限；它是一条奉献的铁路，在美丽富饶的中华大地上，它用忠诚、勤劳、勇敢和智慧筑起了一道钢铁脊梁！

大秦铁路，就像一串秀美的项链，把祖国的山川大地装扮得如此多娇!

　　大秦铁路,就像一条腾飞的巨龙,让改革开放的中国屹立在世界东方!

参考文献

[1] 铁道部大秦铁路建设办公室:《大秦精神大秦人》, 1987 年。

[2] 铁道部大秦铁路建设办公室《中国铁道建设丛书》编辑部:《大秦风采》, 北京:中国铁道出版社, 1989 年。

[3] 莫伸:《中国第一路》, 北京:中国工人出版社, 1992 年。

[4] 陈旭光、王为民、叶峪清:《巨龙吟》, 北京:中国工人出版社, 1992 年

[5] 周文斌、刘路沙主编:《乌金通道——大秦铁路建设工程纪实》, 南宁:广西科学技术出版社, 1995 年。

[6] 张学亮:《能源动脉》, 长春:吉林出版集团有限公司, 2011 年。

[7] 才铁军、雷风行:《神州大动脉——中国铁路建设 120 年纪实》, 福州:福建人民出版社, 1996 年。

[8] 郭洪涛:《郭洪涛回忆录》, 北京:中共党史出版社, 2004 年。

[9] 中国铁路太原局集团有限公司党委宣传部（企业文化部）:

《大秦铁路精神》，北京：中国铁道出版社，2022 年。

[10] 刘惠强、李木马、成龙：《桑干河的诉说》，《中国作家》2010 年第 10 期。